In den schottischen Highlands fiel mein von Whisky ungetrübter Blick durch das Fenster meines Hotelzimmers auf die Kamine der Häuser. Ich beobachtete eine Krähe, die zum wiederholten Mal in einen der Schlote eintauchte, um ihre Jungen zu füttern. Dabei kam mir spontan die Idee zu diesem Roman. Der Zufall wollte es, dass uns die Reise auf der Isle of Skye zum Tal der Feen führte, die, nach Überzeugung der Einwohner hier ihren Platz gefunden haben. Diese *Begegnung* bekräftigte meinen Entschluss, die Geschichte in Romanform niederzuschreiben. Umgehend begann ich mit dem Entwurf der Handlung und skizzierte unterschiedlichste Schriften der Wesen, deren Zeichensätze sich im Anhang wiederfinden. Außerdem gibt der Anhang Aufschluss über Gravierungen und Anordnung der Kultsteine.

Der schmale Grat der Zeit:
Während heute gestern noch morgen war, ist heute morgen bereits
gestern.

Manfred Geerligs-Wilm

Geniestreich der Waldwesen

www.tredition.de

© 2018 Manfred Geerligs-Wilm
Umschlag, Illustration: Manfred Geerligs-Wilm

Verlag & Druck: tredition GmbH, Hamburg

Dritte, überarbeitete Ausgabe

ISBN
Paperback   978-3-7469-1981-2 (Paperback)
Hardcover   978-3-7469-1982-9 (Hardcover)
e-Book   978-3-7469-1983-6 (e-Book)

Inhaltsverzeichnis

Die Entdeckung...9

Aufstellung der Wesen.....................................28

Ruf der Wesen...33

Große Versammlung...38

Die *Glaskugel* des Jungen 45

Der geheimnisvolle Beutel................................50

Unverhoffter Ausgang......................................54

Besuch für Albert Kranz....................................58

Einbruch bei Goldschmidt.................................64

Dringender Handlungsbedarf............................67

Nächtliche Aktion..72

Zusammentreffen im Wald................................74

Eklat in der Zeitungsredaktion 79

Beim alten Steinmetz 81

Ein merkwürdiger Auftrag.................................88

Der Gehilfe...92

Nächtliches Ereignis..96

Die vollendeten Steine 98

Geschäftigkeit in der Dunkelheit......................101

Die Vorbereitungen...104

Nachts in der Stadtbibliothek 107

Der Verdacht..110

Das alte Stadtwappen 113

Besuch vom Kulturamt 115

Der Fund des ersten Steins 122

Der wandelnde Kultstein...128

Die Suchaktion..131

Ein bedauerlicher Zwischenfall...................................136

Der Polizeibericht im *Mittelsteiner Anzeiger* 139

Die Treibjagd...145

Bauarbeiter in Aufruhr..149

Suche nach der Kultanlage 153

Eigenheiten der Kultsteine 160

Die 1225-Jahrfeier 164

Eskiter und Etrusker oder drohendes Unheil 171

Der Künstler in der Kultanlage 182

Gottfrieds alte Kate 193

Die Freilichtspiele 200

Der Himmelsstein..203

Anhänge..205
Liste handelnder Personen und Wesen............................205
Die Speichenschrift der Kobolde 210
Die Meißelschrift der Zwerge 211
Die Zweigeschrift der Wichtel...212
Die Fingerschrift der Riesen..213
Die Punkt-Augen-Schrift der Feen..................................214
Die Sichelschrift der Elfen 215

Die Hexen- oder Hakenschrift 216
Die Radialschrift der Zauberer 217
Kultsteine mit Inschriften und Satz-Anweisungen 218
Anordnung der Kultsteine 222

Die Entdeckung

Erste Sonnenstrahlen durchbrachen die Nebel der Nacht. Schritte harter Ledersohlen auf Kopfsteinpflaster hallten durch die Gasse. Der Mann mit Hut und schwerem Umhang aus blauem Stoff hielt vor dem Portal der Stadtbibliothek inne. Aus der Rocktasche zog Bibliothekar Samuel Koop den eisernen Schlüssel. Krachend drehte sich sein zackiger Bart im Schloss zweimal herum. Das Schnappen zeigte ihm an, dass er eintreten kann. Koop zog den Schlüssel aus dem Schlüsselloch, ließ ihn in seine Tasche gleiten und drückte die massive Klinke aus poliertem Messing nach unten. Der Glockenschlag vom Turm verkündete die achte Stunde. Koop öffnete seinen Umhang, zog an der Kette zur Westentasche, klappte den Deckel der Taschenuhr auf und tat einen flüchtigen Blick auf das Ziffernblatt. Leise, mit einem Schmunzeln sagte er: „Gutes Stück." Die goldene Uhr hatte ihm der Stadtrat zum vierzigsten Dienstjubiläum überreicht. Zwischen Daumen und Zeigefinger drehte er, wie jeden Morgen, ihr Aufzugrad bis das Federwerk sperrte.

Kraftvoll schob er den Riegel vor die Eingangstür. Schließlich blieb noch eine Stunde, bis er den Bürgern der Stadt Einlass gewähren würde. Auf seinem Schreibtisch sah er bereits den dampfenden Tee. Er ist guter Dinge, denn es versprach ein heiterer Tag zu werden. Wie konnte er auf den Marmorstufen zum Lesesaal ahnen, dass ihm Ärger ins Haus stand, dessen Ursache ihn auf unabsehbare Zeit beschäftigen sollte.

Beschwingt stieß er die Flügeltüren auf und betrat den lichtdurchfluteten Lesesaal mit seinen hoch aufragenden Fenstern. Er wollte sich seinem Dienstzimmer zuwenden, als sein Blick die Lesetische streifte und seine Augen auf etwas trafen, dass er auf den Tod nicht leiden konnte. Auf einem Lesetisch lag ein Buch. „Verflixt und zugenäht!", schrie er, „welcher gottverdammte Esel hat das Buch nicht zurückgestellt!", dass ihm die Zornesröte ins Gesicht stieg. Vom Hall seiner Stimme im leeren Saal erschrocken, wo sonst allenfalls

Flüsterton erlaubt war, fuhr er zusammen. Er stutzte. Einen Augenblick kam ihm der Gedanke, er selbst könnte … Doch im nächsten Moment wies er diesen Gedanken von sich. „Ausgeschlossen", sagte er sich. „Vielleicht", dachte er, „gibt das Buch Auskunft über den liederlichen Leser!" Schnellen Schritts ging er auf den Lesetisch zu, auf dem das Buch lag. Er beugte sich zur Seite um den Titel vom Buchrücken abzulesen: *„Walthers Enzyklopädie* U bis W." Koop konnte sich nicht erinnern, gestern einen der Leser dieses Buch in Händen haltend gesehen zu haben. Der Bibliothekar hängte Umhang und Hut an die Garderobe in seinem Amtszimmer, füllte Wasser in den Kocher, und stellte ihn auf achtzig Grad ein – genau richtig für grünen Tee, den er in der Früh stets trank. Aus dem Schrank nahm er die Kanne, füllte das Tee-Ei, hängte es in die Kanne und hakte die Kette in die Tülle ein. Zurück am Lesetisch nahm er das Buch und betrachtete es von allen Seiten. „Tadelloser Zustand", sagte er sich. Mit dem Exemplar in der Hand stieg er die Treppe zum Regal hinauf, in dem das geballte Wissenswerk zu finden war und schob die Leiter dorthin, wo die Lücke erkennbar rechts in der Buchreihe klaffte. Um nicht das Gleichgewicht zu verlieren nahm er vorsichtig Stufe für Stufe. In seinem Alter war man nicht mehr so flott auf den Beinen wie früher. Unter der Buchlücke angekommen hob er das fehlende Exemplar hoch und wollte es in die sonst lückenlose Kette der Buchstabenfolge einreihen. Doch so sehr er sich auch abmühte und drückte, das Buch ließ sich nicht einfügen. „Zuerst muss ich die dicht gedrängte Reihe zur Linken zusammendrücken, dann sollte es gehen", dachte Koop. Unsicher balancierend stieg er zwei Stufen höher, sodass er in Brusthöhe zur Lücke kam, legte das Buch beiseite und zog die Buchlücke mit ganzer Kraft auseinander. Er hatte das Gefühl sie hätte etwas nachgegeben. Deshalb nahm er das fehlende Buch vorsichtig auf und drückte es in den Zwischenraum. Vergeblich. Er war drauf und dran das Buch einfach hineinzupressen, damit endlich Ordnung herrschte. Doch die Ausgabe der Enzyklopädie war von großem Wert und wollte pfleglich behandelt werden. „Verdammt! Wenn ich den Pflichtvergessenen erwische!

Der kann etwas erleben!" fluchte er. Dass ein Buch, einmal entnommen, dort nicht wieder Platz fand, wollte ihm nicht einleuchten. Samuel Koop musste es genau wissen. Er beugte sich zur Lücke vor, setzte das fehlende Exemplar unten auf, und kippte den Rücken zu sich. Von oben verglich er die Breite des Buches mit den feinen Staubrändern, die sich zwischen den Büchern gebildet hatten. „Mmm", knurrte er, „entweder der Zwischenraum ist geschrumpft, oder – das Buch beansprucht mehr Platz. Vielleicht hat es an Weisheit zugenommen", sagte Koop und kicherte. Das Buch in der Hand, stieg Koop behutsam von der Leiter, nahm die Stufen der Treppe abwärts und legte es auf den Lesetisch zurück.

Jäh riss ihn das Signal des Wasserkochers aus seinen Gedanken. Schnell brühte er den Tee, zog die Uhr aus seiner Tasche, wartete drei Minuten, zog das Tee-Ei heraus und legte es in die Spüle.

Er ging zum Lesetisch zurück, setzte sich, schlug das Buch auf und blätterte es von vorn bis hinten durch. Weshalb er gerade auf der Seite *Wesel* innehielt, konnte er im Nachhinein nicht mehr genau sagen. Ein verlockender Duft war ihm beim Blättern in die Nase gestiegen – ein fremdartig süßlicher Geruch der zu keinem Buch passte. Dafür hatte er in seinem Leben zu viele Bücher in Händen gehalten. Koop beugte seinen Kopf über die aufgeschlagenen Seiten und schnupperte. „Sollte einer Dame im Lesesaal versehentlich etwas Parfüm auf die Seite getropft sein?", fragte sich der Bibliothekar. Deutlich vernahm seine Nase den exotischen Duft. Mit zusammengekniffenen Augen glitt sein Blick suchend über das Papier. „Es ist, um aus der Haut zu fahren. Nichts deutet auf einen Tropfen hin", dachte Koop. Er spürte, dass mit der Seite irgendetwas nicht stimmte. Mit einem Ruck erhob er sich vom Stuhl, legte seine Hände auf dem Rücken zusammen, schlug mit der äußeren Hand unruhig auf die innere und ging nachdenklich um den Lesetisch herum, den Blick auf das zweifelhafte Objekt geheftet. Er wollte seinen Blick bereits abwenden, als ihn vom einfallenden Licht durch das Fenster eine Reflexion von der Buchseite traf, wo er keine vermutet hätte. Vorsichtig setzte er seine Füße rückwärts und betrachtete dabei das geöffnete Buch. Da war sie wieder. Deutlich warf eine schmale Stelle auf der Seite das Licht zurück. Koop richtete seinen Körper auf das Buch aus und ging geradewegs auf den Lesetisch zu, die Reflexion stets im Auge haltend. Um ja die Stelle nicht zu verlieren streckte er kurz vor dem Tisch seine Hand aus und zielte mit dem Finger auf den leuchtenden Fleck. Seine Fingerkuppe ertastete eine glatte Fläche. Vorsichtig strich sein Finger über einen schmalen glatten Streifen. Samuel Koop schob sich mit der anderen Hand den Stuhl unter das Gesäß und nahm darauf Platz. Mit aufgesetztem Finger schob er das Buch zu sich und las:

Wesen
„Wesen, die: real vorkommende Kreaturen. Stehen unter Naturschutz und dürfen weder gejagt noch gefangen genommen werden. Leben tief in den Wäldern, die es ebenfalls zu schützen gilt. Wesen sind vorwiegend gutmütig, treiben jedoch mitunter Schabernack mit Menschen. Siehe Anhang!"
Koop runzelte die Stirn. Einen derartigen Eintrag hatte er weder erwartet, noch je zuvor zu Gesicht bekommen. Und was wohl *Anhang* bedeutete. Abbildungen, Karten, Tabellen, das kannte Koop aus Enzyklopädien, doch *Anhang*? Samuel Koop beschloss ins Archiv zu gehen. Bis zum Eintreffen erster Besucher blieb ihm noch Zeit. Mit dem Buch in der Hand stieg er die Stufen der engen Wendeltreppe zum Archiv hinab, die sich am Ende des Lesesaals befand. Weil es im Lesesaal an Platz mangelte, war die ältere Ausgabe von *Walthers Enzyklopädie* ins Archiv ausgelagert worden. „Viel wird sich am Begriff **Wesen** in der Zwischenzeit wohl nicht verändert haben", dachte Koop. Im funzeligen Licht der spärlichen Beleuchtung schritt er die Regale ab und blieb vor einer langen Buchreihe stehen. „D - E, G - I, U - W. Jetzt bin ich gespannt", sagte sich der Bibliothekar. Mit einem Luftstoß blies er den Staub vom Kopfschnitt des Buchs, dass er husten musste. Hastig blätterte er die hinteren Seiten durch. „Ah, hier!" Er hielt sich das Buch nahe vors Gesicht und las:

Wesen

„Der Ausdruck Wesen (griechisch ousia, lateinisch essentia, quidditas) hat im philosophischen Sprachgebrauch eine Doppelbedeutung....

Wesen

Wesen, das, allgemein: Lebewesen, Geschöpf; auch Eigenart, Charakter eines Menschen ..."

Koop blickte auf, als habe er begriffen, und sagte: „Kein Sterbenswörtchen von *Real vorkommende Kreaturen, stehen unter Naturschutz* oder *Anhang.*" Koop stellte das alte Exemplar wieder zurück. „Da hat sich jemand einen Schabernack mit der städtischen Bibliothek erlaubt!", empörte sich Koop lauthals. Zurück am Lesetisch untersuchte er das zweifelhafte Objekt. Erneut nahm er den Text mit der offensichtlich falschen Botschaft unter Augenschein. Ein „Saubere Arbeit", entfleuchte ihm. Doch im nächsten Moment korrigierte er sich und rief: „Unerhört!" „Sollte tatsächlich ein Anhang existieren, so müsste er, wie der Name bereits sagt am Ende des Buchs zu finden sein. Der würde auch erklären weshalb das Buch *aus dem Leim* gegangen ist", dachte Koop. Mit einem Griff legte er den rechten Buchdeckel um und begann, Seite für Seite von hinten umzublättern. Koop las:" Bildquellenverzeichnis. Dem geneigten Leser empfohlene Wegweisung zur Benutzung des Werkes. Betonung und Aussprache. Reihenfolge und Schreibweise der Stichwörter." Um zu sehen, was folgte, legte er hastig die leere Seite um, und schrak zurück. „Hatte ihm nicht soeben etwas zugezwinkert?", fragte er sich verstört. „Quatsch, Samuel! Du siehst Gespenster!", rief er.
Die Turmuhr schlug zur neunten Stunde. „Ich muss öffnen", sagte sich Koop. Er nahm das Buch, schritt damit in seine Amtsstube und legte es auf den Tisch. Bevor er ging goss er sich eine Tasse Tee ein, schlürfte etwas davon und schritt die Stufen hinab zum Eingang, vor dem bereits Besucher warteten. Herein trat wieder der ältere Herr im grauen Anzug, zwei Buben im Vorschulalter und eine adrett gekleidete Dame mittleren Alters. Koop stieg hinter ihnen die Treppe hinauf. Er konnte sich des Eindrucks nicht erwehren, dass die vor

ihm gehenden einen Duft verströmten der ihm vertraut vorkam. Koop kehrte zurück in sein Amtszimmer und trank die Tasse mit dem Tee aus, um sich einen neuen einzuschenken. „Verzeihung, der Herr!", rief die adrette Dame, die plötzlich in der Tür stand. „Ja bitte?", fragte Koop. „Ich suche von *Walthers Enzyklopädie* den Band U bis W." Koop wurde hellhörig. Das konnte kein Zufall sein. Er wollte sagen: „Das Buch liegt hier auf dem Tisch." Doch besann er sich, schob seinen Unterarm über den Buchdeckel und antwortete: „Ist im Moment ausgeliehen. Wenn Sie möchten, kann ich ihnen ein älteres Exemplar aus dem Archiv holen." „Wie lange ist es denn ausgeliehen?", fragte die Dame. „Drei Wochen!", antwortete Koop wie aus der Pistole geschossen. „Sie kennen sich aber gut aus. Haben Sie alle Ausleihen im Kopf?", antwortete die Dame. „Nur, weil es erst kürzlich war", antwortete Koop. „Schade. Dann muss ich wohl warten", antwortete die Dame. Koop fiel der Duft auf, der durch die Tür in sein Arbeitszimmer zog. Es war derselbe süßliche Geruch wie der im Buch. Sollte die Dame etwas mit dem Eintrag im Buch zu tun haben? Aber wie hätte sie es anstellen sollen. Das Buch hatte niemand ausgeliehen! Außerdem sah er sie zum ersten Mal in der Bibliothek. Koop erhob sich von seinem Stuhl und ging auf die Dame zu. Er musste sich vergewissern ob wirklich sie es war, die den Duft verströmte. Deshalb näherte er sich ihr soweit, wie es der Anstand erlaubte und sagte: „Tut mir aufrichtig leid." Es gab keinen Zweifel. Sie brachte den Geruch mit sich. Samuel Koop wurde neugierig: „Wenn Sie eine Tasse Tee möchten – bitte, treten Sie nur ein." „Gern, das lasse ich mir nicht zweimal sagen", antwortete sie und schritt zum Tisch. Koop bat sie auf einem Stuhl Platz zu nehmen. „Sehr nett", bedankte sich die Dame. Sie zog die Tageszeitung aus ihrer Manteltasche, legte sie auf den Tisch und setzte sich. Koop nahm eine Tasse samt Untertasse aus dem Schrank, stellte ihr das Geschirr hin und goss Tee ein. „Ist nicht mehr ganz heiß aber ich denke, er ist noch trinkbar", entschuldigte sich der Bibliothekar und begann, die Dame in ein Gespräch zu verwickeln: „Ich sehe Sie hier zum ersten Mal. Wohnen Sie schon länger in Mittelstein?" „Ich verweile vorerst nur kurz in der Stadt. Ein Auftrag von höchster Stelle führt mich hierher", antwortete die Dame. „So, so, von höchster Stelle. Dann handelt es sich wohl um eine geheime Aktion. Sie wird der Stadt doch keinen Schaden zufügen?", antwortete Koop besorgt. „Im Gegenteil! Sie soll der Stadt zur Geltung verhelfen", beruhigte ihn die Dame. „Wie das?", fragte Samuel Koop erstaunt. „Wie Sie selbst sagten, ist die Sache streng geheim. Man will keine Pferde scheu machen. Aber so viel darf ich Ihnen verraten: Es handelt sich um einen sensationell kulturhistorischen Fund", sagte die Dame, wobei sie *kulturhistorischen Fund* besonders betonte. „Hier? Bei uns?", fragte Koop und musste lachen. „Mehr darf ich Ihnen nicht preisgeben", entgegnete die Dame und blickte auf ihr Handgelenk, als ob sie auf ihre Armbanduhr schaute, wo Koop jedoch keine Uhr entdecken konnte und sagte: „Es ist Zeit. Ich muss gehen." In diesem Moment schlug die Turmuhr zweimal – es war Halbzehn. „Vielen Dank für den Tee und Ihre Gesellschaft", bedankte sich die Dame, erhob sich von ihrem Stuhl, verabschiedete sich mit einem Nicken und verschwand so plötzlich durch die Tür, wie sie erschienen war. Samuel Koop hatte sich nachdenklich von seinem Stuhl erhoben und sah ihr hinterher. Er kratzte sich hinterm Ohr und goss sich eine Tasse Tee ein. Auf dem Tisch lag noch die Zeitung der Dame. „Madame!", rief Koop, „ihre Zeitung!" Hastig lief er an die Flügeltür die zur Treppe führte, um die Dame noch vor dem Ausgang zu erwischen. Doch die war bereits auf die Straße getreten. Er hörte wie die Eingangstür ins Schloss fiel. Als pflichtbewusster Bibliothekar konnte er das Gebäude nicht verlassen. So sagte er sich: „Sie wird schon zurückkommen, wenn sie es merkt." Doch die Dame dachte gar nicht daran zurückzukehren.

Koop betrachtete die zusammengelegte Zeitung auf dem Tisch, zog sie neben seine Teetasse und setzte sich. Er war unschlüssig ob er das Recht hatte, die Zeitung zu lesen. Schließlich gehörte sie der Dame. „Die Titelseite werde ich ja wohl betrachten dürfen", dachte Koop und schlug die umgeklappte Hälfte der Lokalzeitung um. In großer Aufmachung mit Bild vom Sitzungssaal, wurde von der UNO-Klimakonferenz berichtet. „Umweltverbände verlassen die

Konferenz wutentbrannt und enttäuscht", titelte das Blatt. „Der Rubel muss halt rollen. Davon ist alles in dieser Welt abhängig", dachte sich Koop. Weiter unten las er: „Moderne Waldwirtschaft schadet dem Wald. Die komplett befahrenen Flächen mit schwerem Gerät sind für ein gesundes Baumwachstum dauerhaft zerstört." „Früher waren verborgene Wege im Wald begehbar. Heute muss man Trittsicherheit mitbringen, um darauf wegen der quer gelegten Äste für die schweren Harvester nicht zu straucheln!", schimpfte Samuel Koop. In einem Kasten in der Mitte des Titelblatts berichtete die Presse vom neuen Gewerbegebiet außerhalb Mittelsteins samt Zufahrtsstraßen, wofür große Waldflächen gerodet werden müssen. „Wie sollen Kinder und alte Menschen zum Einkauf dorthin gelangen. Eine Busverbindung die dreimal täglich fährt, ist doch unzumutbar. Damit gräbt man Geschäften in der Stadt das Wasser ab. Zurück bleiben letztlich Ruinen die abgerissen werden müssen - gerissene Wunden in ein intaktes Stadtleben", murmelte Koop. Den Schluss der Seite unten bildete ein schmaler Satz mit der Überschrift: „Sensationeller Fund im Wald von Mittelstein!" Der Artikel nahm die gesamte Breite der Seite ein. Koop stutzte. Hatte nicht die Dame einen sensationellen kulturhistorischen Fund angesprochen. Koop las weiter: „Im Wald von Mittelstein entdeckten Waldarbeiter einen seltsam gezeichneten Stein. Es handelt sich wohl um bisher nicht entzifferte Zeichen, wie es scheint aus aller Herren Länder. Es ist daher davon auszugehen, dass es sich hierbei um eine vor langer Zeit untergegangene Kultur handelt. Die Rodungsarbeiten für das Gewerbegebiet sind bis auf Weiteres einzustellen. Das Kulturamt des Landes wurde bereits informiert." „Aha, deshalb die adrett gekleidete Dame. Sie hat das Kulturamt entsandt", dachte Koop. Der folgende Satz elektrisierte ihn: „Bisher unbestätigt blieben Vermutungen der Fachleute, in einer Sonderausgabe von *Walthers Enzyklopädie* sei eine Abhandlung über die verschollene Kultur zu finden. Erkenntnisse darüber erbittet das Kulturamt unter folgender Adresse ..., oder unter der Telefonnummer ..." „Das also führte die Dame in die Bibliothek", dachte Koop. Er erinnerte sich an den merkwürdigen Eintrag in der Enzyklopädie unter dem Begriff *Wesen*. „Sollte dort, in diesem ominösen Anhang tatsächlich eine Abhandlung darüber zu finden sein?", fragte er sich.

Koop zog *Walthers Enzyklopädie U – W* zu sich herüber, schlug den Buchdeckel der Rückseite auf und begann zu blättern. Wieder schlug er die leere Seite um und schrak zurück. Da war es wieder, das Zwinkern. Samuel Koop hatte es bereits vergessen. Doch dieses Mal tat er es nicht als *Hirngespinst* ab. Er schwenkte die Seite leicht vor und zurück. Jedes Mal zwinkerte ihm ein Etwas zu und *Etwas* war der richtige Ausdruck dafür, denn er konnte nicht erkennen, was es war. Koop untersuchte die Seite. Er strich mit dem Finger darüber, rieb sie zwischen den Fingerspitzen hin und her, kippte sie schräg gegen das hell erleuchtete Fenster, ob eine Struktur zu erkennen war und betrachtete sie im einfallenden Licht, ob so etwas wie ein Wasserzeichen erschien. Nichts, aber auch gar nichts Auffälliges war zu erkennen. Selbst als er das dünne Papier mit der Schmalseite in die einfallenden Sonnenstrahlen hielt und daran entlang schaute, war keine Absonderlichkeit zu erkennen. Samuel Koop besann sich auf sein eigentliches Anliegen – die Abhandlung über die verschollene Kultur. Mit geschlossenen Augen schlug er die leere Seite um. Er öffnete die Augen und wollte rückwärts weiterblättern, als ihn der Drang zu diesem Zwinkern die Seite zurückschlagen ließ um zu prüfen, ob dieser Effekt auch beim Vorwärtsblättern auftrat. Mit einem Satz sprang er vom Stuhl, stieß einen Schrei des Entsetzens aus und rief: „Herr im Himmel! Was war das?" Es war, als hätte ihn ein Blitz getroffen. Mit geschlossenen Augen drehte er das Buch mit den Seiten nach unten, blätterte die Seite um, und legte es so auf den Tisch. „Wie soll man dieses Buch lesen, wenn einem mit jeder Seite etwas Absurdes ins Auge springt", entrüstete sich Koop. Die Stundenglocke vom Turm verkündete die zehnte Stunde. Er trat aus seinem Büro und schritt den Lesesaal ab. Am hinteren Tisch saß der Herr im grauen Anzug, vorn hatten die beiden Buben am Tisch nebeneinander Platz genommen und kicherten. Koop dachte nach. Ob es nützte, beim Lesen der Enzyklopädie eine Sonnenbrille aufzusetzen? Was sollten Büchereibesucher denken, wenn sie ihn mit einer Sonnenbrille im Büro antrafen. Womöglich hielten sie ihn für einen

Alkoholiker oder Drogensüchtigen. Für einen Blinden würden sie ihn wohl kaum halten, wenn er ein normales Buch las, statt eines in Brailleschrift. Und als blinder Bibliothekar hätte er hier keine Existenzberechtigung. Nachdenklich ging er in sein Büro zurück, ergriff das Buch und drehte es um. Irgendwo müsste doch dieser Anhang beginnen. Er schloss die Augen und schlug das Nachschlagewerk etwa in der Mitte auf. Von hier wollte er nach hinten blättern. Koop öffnete die Augen. Er war auf der letzten Seite des Buchstaben U angelangt und las:

„**Uxmal** [Uʃˈmal], Ruinenstätte (Weltkulturerbe) der Maya in Yucatán, Mexiko, südlich von Mérida; die bedeutende Stadt war zw. dem 7. und 11. Jh. besiedelt, Blütezeit gegen Ende des 10. Jahrhunderts."

„Merkwürdig", dachte Koop, „ausgerechnet jetzt finde ich die Ruinenstätten der Maya. Er sah in die Zeitung. „Hier steht es - *Zeichen aus aller Herren Länder.* Maya im Wald von Mittelstein? Das glaube wer will. Aber hatte er diesen Begriff im Buch wirklich zufällig gefunden?", fragte sich Koop.

Mit geschlossenen Augen legte er Seite für Seite um. Kein Blitzen, kein Zwinkern hatte er verspürt. Nach jeder Seite öffnete er die Augen und orientierte sich, ob bereits das Ende der Begriffe dieses Bandes erreicht war. Endlich las er:

„**Wyszyńsky** [viʃˈiɨski], Stefan, poln. Kath. Theologe und Kardinal ...

„Das wird wohl der letzte Eintrag im Band U – W sein", sagte sich Koop. Er schloss die Augen und wendete das Blatt. Doch nichts hatte sich getan. Vorsichtig öffnete er die Augenlider. Auf der Seite prangte der Titel:

Wesen und Eskiter

Eine außergewöhnliche Gemeinschaft

Studie über vergessene Kulturen nahe Mittelstein

Eine Abhandlung von Dr. Wilhelm Sansibar

Koop schnappte nach Luft, so atemberaubend war das was dort zu lesen war. Er war drauf und dran das Kulturamt anzurufen. Doch besann er sich. Zuerst musste er sich vom Inhalt überzeugen, um sich nicht der Lächerlichkeit preiszugeben. Vielleicht waren die Ausführungen auf den folgenden Seiten so banal, dass niemand es interessierte. Oder es hatte sich jemand einen schlechten Scherz erlaubt. Mit geschlossenen Augen schlug er die Seite um und, nachdem sich nichts getan hatte, blinzelte er durch die Wimpern der halb zugekniffenen Augen und las:

Einführung

„Lang schon gab es Vermutungen, Wesen in Märchen und Geschichten seien nicht frei erfunden, sondern beruhten auf wahren Begegnungen. Bereits vor der Hochkultur der Eskiter, die lange vor der Gründung des Ortes Mittelstein in den umliegenden Wäldern Kultstätten errichteten, hatten Menschen mit Wesen Bekanntschaft gemacht. Doch die Furcht, wegen angeblicher Hirngespinste verspottet oder gar vor Gericht gestellt zu werden, hielt Menschen davon ab, ihre Begegnungen preiszugeben und zu bekräftigen.
Deshalb soll hier, verborgen vor der Öffentlichkeit, eine Abhandlung sowohl über Wesen als auch über Eskiter vorgestellt werden. Beide, Eskiter und Wesen lebten in enger Gemeinschaft, in der sie

sich gegenseitig unterstützten um Wissen und Künste einander austauschten, wodurch sie eine ideale Gemeinschaft im Einklang mit der Natur bildeten."

Samuel Koop rieb sich das Kinn. Er fragte sich was wohl mit Wesen gemeint war.

„Im Folgenden eine Aufstellung der echten Wesen", las er am Ende des Abschnitts, bevor er die Seite umblätterte. In der Anspannung hatte er vergessen die Augen zu schließen. Doch hätte das nichts genützt, denn als er die Seite umschlug ertönte ein helles Glöckchen. Koop musste schmunzeln. Vergnüglich schlug er die Seite zurück, um sich noch einmal am hellen Klang der Glocke zu erfreuen. Doch dabei tat es einen heftigen dumpfen Schlag, worauf er zu den Lesern im Saal aufschaute. Der Herr im Anzug und die beiden Buben sahen zu ihm herüber. Sie hatten den Schlag wohl mitbekommen, doch vertieften sie sich augenblicklich wieder in ihre Bücher. „Was werden die Besucher wohl denken, wenn gleich das Glöckchen ertönt", dachte Koop. Am liebsten hätte er das Buch unter einem dicken Tuch verhüllt, damit es den Klang dämpfte. Doch das hätte erst recht merkwürdig angemutet. Also schlug er die Seite wieder vor und, wie erwartet, ertönte das „Kling". Koop beobachtet die Besucher, wie sie wohl reagierten. Doch hatten die keine Notiz davon genommen.

„Zunächst soll auf die Eskiter eingegangen werden.", las Koop weiter. „Aus Überlieferungen unbekannter Quellen erschließen sich Rituale dieses Volkes, die erheblich von denen anderer Völker abweichen. So heißt es, ihre Kultstätte sei weder auf Sonnwend oder Frühlingspunkt ausgerichtet, sondern entspreche in seiner Lage exakt der Nord-Süd, respektive Ost-West-Richtung. Es muss sich bei den Eskitern folglich um Menschen mit außerordentlicher astronomischer Kenntnis gehandelt haben. So seien die Himmelsrichtungen im Außenbereich der Kultstätte wie folgt benannt worden: Nord mit Mond, Süd mit Sonne, Ost mit Künftig und West mit das Einstige oder <u>Einst</u>. Im Inneren dagegen seien

die bereits genannten Himmelsrichtungen mit N̲acht, T̲ag, U̲ngewiss und G̲ewiss bezeichnet worden. Die Nacht stand für die Ewigkeit, was die Überlieferung einer Aussage *Nacht war und wird werden* erhärtet. Vermutlich war hier der Zustand des Universums gemeint, das aus Nacht entstand und in Nacht enden wird.
Der Tag symbolisierte Vergänglichkeit, was den Charakter des Tages ausmacht, in seinem Tageslauf wie auch dann, wenn das Zentralgestirn unseres Sonnensystems einmal nicht mehr sein wird. Osten wiederum stand für U̲ngewiss, weil vieles, was in der Zukunft liegt (der neue Tag kommt aus dem Osten), unvorhersehbar ist. Und schließlich war West Symbol für G̲ewissheit (untergehende Sonne, der vergangene Tag). Vergangenes ist bereits geschehen und kann belegt werden. Dazwischen, in den Neben-Himmelsrichtungen Nord-Ost und Nord-West, hatten weltanschaulich EE (das einstig Ewige), KE (das kommend Ewige), so wie in Süd-Ost und Süd-West EV (das einstig Vergängliche), KV (das kommend Vergängliche) ihren Platz."
Koop zeichnete die Anordnung der Buchstaben auf ein Blatt Papier. M und S im Abstand senkrecht auf einer Achse, K und E im Abstand beidseitig waagerecht. Identisch N und T, so wie U und G weiter innen. Reihum zwei EE, KE, EV und KV inmitten.

Irgendwie kam ihm die Anordnung bekannt vor, aber woher? Weiter las er: „In den Bereichen um das Zentrum nun wurden die Wesen verehrt und zwar in den Himmelsrichtungen Nord-Ost, Süd-Ost, Süd-West und Nord-West. Den Aufzeichnungen nach gab es unsterbliche und sterbliche Tag- wie Nachtwesen. Daher die vier Neben-Himmelsrichtungen.

Im Zentrum aber, im alles überragenden Mittelstein, kamen alle rundum liegenden Medien zusammen. Es symbolisierte das Zentrum der Welt für die Eskiter. Seine, die anderen Kultsteine überragende Höhe richtete sich zum Himmelszelt auf, dem eigentlichen Mysterium der Eskiter. An diesem Punkt stießen das Zukünftige und das Vergangene gleichermaßen in die Gegenwart. Hier vereinte sich alles. Der Mittelstein galt als unantastbar. Wer ihn berührte wurde unsterblich. Doch wer dies wagte wurde aus der Gemeinschaft ausgestoßen." Koop wurde nachdenklich und dachte: „Ein starkes Volk, diese Eskiter. Verfügten über ein Mittel zur Unsterblichkeit und machten keinen Gebrauch davon, ja ächteten es geradezu. Das durfte auf keinen Fall ruchbar werden. Und wenn doch, und der Stein würde tatsächlich gefunden, was konnte sich daraus entwickeln? Dieses Geheimnis durfte er auf keinen Fall preisgeben. Gleichzeitig müsste Sorge getragen werden, dass der Stein unberührt bliebe, sonst wäre in Mittelstein der Teufel los!" Koop sah bereits Menschenmassen aus aller Herren Länder anreisen die sich, wie in Mekka, um den heiligen Stein wälzen, einmal im Leben den Stein berührt zu haben. „Der Stein müsste jeglichem Zugriff entzogen werden. Um das zu erreichen, würde Mittelstein zum europäischen Fort Knox. Die Eskiter werden ihre Gründe dafür gehabt haben, sich nicht mit der Unsterblichkeit zu infizieren!", sagte sich Koop.

Er suchte den Anfang der Ausführungen. Hatte er richtig gelesen? Das Zentrum soll wirklich nahe Mittelstein gelegen haben? Tatsächlich - hier stand Mittelstein. „Weshalb war nie etwas darüber berichtet worden?", dachte Samuel Koop. „Vermutlich waren Artefakte der Eskiter nie zuvor entdeckt worden. Der jetzige Fund veränderte alles. Das war wirklich eine Sensation", sagte er sich. Koop blickte vorsichtshalber auf das Titelblatt der Zeitung, um sich zu vergewissern. Dort stand es im wahrsten Sinne des Wortes schwarz auf weiß.

„Doch was war mit den Wesen? Gab es tatsächlich unsterbliche Tag- und Nachtwesen, wie beschrieben? Unglaublich! Sollte das zutreffen, dann existierten sie noch heute. Aber wo und in welcher Gestalt traten sie auf?", dachte Koop. Er schloss die Augen und blätterte die Seite um. Zum Glück war nur ein leichtes Klicken zu vernehmen, kaum hörbar für die Leser im Saal. Im selben Moment bellte ein Hund im Nachbarhaus. Koop maß dem keine Bedeutung bei. Auf der Rückseite fand er eine Aufstellung der Wesen mit all ihren Eigenheiten.

„Aufstellung der Wesen" (siehe nächstes Kapitel)

Koop konnte kaum glauben, was er las: „Berggeister, Der Butt (aus „Vom Fischer und seiner Frau"), Elfen, Feen, Geister (böse und gute), Gespenster, Hexen, Hexenmeister, Holle (Frau), Klabautermann, Kobold, Riesen, Rübezahl, Rumpelstilzchen, Siebenzwerge, Wassermann, Wichtel, Zauberer, Zwerge und für jedes eine Erklärung samt Fähigkeiten und Eigenarten", sagte er leise vor sich hin. Koop musste über deren Eigenarten schmunzeln. „Bergriesen – temperamentvolle Tänzer", las er, oder „Flaschengeister seien lästig", und „Zauberer wegen ihrer Hochnäsigkeit von den Wesen verachtet." Er musste an sich halten um nicht laut loszuprusten.
Samuel Koop schüttelte den Kopf. Dieses Exemplar von *Walthers Enzyklopädie* vor ihm, mit seinen merkwürdigen Effekten beim Blättern war kein gewöhnliches Buch. Er schloss die Augen und blätterte zurück auf die Einführung. Leichtes Knarren, wie das schlecht geölte Scharnier einer Tür war zu vernehmen. Er konnte es sich nicht verkneifen nochmals auf die Seite der Wesen zu blättern. Da war es wieder, das kaum hörbare Klicken. Doch wie vorhin bellte im selben Augenblick der Hund im Nachbarhaus. „Das konnte doch kein Zufall sein", dachte Koop und machte sich einen Spaß daraus, die Seite wiederholt hin und her zu blättern, worauf sich Knarren und Klicken abwechselten, zu dem stets der Hund bellte. Das Buch begann ihm zu gefallen. „Wenn er dem Kulturamt Hinweise gab", sagte sich Koop, „dann lediglich von den Eskitern. Auf keinen Fall durfte er die Wesen erwähnen, sonst hielten sie ihn für einen Spinner." Ihm

wurde bewusst, dass vor ihm ein einmaliges Dokument lag. Diesen Trumpf durfte er auf keinen Fall aus der Hand geben. Er wollte diesen Vorteil für sich nutzen. Doch was hatte er schon zu erwarten? Er stand kurz vor der Pensionierung. Mit einer Beförderung konnte er wohl kaum rechnen. Doch wollte er die Gunst der Stunde nutzen und wenn sie nur dazu diente, ihm ein wenig Anerkennung und Ansehen in der Stadt zu verschaffen. Auf keinen Fall durfte er dem Kulturamt seine Quelle auf die Nase binden. Er musste das vor ihm liegende Exemplar der Ausleihe entziehen und es unter Verschluss halten. Koop kam die glorreiche Idee das archivierte Gegenstück aus dem Tiefgeschoss in die fehlende Lücke der Enzyklopädie einzusetzen. Das würde kaum auffallen, denn die ältere Ausgabe hatte nahezu die gleiche Aufmachung. Nur durfte er die Lücke erst schließen, wenn die dreiwöchige Leihfrist verstrichen war, sonst würde die Dame Verdacht schöpfen, sollte sie noch einmal auftauchen. Allerdings könnte das ausgeliehene Exemplar auch vorzeitig zurückgegeben worden sein. Diese Entscheidung hatte noch Zeit. Erst musste er sich beim Kulturamt erkundigen um zu erfahren, wie weiter verfahren wird, was bereits bekannt ist und wie er in diesem Fall behilflich sein kann. Man konnte schlecht von ihm verlangen in der Stadt nach der adretten Dame zu suchen. Wenn man ihm ihre Adresse in der Stadt nennen würde, könnte er direkt Kontakt mit ihr aufnehmen.

Koop griff zum Hörer des Telefons und wählte die im Zeitungsartikel angegeben Nummer. „Hier Samuel Koop, Bibliothekar der Stadt Mittelstein. Ich rufe an wegen des sensationellen Funds - Sie wissen schon, der Stein im Mittelsteiner Wald." „Was meinen Sie mit nie gehört!" „Worum es sich handelt?" „Es steht doch bereits in unserer Lokalpresse, dann sollten Sie es doch längst erfahren haben." Koop kratzte sich hinterm Ohr. „Der Herr am anderen Ende der Leitung war wohl nur ein kleiner Beamter", sagte sich Koop. „Aber Sie haben doch extra die Dame nach Mittelstein geschickt, um diesen Fund zu untersuchen!" „Welche Dame? Na die adrett gekleidete nette Dame, die heute in unserer Bibliothek erschien, um mehr über die Hintergründe der historischen Entdeckung zu erfahren", erklärte Koop.

„Sie haben im Kulturamt keine Dame in der Wissenschaftsabteilung? Dann sollten Sie einen Herrn schicken, der sich der Sensation annimmt, bevor sie in falsche Hände gerät. Der Stein dürfte ein Vermögen wert sein!", rief Koop in den Hörer. „Ich soll den Stein beschreiben? Moment", sagte Koop, zog die Zeitung zu sich und las *ein seltsam gezeichneter Stein mit bisher nicht entzifferten Zeichen aus aller Herren Länder, wie es scheint. Man muss davon ausgehen, dass es sich dabei um eine vor langer Zeit untergegangene Kultur handelt."* „Ja. - Gut. - Sie schicken jemanden vorbei. - Ja. - Sie melden sich in der Bibliothek. - Gut. - Dann bis morgen. - Auf Wiederhören!" Koop schüttelte den Kopf. „Woher wusste die Lokalpresse von diesem Stein, während das Kulturamt ahnungslos war?", zischelte Koop.

Von der Liste der Wesen blätterte er weiter. Deutliches Knistern war zu hören. Koop schmunzelte zufrieden und las:

„Die Kultstätte der Eskiter durfte niemals von einer der vier Hauptrichtungen betreten oder verlassen werden, sondern immer nur von einem bestimmten Punkt. Dieser Eintrittspunkt war seitlich durch einen besonderen Stein festgelegt. Er stand an der Spitze vom Heiligtum des <u>K</u>ünftig <u>V</u>ergänglichen, denn die Weisen selbst waren vergänglich, und was sie im Zentrum erfuhren, war das Künftige – das Ungewisse. Wehe einer von ihnen hatte den Zentralstein berührt. Der musste die Kultstätte über den Austrittspunkt des <u>K</u>ünftig <u>E</u>wigen verlassen und galt somit als Ausgestoßener der Eskiter. Der Zutrittstein Stein bildete den Anfang aller Prozessionen, die weise Eskiter bei verschiedenen Anlässen vollzogen, um in das Innerste der Kultstätte zu gelangen. Jeder Stein musste auf dem Weg zum Inneren einmal, und zwar nur einmal angelaufen werden! So auch beim Verlassen. Deshalb näherte sich die Prozession dem Mittelstein stets in einer Spirale in Richtung des Sonnen- bzw. Mondlaufs und verließ sie auf selber Spirale in entgegengesetzte Richtung. Nach einem bestimmten Muster, in einer Art Wellenbewegung durch Annähern und Entfernen vom Zentralstein, bewegte sich die Prozession auf das Zentrum zu. Gleichermaßen verließ sie die Kultstätte. An jedem Kultstein richteten sich die weisen Eskiter so aus, dass Kultstein und Zentrum in einer Linie lagen.

Der Weg dieser Spirale entsprach etwa dem $\sqrt{2}$-fachen des Umfangs-
kreises der Anlage."

„Erstaunlich, was dieser Wilhelm Sansibar über ein in Vergessenheit
geratenes Volk in Erfahrung bringen konnte", dachte Koop und las
weiter.

„Wie der alten Schrift eines entlegenen Klosters entnommen werden
konnte, war auf jedem der Kultsteine der nächst anzulaufende Stein
verzeichnet. Lediglich der Mittelstein, das Zentrum der Stätte, enthielt diese Kennzeichnung nicht. Er sei, so die Überlieferung, als
Monolith eines Meteoritensplitters gefunden worden.
Schließlich war er das Ziel der Prozession. Einem glücklichen Zufall
ist zu verdanken, dass diese Kennzeichnung überliefert wurde, worauf hier nicht näher eingegangen werden soll. Zur Bestimmung der
Abstände der Kultsteine wurde nicht etwa ein übliches Maß der damaligen Zeit verwendet, sondern ein Vielfaches der Länge (Höhe)
eines äußeren Kultsteins. Dieses Wissen war erforderlich, um das
nächste Ziel sicher zu erreichen. Dabei waren die Eskiter des Poten-
zierens und Radizierens mächtig. Es war in Darstellungen auf
Tonscherben aus dieser Zeit wie folgt angegeben:
Potenzen wurde mit nach oben gerichtetem Pfeil „↑", Wurzeln mit
nach unten gerichtetem Pfeil „↓" dargestellt. So wurde das Quadrat
einer Zahl mit z.B. ↑4 (= 16), die zweite Wurzel mit ↓4 (= 2) angegeben. Das Volumen eines Würfels der Kantenlänge 4 wurde mit ₃↑4
(= 64), die Seitenlänge eines Würfels des Volumens 8 mit ₃↓8 (= 2)
dargestellt."

„Eine ausgesprochene Hochkultur, diese Eskiter", dachte Koop,
„wenn manch Mittelsteiner Bürger nur etwas davon abbekommen
hätte." Die Turmuhr schlug Zwölf. „Mittag", sagte Koop. Er ging
zur Glocke im Saal die in einem verzierten Eisengestell hoch oben
an der Wand aufgehängt war. Er umschloss mit der Hand den Holz-
griff der unten an der Kette zur Glocke hing, zog mehrmals daran
und rief dabei: „Die Bücherei schließt in fünf Minuten!" Der Herr im
grauen Anzug notierte sich etwas, erhob sich und brachte das vor
ihm liegende Buch an seinen Platz zurück. Die beiden Buben koste-

ten jede Minute aus. Erst als Koop: „Ich bitte die Bücherei zu verlassen!", rief erhoben sich beide, stellten ihre Bücher zurück in das Regal und rannten mit einem Nicken an Koop vorbei zum Ausgang. Samuel Koop nahm Hut und Umhang von der Garderobe, steckte die Zeitung in die Tasche seines Umhangs und stieg die Treppe zum Portal hinab. Dort setzte er seinen Fuß auf den Treppenabsatz zur Straße, nahm den Schlüssel aus der anderen Tasche und verriegelte die Tür. „Verdiente Mittagspause!", murmelte er und ging die Straße hinab seiner Wohnung entgegen.

Aufstellung der Wesen

L iste der wichtigsten Wesen in der Märchenwelt

Wesen	Eigenschaften
Berggeister	Ihr Lebensraum sind die Berge. Außerhalb kann man sich vor ihnen sicher fühlen. Außer sie sind auf Feste eingeladen. Dann geht es schon einmal drunter und drüber, weil sie äußerst temperamentvoll werden können, wenn es gilt, das Tanzbein zu schwingen. Sind aber i.d.R. friedlich.
Der Butt (aus „Vom Fischer und seiner Frau")	Können: Wünsche erfüllen, bis auf einen, gottähnlich zu sein. Sein Lebensraum ist die See (das Meer). Eigenschaften: Er versteht die Sprache der Menschen und reagiert auf ihr Rufen, wenn der richtige Spruch gewählt wird. Allerdings muss vorwiegend Niederdeutsch mit ihm gesprochen werden. Er spricht auch die Sprache der Menschen und antwortet auf Fragen, so z.B. auf Wünsche. Doch auch hier bevorzugt er die niederdeutsche Sprache. Wissen: Kennt die am Ufer wohnenden und fischenden Menschen, dazu deren Wohnort und Wohnverhältnisse.
Elfen	Feinsinnige kleine Wesen. Können lautlos fliegen. Sind gern hilfsbereit und beherrschen schwache Zauber wie Sterne in der Luft zu versprühen oder veranlassen leichte Lüftchen, sodass Blätter oder Schneeflocken aufwirbeln oder Gardinen oder Vorhänge wehen.
Feen	Meist gutartig. Können aber auch boshaft sein, wenn ihnen etwas zuwiderläuft oder ihnen etwas nicht in den Kram passt. Gewähren Menschen oftmals einen bis drei Wünsche, die dann auf ihre Weise in Erfüllung gehen.

Wesen	Eigenschaften
Geister, gute Geister, böse	Eher im Orient zu finden wie z.B. solche aus der Flasche – sogenannte Dschinnis - die, einmal befreit dem Befreier mit allem zu Diensten stehen müssen. Daher ist der Befreier stets auf der Hut etwas auszusprechen, was er nicht möchte, dass es in Erfüllung geht. Folglich darf er diese Aussprüche lediglich insgeheim tätigen, was sehr lästig sein kann.
Gespenster	Vorwiegend in alten Schlössern und Burgen anzutreffen. Versetzen Gäste mit Freuden in Schrecken und ergötzen sich daran. Sind im Allgemeinen aber harmlos, abgesehen von ihrer z.T. furchterregenden Erscheinung.
Gnom (Gnomus)	Bezeichnung für einen Zwerg, aber auch für kleinwüchsige Menschen, oft durch Missbildungen gezeichnet.
Goldesel	Phantastische Figur – reine Erfindung der Menschen. Können: Angeblich lassen sie aus ihrem Hinterteil Goldstücke fallen sofern man den richtigen, oft einfachen Spruch aufsagt.
Hexen	Können: Türen/Fenster öffnen; leichte Gegenstände ohne Berührung anheben und schweben lassen – all diesen Firlefanz. Pulver und Flüssigkeiten mit allerlei Wirkungen mischen. Sich in beliebige Personen verwandeln. Sie vermögen auf Besen zu reiten und verstehen sich auf schwarze Katzen und Rabenvögel. Wissen: Kenntnis der meisten Kräuter und deren Wirkungen. Eigenschaften: Häufig eigenwillige Charaktere; verfolgen oftmals eigene Ziele. In früheren Zeiten waren sie gutmütige, hilfsbereite Wesen. Die Verfolgung durch Menschen kehrte ihren Charakter zur Boshaftigkeit. Durch seltenen Kontakt mit Menschen in der letzten Zeit, kommt bei der überwiegenden Zahl Gutmütigkeit wieder zum Vorschein.
Hexe, böse	siehe Hexen

Wesen	Eigenschaften
Hexenmeister	siehe Zauberer
Holle (Frau)	Spezielle Gattung gutmütiger, weiser Hexen.
Klabautermann	Spezielle Art des Koboldes der zur See fährt. Wesen zwischen Zwerg und Wichtel. Richtet auf Schiffen mitunter schwere Schäden an, wenn Seeleute sich nicht ehrfürchtig zeigen. Tritt vor allem bei Gewittern auf.
Kobolde	Den Zwergen ähnliche Wesen, jedoch im Allgemeinen unsichtbar, zudem garstiger und oft mürrisch. Sehr gute Kenntnisse in Rechnungs-, Verwaltungs- und Vermögensdingen. Durch unglückliche Umstände müssen sie sich einem Menschen zeigen, bleiben aber für die Allgemeinheit weiterhin unsichtbar. Bestes Beispiel dafür ist der Pumuckl bei Meister Eder.
Menschenfresser	Zählen nicht zu den Wesen, sondern gehen aus verwilderten, kulturlosen Menschen hervor.
Riesen	Riesen sind eine Klasse übergroßer, sehr kräftiger Wesen unterschiedlichen Gemüts. Ihre Größe übertrifft die hünenhafter Menschen, kann aber bis Haushöhe gehen.
Rübezahl	Zählt zu den riesenhaften Wesen mit schwacher Zauberkraft. Ist im Riesengebirge ansässig.
Rumpelstilzchen	Gehört zur Gattung der Wichtel. Singt gern und gibt Menschen Rätsel auf um etwas von ihnen zu ergattern.
Siebenzwerge	siehe Zwerge. Treten aber lediglich in dieser Siebenergruppe auf.
Teufel	Gehört nicht zur Klasse der Wesen, sondern zählt zu den biblischen Gestalten, vor allem der Unterwelt.
Vampire	Sind reine Phantasiewesen abergläubiger Menschen. Angebliche Wiedergänger (Untote), die tagsüber bei Abwesenheit von Sonnenlicht in Heimaterde ruhen. Dürfen sich nicht der Sonne aussetzen, weil sie sonst zu Staub zerfallen. Leben angeblich vom Blut weltlicher Geschöpfe.

Wesen	Eigenschaften
Wasser-mann	Lebt vorwiegend im Wasser, kann aber auch an Land gehen. Ist friedliebend und gutmütig. Sorgt für Ordnung in der Wasserwelt. Sein Lebensraum sind Tümpel, Weiher und Binnenseen.
Werwolf	Reines Phantasiewesen abergläubiger Menschen. Wolf, der vermeintlich bei Vollmond Menschengestalt annimmt und des Nachts Menschen überfällt. Sein Biss verwandelt Gebissene angeblich selbst in Werwölfe.
Wichtel	Lebensart: Leben vorwiegend in Wäldern. Ernähren sich von Waldfrüchten wie Pilzen, Beeren, Kräutern, Nüssen und Wurzeln. Essen auch Fleisch und scheuen selbst vor Menschenfleisch nicht zurück. Jedoch gehen sie nicht auf die Jagd. Sind relativ klein, etwas größer als ein aufgerichteter Hase. Verstehen die Sprache der Tiere und treten mit ihnen in Kontakt. Tiere sind den Umgang mit ihnen gewohnt und fürchten sie nicht. Sprechen und verstehen auch die Sprache der Menschen. Können: Sich hervorragend tarnen. Entziehen sich den Blicken durch Verschwinden in Bauten und Erdhöhlen. Finden fast immer ein Versteck. Eigenschaften: Sind mitunter mürrisch – manchmal sogar garstig. Sind schnell beleidigt, wenn man ihrem guten Rat nicht folgt und sind danach nicht mehr leicht dazu zu bewegen, Hilfestellung zu geben. Sie sind wahrheitsliebend und rechtschaffen, aber auch listig. Treiben mitunter Schabernack mit den Menschen.
Zauberer	Können: Türen/Fenster öffnen; Gegenstände ohne Berührung anheben und schweben lassen – all diesen Firlefanz. Pulver und Flüssigkeiten mit allerlei Wirkungen mischen. Sich und andere in beliebige Wesen verwandeln und sich unsichtbar machen. Blend- und Betäubungsblitze senden, Wetter kurzfristig beeinflussen. Wissen: Kenntnis der Alchemie, der meisten Kräuter und deren Wirkungen. Können jedoch nicht, entgegen vorherrschender Meinung, Steine in Gold verwandeln.

Wesen	Eigenschaften
	Eigenschaften: Sie sind wegen ihrer enormen Vielseitigkeit und Zauberkraft selbst unter den Wesen gefürchtet. Mehr noch als das, werden sie wegen ihrer Überheblichkeit verachtet und von den Wesen als unsympathisch empfunden. Sie lassen sich nur zu außergewöhnlichen Aufgaben herab. Alles andere ist unter ihrer Würde. Außerdem halten sie viel von Geheimniskrämerei und handeln oft nach eigenem Dünken. Daher sind sie für gemeinsame Aktionen kaum zu gebrauchen, weil sie sich selten kooperativ zeigen.
Zwerge	Lebensart: Meist unterirdisch in Höhlen oder im Gebirge lebend. Ernähren sich wie Menschen von allem was essbar ist. Sie sind wahre Feinschmecker und keine Kostverächter. Können: Bauen in ihren unterirdischen Bergwerken Erze ab und fertigen daraus Waffen für ihren Gebrauch, Schmuck aus Edelmetallen und Edelsteinen. Wissen: Sie verfügen über Kenntnisse alter Kulturen, Gedichte und Geschichten. Auf dem Gebiet des Erzabbaus und der Schmiedekunst sind sie Meister. Auch im Anfertigen von Schmuck und Gefäßen verfügen sie über außerordentliche Fähigkeiten. Eigenschaften: Fröhliches Volk, sofern sie unter sich sind. Ansonsten können sie garstig und mürrisch sein, wenn es nicht nach ihrem Geschmack geht. Sie sind nur hilfsbereit, wenn sie Nutzen daraus ziehen können. Schaffen unermüdlich. Außerordentlich gute Kenntnisse im Bergbau.
Zwergin	siehe Zwerg
Erz-Zauberin	siehe Zauberer; weibliche Form.

Ruf der Wesen

Wochen zuvor

Eine Krähe kreiste über dem Wald. Als hätte sie gefunden was sie suchte, stieß sie im Sturzflug hinab auf die Kronen der Bäume zu, rauschte durch die Wipfel und verschwand, wie vom Erdboden verschluckt, im schmalen Spalt der Sandsteinfelsen, die inmitten des Mittelsteiner Waldes an die Erdoberfläche treten. „Na endlich!", rief die Hexe Babal, „wir haben dich bereits erwartet!" Die Krähe legte ihren Kopf zur linken Seite und hob dabei ihre rechte Kralle. „Ja, ich weiß – schwer zu finden unser Treffpunkt. Ist schon gut, Tolja. Ich denke unsere kleine Versammlung ist beschlussfähig." Babal sah in die Runde und rief dabei: „Anwesend sind Hexen, Wichtel, Zwerge, Kobolde, Elfen und Feen, von jeder Gattung mindestens zwei – und du, Tolja! Wie üblich glänzen die Herren Zauberer mit Abwesenheit. Riesen hatten wir ohnehin nicht erwartet! Somit sind wir vollzählig! Einverstanden? Keine Einwände? Also angenommen!" „Wozu diese Versammlung? Wir haben zu tun! Pilze sammeln, Nüsse lesen, Beeren pflücken, Kräuter trocknen – alles, um dem kommenden Winter zu begegnen!", rief Wichtel Melter Obbs, den alle nur Mobs nannten, weil er von etwas rundlicher Figur war. „Deshalb sind wir hier, mein lieber Mobs!", rief Babal. Melter Obbs schaute verwundert und fragte: „Ihr wollt uns beim Sammeln und Lesen helfen?" „Nein, das nicht. Wir müssen die Zeit für wichtigere Dinge nutzen. Es ist höchste Eile geboten, unsere Zukunft zu sichern und zu gestalten. Wenn wir uns diese Zeit nicht nehmen, müsst ihr all eure lieb gewonnenen Dinge aus der Natur bald im Supermarkt kaufen, sofern überhaupt angeboten. „Wie meinst du das Babal?", fragte Melter. „Die Menschen werden in ihrer Raffgier unseren Wald bald kurz und klein geschlagen haben. Wo willst du dann noch Pilze, Nüsse und all die wunderbaren Köstlichkeiten der Natur sammeln?", antwortete Babal. „Was haben wir damit zu schaffen?", fragte Erbolt der Zwerg. „Wie schmecken denn eure Schätze? Habt ihr sie einmal probiert?", fragte Babal.

„Weshalb sollten wir? Unsere Schätze tauschen wir gegen all die Köstlichkeiten dieser Welt!", rief Erbolt, dem die Zwerge Gromba und Balto applaudierend zustimmten. „Aha! Ihr marschiert also auf einen Markt, legt einen Goldklumpen oder einen eurer edlen Klunker neben die Kasse und verlangt Schinken, Würste, Brot, Obst und was weiß ich noch alles?", fragte Babal. „Wie wir es stets getan haben", gab Balto zur Antwort. „Und wenn ihr gefragt werdet, woher ihr die Schätze habt, was sagt ihr dann?", erwiderte Babal. „Wir sind Zwerge und ringen Edelmetall und Edelstein dem Schoß von Mutter Erde ab", antwortete der füllige Gromba. Babal brach in schallendes Gelächter aus, dass allen Versammelten mulmig zumute wurde. „Ich will dir sagen was die Menschen antworten werden. Erstens werden sie, wie ich soeben, in schallendes Gelächter ausbrechen und zweitens glaubt ihr vielleicht, einer der Weltlichen nimmt euch diese Geschichte ab? Glaubt ihr, einer von denen kennt noch richtige Zwerge oder glaubt an euch? Die kommen doch lediglich in Märchen vor, die kaum noch jemand kennt, geschweige denn liest!", antwortete Babal bitter. Hexe Xalu ergriff das Wort: „Mag sein, dass ihr in eurer gestrigen Welt aus Vorräten vergangener Tage schöpfen könnt und alte Weine, Trockenfleisch und Stockfisch, Dörrobst und eingelegte oder eingesalzene Gemüse, Zwieback, Sauerkraut noch euer Eigen nennen könnt. Vielleicht habt ihr auch noch genügend Braugerste für euer schmackhaftes Bier. Wenn ihr eure Köstlichkeiten bisher über Mittler besorgt habt dann solltet ihr euch fragen, auf wie viele von denen noch Verlass ist. Wem der Wenigen könnt ihr noch euer Vertrauen schenken? Und wie viele davon sind bereit, euch zu verraten um an die unermesslichen Schätze in eurem unterirdischen Reich zu gelangen? Wehe ihr müsst euch selbst der Welt draußen offenbaren. Dann seid ihr dem Untergang geweiht. Euer Schicksal wäre besiegelt", prophezeite Xalu. Hexe Almund, die den Ausführungen ihrer Vorrednerinnen gefolgt war, gab zu bedenken: „Das was Xalu schilderte, können wohl nur letzte Vorräte sein aus denen ihr Zwerge euren Bedarf deckt. Köstlichkeiten, mein lieber Balto sehen anders aus. Ich erinnere mich eurer Glanzzeiten in denen aufgefahren wurde, dass sich die Tische bogen. Saftige Früchte, frisch gepflückt, Fisch und Krustentiere, den Meeren soeben entrissen, Wildbret im Frühtau erlegt, Brot von verführerischem Aroma, an dessen krosse Krume man sich die Finger verbrannte, mit Kräutern gewürzte Würste deren lieblicher Duft jeden unweigerlich schwach werden ließ. Dazu frisch gezapftes schäumendes Bier und rubinrote Weine, lang gereift. In Krüge gefülltes Quellwasser, wie es frischer und klarer nicht sein kann." „Wollt ihr wohl aufhören, Almund! Mir läuft das Wasser im Mund zusammen!" rief Zwerg Gromba. „Siehst du jetzt, mein Lieber, wie lange ihr das schon vermissen müsst!", erwiderte Almund. „Und wie wollt ihr es anstellen, die Annehmlichkeiten vergangener Tage zurückzuholen? Wollt ihr die Zauberer bemühen, die Zustände wiederherzustellen?", fragte Erbolt. „Sie wären wohl die Letzten worauf ich baute. Seht euch doch um! Keiner dieser unzuverlässigen Gesellen hat es für nötig befunden, unserer Einladung zu folgen!", antwortete Hexe Xalu. „Wie aber wollt ihr dann dafür sorgen, dass es uns wie in besten Zeiten ergeht?", fragte Balto. „Es geht hier nicht allein um das Wohlergehen der Zwerge. Wir müssen unser aller Ansehen bei den Weltlichen wiederherstellen. Das ist die große Herausforderung der wir uns stellen müssen. Doch dazu bedarf es der Unterstützung aller. Deshalb unsere heutige Versammlung. Wir müssen die Wesen des Landes zusammenrufen. Wir müssen ihnen klarmachen was für uns alle auf dem Spiel steht. Das kann nur auf der großen Versammlung beschlossen werden. Alle müssen sich nach Kräften daran beteiligen, auch die Zauberer sonst ist unser Unterfangen zum Scheitern verurteilt!", antwortete Xalu. „Ist es denn so ernst?", fragte Bokosch der Kobold. „Noch ernster als wir es uns allesamt vorstellen können!", antwortete Babal und fuhr fort, „wenn die Mehrheit dafür stimmt, ist die große Versammlung bald einberufen. Deshalb meine Frage an euch. Wer stimmt für die große Versammlung?" Ein großer Teil hob den Arm. „Und wer stimmt dagegen?", fragte Babal. Eine beträchtliche Zahl der Teilnehmer entschied sich durch Handzeichen dagegen. „Ihr habt den Ernst der Lage noch nicht erkannt, aber das kommt noch. Jedenfalls hat die Mehrheit für den Antrag gestimmt, das ist die Hauptsache!", zog Babal befriedigend ihren

Schluss. „So mache dich auf den Weg Tolja und rufe die Vögel zusammen. Aus unserem Munde sollen sie ihren Auftrag bekommen!", gab Babal der Krähe zu verstehen. Wie gekommen erhob sich Tolja, verschwand durch den Spalt im Sandstein, erhob sich mit ihrem Flügelschwung durch die Wipfel und kreiste zunächst über dem Mittelsteiner Wald, wo sie merkwürdig durchdringende Rufe von sich gab. Bald zog sie krächzend größere Kreise und war wenig später außerhalb der Reichweite eines Beobachters. Nach und nach trafen Vögel in der Höhle ein und setzten sich nieder. Ihr schwarzes Gefieder nahm bald den gesamten Raum ein darauf wartend, ihren Auftrag zu erhalten.

„Falls Fragen sind, wendet euch bitte an Tolja!", rief Babal den in der Höhle unruhig hockenden Vögeln zu, die in nahezu unendlicher Zahl erschienen waren. „Unser heutiger Beschluss lautet die Vertreter aller Wesen des Landes zusammenzurufen, um der großen Versammlung beizuwohnen. Niemand soll sich drücken, sofern nicht unabkömmlich. Solche Ausnahmen bedürfen einer triftigen Begründung. Eure Botschaft lautet, sich so schnell wie möglich in den Höhlen unter den Mittelsteiner Sandsteinfelsen einzufinden. Es ist Eile geboten! Für Verpflegung wird gesorgt. Unterkunft muss sich jeder nach seinem Vermögen suchen, was aber im dichten Wald nicht besonders schwierig sein dürfte. Nähert euch der Stadt und dem Wald unauffällig, so gut es geht. Den Riesen sei geraten sich bei Dunkelheit auf den Weg zu machen und nicht zu rennen, damit nicht der bebende Boden sie verrät. Die Zauberer bitte ich sich pünktlich einzufinden, damit wir den Beschluss unverzüglich fassen können, sobald wir vollzählig sind." Mehrere Vögel hoben den Kopf. Einige schlugen mit den Flügeln, andere wippten mit den Schwanzfedern und wieder andere drehten sich im Kreis. Tolja flog zu ihnen und beantwortete ihre Fragen, so gut sie konnte. Bis alle Antworten gegeben waren, stand die Sonne im Südwesten am Himmel. Tolja nickte Babal zu. Babal hob die Arme und begann mit der uralten Beschwörungsformel, den Vögeln Glück zu wünschen und ihre Botschaft wortgetreu zu überbringen.

„Donner, Blitz und Hagelschlag!
Regenguss der Flut vermag!
Sonnenglut bring' Hitze arg!
Schnee und Eis erstarr' den Tag!

Berge in den Himmel ragt!
Täler tief, das Licht verbargt!
Allmacht offenbare dich!
Der Wesen Macht vereine sich!

Tragt die Kunde weit ins Land!
Jeder folg' ihr mit Verstand!
Dass alle Wesen werden eins!
Zur Verteidigung ihres Seins!"

„Schwarze Boten steigt hinauf!
Kunde tragt, landab – landauf!
Bei Neumond kommet hier zuhauf!
Schicksal nehme deinen Lauf!"

Wer seinen Blick zufällig auf den Mittelsteiner Wald gerichtet hatte, beobachtete ein nie da gewesenes Schauspiel. Aus der Mitte des Waldes stiegen Rabenvögel in die Lüfte, schwarz wie die Nacht, als erhebe sich eine Säule aus aufsteigendem Ruß, der sich an einer Luftschicht in Form eines Pilzes staut. So bedrohlich mutete das Geschehen an, als nähmen die Vögel Rache an den Menschen für das, was man Tieren angetan hat und noch tut. Unweigerlich wurden Bilder aus Hitchcocks Film *Die Vögel* wach. Doch war in der Folge nirgends ein Angriff auf Menschen zu verzeichnen.

Große Versammlung

Geheimnisvoll anmutende Schimmer farbigen Lichts ließen Gestalten im Raum erkennen. Furchteinflößende Fratzen, behaarte Riesenschädel mit Knollennasen, deren Körper auf Füßen groß wie Schneeschuhe ruhten, aber auch kleinwüchsige und zierliche Wesen, zerbrechlich wie Libellenflügel hatten sich in den unterirdischen Höhlen versammelt. Im Stimmengewirr konnte man sein eigenes Wort kaum verstehen. Babal hatte Mühe sich Gehör zu verschaffen. Die Hexe stieß einen schrillen Laut aus der alles andere übertönte. Einige mussten sich die Ohren zuhalten. Erst allmählich verstummte die Überlagerung aus Stimmen und Zischlauten. Babal begann mit ihren Ausführungen: „Wie ich sehe sind wir nicht vollzählig! Tolja! Wurden die Zauberer nicht verständigt?" Die Krähe machte einige Flügelschläge, setzte sich auf Babals Schulter und führte ihren Schnabel an Babals Ohr. Ein leises, lang gezogenes Krächzen war zu vernehmen. „Weshalb sind sie dann noch nicht hier?", fragte Babal lauthals sich selbst. Kaum hatte sie die Worte ausgesprochen folgten Blitz und Donner aufeinander und einer schwefelgelben Wolke entstieg Bambil. „Immer spektakulär, immer auffällig damit ja jeder es mitbekommt, dass uns der Herr Zauberer mit seiner Anwesenheit beglückt!", rief Babal kopfschüttelnd. „Man tut, was man kann!", rief Bambil selbstbewusst. „Wo sind die anderen?", fragte Babal. „Müssten jeden Moment erscheinen", antwortete Bambil. Ein Flirren wie Luft in der Sommerhitze in Form einer Säule war zu erkennen, die allmählich Gestalt annahm. „Hier bin ich schon!", rief Zauberer Schanto, gekleidet in buntem Gewand und setzte sich wo er Platz fand. „Kommen noch mehr von euch?", fragte Babal. „Soweit ich weiß hatte auch Rambun zugesagt!", rief Bambil. Aus dem Schatten einer der Riesen trat Rambun. „Ich sitze hier seit geraumer Zeit! Ihr habt mich nur nicht entdeckt, Babal!", rief er schmunzelnd.

„Ihr wisst, weshalb ihr gerufen wurdet?", fragte Babal in die Runde. Gemurmel wurde laut, doch niemand meldete sich zu Wort. „Nun, dann lasst mich den Beweggrund erläutern! Die Stadt Mittelstein hat beschlossen ein Einkaufszentrum außerhalb der Stadt errichten zu lassen. Damit auch Kunden umliegender Städte das Zentrum besuchen, ist Parkplatz in ausreichendem Maße vorgesehen. Das würde uns nicht sonderlich treffen außer dessen Folge, dass in der Stadt Geschäfte aufgegeben werden müssten. Was uns sehr wohl betrifft ist, dass für das Einkaufszentrum sowie dessen Verkehrs- und Parkflächen, ein erheblicher Teil des Mittelsteiner Waldes geopfert werden soll. Zwar müssen dafür anderswo entsprechende Flächen aufgeforstet werden, doch das ersetzt nicht unseren Wald. Dessen Rodung aber gefährdet unsere Existenz. Uns wird die Lebensgrundlage in erheblichem Maße entzogen. Außerdem ist unser Schutz durch den Fortfall der Bäume nicht mehr hinreichend gewährleistet. Kunden werden den Wald vermehrt als Naherholungsgebiet ansehen, und uns gefährlich nahekommen. Dies zu verhindern, brauchen wir eure Unterstützung! Deshalb seid ihr hier!" „Hast du bereits einen Plan, dem wir folgen sollten?", fragte Rambun der Zauberer. Riese Krawul wäre mit seinem mächtigen Schädel beinahe an die Decke gestoßen, als er sich erhob und rief: „Wir könnten die bereits angerückten Baumaschinen aus dem Weg räumen oder aufeinanderstapeln. Das wäre lustig!" Schallendes Gelächter brach aus ihm heraus, dass die Höhle bebte. „Kurzfristige Maßnahmen können nichts ausrichten. Wir müssen weitläufiger denken. Zwei Dinge sollten wir gleichermaßen erreichen. Zum einen müssen wir den Bau des Einkaufszentrums verhindern, zum anderen sollten wir erreichen, dass die Menschen uns wieder achten. Wenn wir eines von beiden nicht erreichen können sind unsere Bemühungen zum Scheitern verurteilt. Zusammen mit Melter Obbs haben wir folgenden Plan gefasst!", rief Babal in die Runde und erklärte das genaue Vorgehen. „Glaubst du die Stadt wird ihr Vorhaben aus diesem Grund aufgeben? Geld regiert die Welt! Die Stadt braucht die Gewerbesteuer aus dem Einkaufszentrum. Ich kann mir nicht vorstellen, dass sie für das vermeintliche Wissen um die Grundlage ihrer Existenz große Summen von Steuergeldern ausschlagen wird!", wandte Zauberer Schanto ein. „Wir haben die Gesetze genau studiert. Wird es geschickt von uns eingefädelt, bleibt ihnen keine Wahl. Außerdem ist das Ergebnis unseres Vorhabens finanziell wie kulturell mindestens so attraktiv wie das Einkaufszentrum. Vor allem aber ist es von bleibendem Wert für Generationen!", rief Babal. „Wir Zauberer sind da sehr skeptisch, meine Liebe!", rief Bambil. Dabei sah er Schanto und Rambun an, die nickend zustimmten. „Dann können wir nicht auf euch zählen?", fragte Babal enttäuscht. „So habe ich es nicht gesagt. Nur können wir aufgrund des ungewissen Ausgangs keine Zusage geben!", rief Bambil. „Ihr könnt also nur zusagen, wenn unser Plan bereits erfolgreich war? Dann, lieber Bambil, brauchen wir euch nicht mehr", antwortete Babal. „Wer von euch ist noch der Meinung, dass er keine Hilfe anbieten kann?", rief Babal in die Runde der Versammelten. Nur wenige Arme gingen hoch. „Das nenne ich Solidarität! Gemeinsam sind wir stark! Das stimmt mich zuversichtlich!", rief Babal.

„Das ist aber nur die Hälfte eures Plans. Könnt ihr erklären, weshalb Menschen euch Wertschätzung entgegenbringen sollten!", rief Rambun.

Gromba der Zwerg erhob sich. Mit Stolz trug er die Vorzüge der Zwerge vor: „Zwerge wissen um die Geheimnisse im Schoß der Mutter Erde. Nur sie verstehen es, edle Mineralien schonend abzubauen, wie es keiner anderen unsterblichen oder sterblichen Kreatur gelingt. Wir vermögen Mineralien auf das Feinste sauber zu trennen, deren Beschaffenheit hernach reiner nicht sein könnte. Wer der Zwerge Dienste in Anspruch nimmt, kann sicher sein, dass der Erde kein Schaden zugefügt wird. Doch unsere Künste haben ihren Preis, der sich jedoch durch das Heil aller auszahlt!"

Niemand der Anwesenden wollte auf sich sitzen lassen, nutzlos für die Menschen zu sein. Und so ergriff jede Gattung der Wesen die Gelegenheit, sich ins rechte Licht zu rücken.

Elvira legte sich für die Vorzüge der Elfen ins Zeug: „Elfen schweben lautlos dahin. Wir besitzen Verstand und Einfühlungsvermögen. Dabei können wir Situationen einschätzen und Umstände beurteilen. Wer Elfen seine Verbündeten nennt und unsere Dienste als

Kundschafter in Anspruch nimmt, kann sich glücklich schätzen. Nur selten entgeht uns etwas und noch nie ist Elfen in der Bewertung von Situationen ein Fehler unterlaufen. Auf Elfen ist stets Verlass und ihre Verschwiegenheit ist sprichwörtlich!"

Anush die Fee, wollte es sich nicht nehmen lassen, die Künste ihrer Gemeinschaft kundzutun: „Feen haben eine finstere und eine wohlwollende Seite. Wir stehen Menschen in schwierigen Situationen bei und versuchen Unbescholtene zu bevorteilen. Oft geben wir den Hilfsbedürftigen ein bis drei Wünsche frei. Doch hüte man sich, die bedenkenlos auszusprechen. Stets ist jeder Wunsch mit all seinen Konsequenzen zu überdenken. Überstürzte Äußerungen können für den Hilfesuchenden weitaus ärgere Auswirkungen haben, als die, in der er sich gerade befindet. Nicht dass es einem so geht wie dem König der wünschte, dass alles, was er berührte, zu Gold würde, worauf er jämmerlich, Hunger und Durst leidend, zugrunde ging!"

Wer konnte die Vorzüge der Wichtel besser vorbringen als Melter Obbs: „Wichtel sind ihrer Statur wegen Meister der Tarnung und des Versteckens. In Zeiten als Menschen noch Respekt vor uns zeigten, gingen wir ihnen flink zur Hand. Stets wussten wir was zu tun ist. Für unsere Kenntnis und unser Geschick im Handwerklichen rühmte man uns allerorts. Allerdings durfte kein menschliches Auge Zeuge unserer Handlungen werden. War das der Fall, verschwanden wir lautlos, wie gekommen und kehrten nie mehr an diesen Ort zurück. So wie es dem Schustermeister in Köln erging, dessen Frau ihre Neugier nicht zügeln konnte, worauf die Wichtel, dort Heinzelmännchen genannt, des Nachts nie mehr Schuhe fertigten und flickten und fortan ausblieben. Wichtel haben ein besonderes Gespür für in Not geratene!" Bokosch fühlte sich genötigt, eine Lanze für Kobolde zu brechen: „Kobolde treiben allerlei Schabernack mit Menschen und Wesen. Manchmal verfallen wir auf grobe Scherze, dann wieder auf solche, die mit einem Schmunzeln hingenommen werden. Unsere Anwesenheit gestaltete den Alltag der Menschen abwechslungsreich und wurde daher als Bereicherung im täglichen Allerlei aus Trübsal und Trauer angesehen. Rechenfehler können wir nicht ausstehen, weshalb wir, sobald wir einen gewahr werden ausbessern, bevor der damit Beschäftigte es bemerkt. Auch Verwaltungsfehler versuchten wir unserem Vermögen nach in richtige Bahnen zu lenken, sonst wäre manch Planung der Ämter in ihren Ausführungen im wahrsten Sinne des Wortes in den Sand gesetzt worden!"

Schnaubend und keuchend erhob sich der Riese Krawul: „Früher beschützten Riesen Menschen und retteten sie aus großen Gefahren. Sie wurden vor und im frühen Jahrtausend der Zeitrechnung zu allerlei Arbeiten herangezogen, die Menschen nicht zu verrichten mochten. Vor allem beim Bau monumentaler Festungen und Kultanlagen bedienten sich Menschen unserer Dienste. Bereitwillig führten Riesen die von ihnen verlangten Hilfestellungen aus, wenn sie im Anschluss dafür entsprechend entlohnt wurden. Zumeist war dies auch der Fall. Doch gab es unverbesserliche Geizkragen die sich hinterher unwissend stellten, wenn es um unsere Entlohnung ging oder sie schätzen unsere Arbeit zu gering. Welch Wunder, dass wir Riesen unseren verdienten Anteil holten, weshalb wir zu Unrecht in Verruf gerieten. Hatte ein Bauherr zwei Schafe zum Verzehr versprochen, aber lediglich eines herausgerückt, holte der Riese zu Recht seinen Anteil. Es wurde ihm aber als Diebstahl vom Bauherrn ausgelegt und überall als solcher verbreitet. Auf diese Weise gerieten unbescholtene Riesen in Verruf und waren fortan als Viehdiebe verschrien!"

Es war nun an Babal den Ruf der Hexen zu verteidigen: „Allein das Nennen einer Hexe beschwört heutzutage schaurige Vorstellungen herauf. Dabei galten wir in den frühen Anfängen moderner Zeitrechnung als Ratgeber in allen Lebenslagen. Kannten wir uns doch mit Kräutern, Beeren und Pilzen aus wie keine andere Art der Wesen, was Fundorte, Zubereitung und Heilwirkung angingen. *Kaum eine Krankheit, gegen die kein Kraut gewachsen ist*, lautete unser Wahlspruch. Selbst gegen üble Schlangenbisse der heimischen Arten kannten wir Gegengifte. Wer Beschwerden hatte, kam zu uns und ihm wurde geholfen. Erst seit die Inquisition ihr menschenverachtendes Unwesen trieb, gerieten Hexen unter Generalverdacht.

Dadurch, dass wir ohne triftigen Grund verfolgt und gerichtet wurden, kehrten wir uns von den Menschen ab und gegen sie. Erst als sich die Zeiten besserten, besann man sich auf unsere hilfreiche Seite. Doch gerieten wir zunehmend in Vergessenheit, weshalb niemand mehr unsere Dienste beanspruchte. Eher ließen sich Erkrankte von Quacksalbern und Scharlatanen behandeln, als sich auf die von uns angewandten natürlichen Hilfskräfte zu berufen."

Bambil der Zauberer hielt es für unnötig, Argumente ihrer Existenzberechtigung anzuführen, weshalb Babal für sie das Wort ergriff: „Ihr Zauberer dient vor allem den Wesen. Sofern ihr es für nötig erachtet, helft ihr in größter Not. Eure Künste sind zahlreich und gewaltig. Doch vermögt selbst ihr nicht alles. Berge zu versetzen oder Meere zu teilen steht nicht in eurer Macht. Doch Stürme samt Blitz, Donner und Hagel herbeizurufen, ist ganz nach eurem Geschmack. Auch danach, sich in Windeseile von hier nach dort zu versetzen, um dort wie aus dem Nichts aufzutauchen, steht euch der Sinn. Eure Künste sind so vielfältig, dass es Jahre beanspruchen würde, sie aufzuzählen und zu beschreiben, weshalb ich es mit den angeführten belassen will!"

„Wollt ihr immer noch leugnen, Rambun, Wesen hätten keine Daseinsberechtigung in der Welt der Menschen?", fragte Babal. „Sie müssten erst wieder lernen, unsere Dienste in Anspruch zu nehmen, dann stimme ich dir zu, Babal!", antwortete Rambun. „Das ist der zweite Teil unserer Aufgabe. Wenn wir den ersten Teil erfolgreich absolviert haben, wird uns der Rest auch noch gelingen!", erwiderte Babal. Elfe Elvira ergriff das Wort: „Auf Island werden nicht nur Feen und Trolle geachtet und verehrt, auch viele andere Wesen. Straßen werden verlegt, wenn Wesen sich dafür aussprechen. Bei uns gingen den Menschen die Sinne für das Verborgene und Schützenswerte verloren. Gnadenlos und ohne Rücksicht wird alles niedergewalzt, was unnütz erscheint oder nicht ins gewohnte Bild passt. Wir müssen den Menschen wieder zeigen, dass wir gemeinsam Wege finden können die nachhaltige Grundlage für eine lebenswerte Zukunft zu schaffen!" Rauschender Beifall wanderte durch die Höhlen. „Wann soll es losgehen, Babal?", fragte der Riese

Wantu. „Innerhalb von zwei Monden sollten wir alles vorbereitet haben. Damit steht der Termin fest - der übernächste Neumond!", rief Babal, dass alle es hören konnten. „Unsere Reise war lang und kräftezehrend. Bevor wir wieder aufbrechen müssen wir uns stärken!", rief Krawul. „Ihr Riesen werdet nicht aufbrechen. Wir brauchen eure Hilfe sofort. Ich denke, dass unsere Offenbarung einen Tumult auslösen wird, bei dem es rau hergehen könnte. Dabei ist jede starke Hand willkommen. Seid ihr einverstanden?", rief Babal. „Wo für reichlich Verpflegung gesorgt wird, bleiben wir gern!", rief Wantu. „Dort hinten, wo das grüne Licht in der Höhle schimmert, werdet ihr alles finden was euer Herz begehrt!", rief Babal. Die Riesen Krawul, Wantu und Qualster ließen sich das nicht zweimal sagen. Sie waren die Ersten, die von ihren Plätzen aufsprangen und in die besagte Höhle stampften, als sei nur für sie gesorgt worden.

Die *Glaskugel* des Jungen

I n der nächtlichen Stille machten sich Wesen auf zur Stadt, um Erkundigungen für ihr Vorhaben einzuziehen und wichtige Orte auszukundschaften. Vor allem Wichtel die es verstanden, sich geschickt zu tarnen, hatten sich für diese Aufgabe bereit erklärt. Begleitet von Hexen und neugierigen Feen schlichen sie sich im Schutz der Dunkelheit in die nahe gelegene Stadt.

Bei ihren Erkundungen in Mittelstein müssen sie sich vor Passanten zwischen Häusern zurückziehen. Ihr Blick fällt dabei durch ein Fenster in einen unbeleuchteten Raum, in dem ein hell erleuchteter Kasten steht, vor dem ein Junge sitzt. Es war nichts Besonderes, dass Menschen hell erleuchtete Kästen in ihre Zimmer stellten, vor denen sie abends wort- und regungslos saßen, wobei sie aßen und tranken.

Auf dieser hell erleuchteten Fläche aber erkannten die Wesen den Erdball mit blauen, grünen und braunen Flächen. Wie im Anflug nähert sich die Erde dem Jungen, als ob er in Kürze auf ihr landen und ihre Oberfläche von der Nähe betrachten wollte. „Das muss eine Art Wunderkasten sein! So wie eine gläserne Kugel, durch die Zauberer in die Welt sehen um ferne Orte zu betrachten oder die Zukunft zu schauen!", sagte die Hexe Babal. „Ein Menschenkind im Besitz einer Zauberkugel? Das ist gegen die Regeln!", entgegnete Hexe Xalu. „Wessen Regeln? Du meinst unsere Regeln! Die gelten für Menschen schon lang nicht mehr!", erwiderte Elfe Elvira. „Wir müssen mit dem Jungen Kontakt aufnehmen", sagte Wichtel Mobs. „Willst du einfach zu ihm hineinmarschieren und ihn fragen, ob er uns helfen würde?", fragte Babal. „Natürlich! Das möchten wir doch, oder?", antwortete Mobs. „Das wollen wir, ja! Aber wir wollen nicht mit der Tür ins Haus fallen!", antwortete Babal. „Wir tun so als sei es das Normalste von der Welt. Er wird schon nicht tot umfallen!", erwiderte Mobs. „Also gut", willigte Babal ein, „erst gehen wir in Deckung, dann öffne ich das Fenster!" „Aber leise. Er soll mich nicht hören. Ich will ihn überraschen", flüsterte Mobs. „Du musst schnell hineinschlüpfen, bevor er den Luftzug spürt", flüsterte Xalu. Die Wichtel, Babal, Xalu und Elvira zogen sich hinter die Garage neben dem Haus zurück. Mobs stellte sich unter das Fenster und sah hinauf. Lautlos drehte sich der Griff. Wie von Geisterhand öffnete sich ein Fensterflügel. Mobs sprang auf das Fensterbrett und hüpfte durch das geöffnete Fenster, das sich unhörbar hinter ihm schloss.

„Abends noch so fleißig?", fragte Mobs, der auf das kleine Tischchen mit dem Drucker gesprungen war. Der Junge zuckte zusammen: „Hast du mich erschreckt!" Er musterte den Wichtel von oben bis unten und fragte: „Wer bist du denn und woher kommst du so plötzlich?" „Woher ich komme", antwortet Mobs, „tut nichts zu Sache. Wer ich bin?" Der Wichtel machte eine tiefe Verbeugung und sagte: „Darf ich mich vorstellen! Mein Name ist Melter Obbs, genannt Mobs - Wichtel aus dem Mittelsteiner Wald!" „Wie bitte, Wichtel?", fragte Benjamin und musste lauthals lachen. „Die Größe hättest du ja, und gekleidet bist du auch entsprechend. Doch Fasching war im Frühjahr. Du bist ein minderwüchsiger Mensch, nicht wahr", sagte Ben. „Nenne es wie du willst! Wie ist denn dein Name?", antwortete Mobs. „Ich heiße Benjamin, genannt Ben", erwiderte der Junge. „Aha. Was machst du dort an dem Kasten, Ben?" fragte Mobs. „Ich suche in Google Earth einen guten Cache-Ort. Ich möchte in den Ferien einen Mystery-Cache verstecken", antwortete Ben. „Mystery klingt gut, aber was ist das und was bitte ist ein Cache?", fragte Mobs. „Du weißt auch gar nichts. Kennst dich wohl mit Computern nicht aus", antwortete Ben. „Man kann ja nicht alles können", erwiderte Mobs. „Also, Geocachen ist ein Spiel. Die ganze Erde ist in Koordinaten aufgeteilt. Bei einem traditionellen Cache stellt der Cache-Leger die Koordinaten in die Aufgabe ein. Der Suchende lädt sich diese Koordinaten in ein GPS-Gerät oder auf ein Smartphone. Danach geht oder fährt er in die Nähe des Ortes, wo der Cache liegt und begibt sich auf die Suche. Hat er die Dose gefunden, trägt er sich mit einem Stift in das darin befindliche Logbuch ein, versteckt die Dose wieder ordentlich und trägt den Fund zu Hause in die Webseite des Caches ein. Damit hat der Suchende den

Cache offiziell, für alle Spieler sichtbar, gefunden", erklärte Ben. „Das sind aber viele böhmische Dörfer die du da von dir gibst", antwortete Mobs. „Nur für den der abseits dieser Welt lebt", antwortete Ben schnippisch. „Aber von Mystery hast du noch kein Wort gesagt", erklärte Mobs. „Ach ja - ein Mystery ist ein Rätsel. Erst in der Lösung findet man die Koordinaten", antwortete Ben. „Ist das alles?", fragte Mobs. „Es gibt auch noch Multicaches. Das sind mehrere Caches, die man anlaufen muss. Beim Ersten erhält man die Koordinaten des zweiten Verstecks und so fort", erklärte Ben. „Das klingt lustig und bringt mich auf eine Idee!", antwortete Mobs. „Jetzt plötzlich kennst du dich aus", sagte Ben erstaunt. „Scheint so. Wir Wichtel haben eine schnelle Auffassungsgabe", antwortete Mobs. „Und wie lautet deine Idee?", fragte Ben. „Bist du in der Lage einen Multicache zu entwerfen?", fragte Mobs vorsichtig. „Im Prinzip ja, aber es kostet eine Menge Zeit, wenn viele Ziele anzulaufen sind", gab Ben zu bedenken. „Es wären viele Ziele", antwortete Mobs. „Wie viele in etwa?", fragte Ben. „Etwa zwanzig", antwortete Mobs, und beobachtete Bens Reaktion. „Zwanzig! Bist du von Sinnen. Daran sitzt man mindestens zwei Wochen", wandte Ben ein. „Was sind zwei Wochen gegen die Ewigkeit", entgegnete Mobs. „Wieso gegen die Ewigkeit?", fragte Ben erstaunt. „Darf ich dir reinen Wein einschenken? Kannst du Stillschweigen bewahren?", fragte Mobs. „Ich trinke keinen Wein – aber Schweigen kann ich, wenn es sein muss", gab Ben zur Antwort. „Das muss sein, sonst sind wir allesamt verloren", erklärte Mobs mit trauriger Mine. „Was ist denn passiert?", fragte Ben. „Nichts! Eben nichts ist passiert! Rein gar nichts! Das ist es ja", erregte Mobs sein Gemüt. „Was passiert nicht?", fragte Ben. „Vergessen hat man uns nahezu. Niemand nimmt uns ernst. Wir sind dem Untergang geweiht", klagte Mobs. „Wer wir?", fragte Ben. „Wir! Wichtel, Kobolde, Zwerge, Elfen, Feen, Hexen, Zauberer. Ich kann gar nicht alle aufzählen", antwortete Mobs. „Ha, ha, ein schöner Scherz", erwiderte Ben und musste herzhaft lachen. „Also auch du. Wenn schon die jungen Menschen nicht mehr an uns glauben, wie sieht es dann erst bei den Alten aus", gab Mobs zurück. „Aber das sind doch alles Märchenfiguren – reine Hirngespinste!", rief

Ben. „So, so, Hirngespinste. Hast du dich nicht gewundert, dass ich plötzlich im Zimmer neben dir stand. Die Fenster waren verschlossen. Ist das normal, dass neben dir jemand lautlos erscheint und dich anspricht?", fragte Mobs. Ben dachte einen Augenblick nach. „Mobs hatte recht. Nicht das leiseste Geräusch hatte er gehört, und trotzdem stand er plötzlich neben ihm", dachte Ben. „Wie stellt man es an, so geräuschlos zu erscheinen?", fragte Ben. „Hexerei und Geschick", antwortete Mobs. „Geschick verstehe ich, Hexerei nicht. Wer sollte dazu in der Lage sein?", fragte Ben. „Hexen können hexen, Zauberer zaubern und Feen auch so einiges", antwortete Mobs. „Ja, ja, in Märchen. Aber im richtigen Leben?", erwiderte Ben. Mobs nahm die Hand Bens und sagte: „Komm mit mir." Auf leisen Sohlen führte er Ben zum Fenster und bat ihn, es zu öffnen. Mobs sprang auf das Fensterbrett, zeigte auf die Mauerkante der Garage und sagte: „Pass auf. Schau genau hin. Aber erschrick nicht." Mobs stieß einen hellen Pfiff aus. Wenige Augenblicke später lugten mehrere Köpfe hinter der Kante hervor. Ben konnte zwei Fratzen erkennen, über denen drei engelartige Wesen schwebten. Unten schoben zwei kleinwüchsige Figuren ihre Gesichter hervor. Ben blieb die Spucke weg. „Das ist doch kein Faschingsscherz, oder?", fragte Ben verunsichert. „Elvi! Britt! Fila! Kommt ein Stückchen näher! Dieser ungläubige Thomas hier will überzeugt werden!", rief Mobs mit halblauter Stimme. Die drei Elfen schwebten über dem Pflaster vor der Garage heran, blieben aber auf halbem Weg in der Luft stehen. „Sie fürchten, es könnte ihnen etwas angetan werden", flüsterte Mobs. Ein „Donnerwetter" kam über Bens Lippen. „Es ist gut. Ihr könnt wieder zurückschweben!", rief Mobs halblaut. Ben traute seinen Augen nicht. Wie gekommen, schwebten die Elfen zurück an ihren Platz, ohne sich umzudrehen. „Na, wie steht's jetzt mit deiner Meinung zu uns?", forderte Mobs Ben zu einer Antwort auf. „Das hätte ich nie geglaubt, wenn ich es nicht selbst gesehen hätte. Ihr existiert also wirklich. Unfassbar", antwortete Ben. „Verstehst du jetzt worum es uns geht? Wir wollen nicht untergehen – nicht im Nichts verschwinden. Auch wir haben ein Recht zu leben", sagte Mobs. „Ich glaube ich habe verstanden. Aber was wollt ihr dagegen unternehmen. Die Welt glaubt nicht an euch. Sie will von euch Wesen nichts wissen. Ihr seid im Grunde nutzlos für die Menschen. Ihr produziert nichts – stellt nichts Verkaufbares her. Welchen Wert könntet ihr für die Welt aufweisen?", entgegnete Ben. „Stillschweigen! Versprochen?" sagte Mobs. „Ehrenwort", antwortete Ben. Mobs stellte einen Stuhl neben Bens Schreibtischstuhl und begann, ihm den Plan der Wesen zu erläutern. Ben hörte zu, schüttelte hin und wieder den Kopf oder nickte verständnisvoll. Zum Schluss sagte Ben: „Einverstanden. So machen wir es!" Mobs zog einen Lederbeutel aus der Tasche, überreichte ihn Ben und erklärte: „Darin befindet sich ein hübscher Glasstein. Bewahre den Beutel gut auf, vielleicht kann er noch von Nutzen sein". Ben öffnete das Fenster, beide verabschiedeten sich und Mobs sagte: „Bis bald!" Dann hüpfte er vom Fensterbrett, lief zur Garage und entschwand dahinter.

Der geheimnisvolle Beutel

Benjamin kehrte, wie an jedem Wochentag, nachmittags von der Schule heim. Diese Zeit nutzte seine Mutter Christine zum Einkaufen, für die Familie Essen zu kochen und die Wohnung in Schuss halten. Im Haus verrichtete sie, was so anfiel, Staubsaugen, Abwaschen, Aufräumen, so auch in Bens Zimmer. Neben dem Computerbildschirm fiel ihr ein brauner Lederbeutel auf, der mit einer ledernen Schnur zugebunden war. Sie ergriff ihn und roch daran. Er hatte einen fremdartigen süßlich-feinen Geruch. Christine Kranz dachte: „Er wird doch nicht etwa *Gras* nehmen. Besser ich frage ihn, wenn er zurück ist."

Zum Mittagessen kam Albert Kranz stets pünktlich. Deshalb sputete sich seine Frau, das Essen bei seiner Ankunft auf den Tisch zu bringen. Weil ihr Mann zu Fuß in das Büro ging, denn zum nahe gelegenen Finanzamt waren es gut zehn Gehminuten, stand das Auto, außer bei größeren Einkäufen, tagsüber in der Garage.

Als Ben aus der Schule heimkam, behielt seine Mutter ihren Verdacht vorerst für sich. Erst wenn sein Vater von der Arbeit zurückgekehrt war, wollte sie ihn zur Rede stellen. Schließlich war das eine schwerwiegende Angelegenheit.

Ben ging auf sein Zimmer, stellte die Schultasche ab und setzte sich an seinen Computer. Er rief Google Earth auf und zoomte auf den Wald um Mittelstein. Er konnte dicht bewaldete Flächen, Seen, Lichtungen und Wege erkennen. „Dort", dachte er, „könnte man so etwas schon hinbekommen", und zeigte auf ein großes zusammenhängendes Waldstück. „Bin gespannt, welche Aufgabe der Wichtel heute Abend mitbringt", dachte Ben. „Abendessen!", rief seine Mutter. Ben war so in seine Gedanken vertieft, dass er den Hunger nicht gespürt hatte. Schnellen Schritts ging er zu Tisch. „Was bewahrst du eigentlich in dem Lederbeutel neben deinem Bildschirm auf, er riecht so merkwürdig?", fragte Bens Mutter während des Essens. „Der? Ist ein Geschenk. Er enthält einen bunten Glasstein", antwortete Ben. „Woher hast du ihn?", fragte Bens Vater. „Das darf ich nicht verraten", antwortete Ben geheimnisvoll. „Zeig ihn einmal her", bat ihn seine Mutter. Ben ging in sein Zimmer. Er ärgerte sich, dass er den Beutel nicht weggeräumt hatte. Wenn alles herauskommt wäre die Aktion durch seine Schuld womöglich zum Scheitern verurteilt. Zurück am Esstisch schnürte er den Beutel auf und griff hinein. Weil er den Glasstein nicht fühlte, hielt er den Beutel mit der Öffnung nach unten, damit der Stein herausfiel. Tatsächlich fiel ein grünlicher Stein auf den Tisch. Doch im nächsten Moment purzelte ein roter, dann ein blauer, ein gelber und ein weißer heraus. Ben drehte den Beutel geschwind um. Auf dem Tisch lagen fünf funkelnde Steine, in Färbung und Schliff völlig verschieden voneinander. „Das nennst du einen Stein?", fragte der Vater. Ben stieg die Röte ins Gesicht. Er war vollends überrascht. „Warum hast du nicht die Wahrheit gesagt? Woher stammen die Steine? Raus mit der Sprache!", rief der Vater. „Ich habe die Wahrheit gesagt. Als ich den Beutel bekam war genau ein Stein darin", antwortete Ben entrüstet. „Woher sollten plötzlich die anderen Steine kommen?", fragte seine Mutter. „Das weiß ich nicht – ich kann es nicht erklären", antwortete Ben. Albert Kranz nahm einen Stein, hielt ihn ins Licht der Esstischleuchte, drehte ihn hin und her, betrachtete das durchscheinende Licht und sagte wie in Trance: „Glas ist das nicht. Merkwürdig, dieses Glimmen." „Wenn das kein Glas ist, was sollte es dann sein?", fragte die Mutter. „Wenn das kein Glas ist, müsste man für die Klunker einen Batzen Geld hinblättern", sagte Albert Kranz nachdenklich. Als Finanzbeamter sah er Bündel von Banknoten in einem Koffer vor seinem geistigen Auge. „Da ist doch nicht etwa Rauschgift im Spiel!", mutmaßte Albert Kranz. „Um Himmelswillen, nur das nicht. Bitte tue uns das nicht an", flehte die Mutter. „Quatsch! Mit Rauschgift habe ich nichts zu schaffen!", entgegnete Ben.

„Bis die Sache geklärt ist, nehme ich den Beutel an mich, sonst verschwindet er noch auf wundersame Weise", erklärte Bens Vater. Er nahm jeden Stein einzeln auf, ließ ihn in den Beutel fallen und verschloss ihn fest mit dem Lederband. Danach steckte er ihn in die Hosentasche. „Überlege dir eine Antwort auf die Herkunft des Beutels.

Bis morgen Abend möchte ich alles geklärt wissen", sagte Vater Albert, hob die Abendbrottafel auf und ging in das Schlafzimmer. Dort legte er den Beutel hinter einen Stoß Wäsche, verschloss die Schranktür und ließ den Schlüssel in seine Hosentasche gleiten. „Und du hast wirklich nichts mit Drogen zu tun?", fragte die Mutter Ben ängstlich. „Nein! Wirklich nicht! Wenn ich dir doch nur sagen könnte, wer mir den Beutel schenkte. Doch ich habe mein Wort gegeben", antwortete Ben. „Dann bin ich beruhigt. Ein gegebenes Wort muss man natürlich halten", antwortete Christine Kranz erleichtert. „Was würde er dem Wichtel sagen, wenn der heute Abend nach dem Beutel fragen sollte", dachte Ben. Schweigend zog er sich in sein Zimmer zurück.

Nach Mitternacht wachte Albert Kranz auf. In seinem Traum hatte sich der Beutel im Schrank so stark aufgebläht, dass die Schranktür aufgesprungen war. Mit einem Knall war der pralle Beutel geplatzt. Tausende verschiedenartigste Glassteine sprangen durch das Schlafzimmer und sandten gleißendes Licht aus. Er richtete sich im Bett auf und versuchte etwas im dunklen Zimmer zu erkennen. Allmählich gewöhnten sich seine Augen an das schwache Licht, das von der Straßenlaterne an der nächsten Ecke durch das Fenster einfiel. Leise stieg er aus dem Bett und schlich zum Schrank. Er musste sich vergewissern, ob sich der Beutel noch an Ort und Stelle befand. Mit dem Schlüssel öffnete er die Schranktür, griff hinter den Wäschestapel und zog den Beutel hervor. „Zum Glück war es nur ein Traum", dachte Albert. Aber irgendwie kam ihm die Sache doch merkwürdig vor. Vorsichtig öffnete er die Tür zum Flur, tastete sich zum Esszimmer vor und schaltete das Licht ein. Den Beutel in der Hand ging er zum Tisch und löste das Lederband. Mit einer Hand weitete er die Öffnung des Beutels und griff hinein. Ihm fuhr der Schreck in die Glieder. Fünf Steine hatte er hineingelegt, das wusste er genau, doch er fühlte lediglich einen einzigen. Albert Kranz hielt den Beutel mit der Öffnung nach unten. Nacheinander purzelten Steine heraus. Doch lagen jetzt bereits sechs Steine auf dem Tisch. Er drehte den Beutel um und griff hinein. „Aha, das ist also der Letzte", dachte Herr Kranz, legte ihn neben die anderen und den Beutel beiseite. Er kratzte sich am Kopf. „Sieben sind es also", sagte er leise. Doch dann stutzte er. Das waren nicht die, die er am Abend zuvor auf dem Tisch hatte liegen sehen. Beim Abendbrot hatten sie noch die Farben grün, rot, blau, gelb und weiß. Jetzt lagen dort ein braunbeige-gestreifter, ein blass violetter, ein goldbraun schillernder, ein rosafarbener, ein gelblich grüner, ein blau-gefleckter und ein dicker rubinroter Stein. Albert Kranz kniff sich in den Arm. Es war kein Traum. Ungläubig schüttelte er den Kopf. „Sollte Ben in der Dunkelheit die Steine vertauscht haben? Unmöglich. Er selbst hatte doch den Schlüssel in Gewahrsam. Als er die Schlafzimmertür hörte, schob er schnell die Steine zusammen und füllte sie zurück in den Beutel.

Den Rubinroten aber ließ er in seine Schlafanzugtasche gleiten. „Was machst du hier, mitten in der Nacht?", fragte Christine. „Ich hatte einen Albtraum und musste mich überzeugen, ob alles in Ordnung ist", antwortete ihr Mann. „Was war es denn für ein Traum?", fragte seine Frau. Albert erzählte, was er geträumt hatte. „Aber wie du siehst, ist alles in bester Ordnung", sagte ihr Mann und wies dabei auf den Beutel, der auf dem Tisch lag. „Jetzt komm wieder ins Bett", sagte Christine, gähnte und ging voraus. Ihr Mann blieb noch kurz sitzen. „Was man alles damit machen könnte, wenn die Steine echt wären", dachte Albert. „Vor der Arbeit werde ich zu Juwelier Goldschmidt gehen und ihn um eine Einschätzung bitten. Bin gespannt was der zu dem Rubin sagen wird", beschloss Albert Kranz. Im Schlafzimmer schob er den Beutel hinter den Wäschestapel, nahm den Rubin und ließ ihn in seine Jacketttasche gleiten, des Jacketts, dass er zur Arbeit anzog. Beschwingt, wie von Elfen getragen, ging er zu Bett und schlief mit einem Lächeln ein.

Unverhoffter Ausgang

Frau Kranz öffnete die Küchentür. „Du bist schon auf?", fragte Christine ihren Mann. „Wie du siehst", antwortete Albert Kranz. „Was trieb dich denn so früh aus den Federn?", fragte sie. „Ich möchte den schönen Morgen genießen und mir vor der Arbeit in der Stadt ein wenig die Beine vertreten", antwortete er. „So etwas höre ich von dir zum ersten Mal!", wunderte sich seine Frau. „Irgendwann ist immer das erste Mal", antwortete Albert Kranz. „Ich mache mich jetzt auf den Weg", sagte Albert, gab seiner Frau einen Kuss auf die Wange und wollte zur Garderobe gehen. "Und Frühstücken?", fragte Christine. „Ich habe einen Happen gegessen. Mittags finde ich schon wieder zu deinen kulinarischen Kochkünsten zurück", zwitscherte Herr Kranz, zog seinen Mantel über und ging zur Tür hinaus.

Auf dem Weg in den alten Ortskern kam ihm der Beutel wieder in den Sinn. „Wenn alle Steine darin echt waren, besaßen sie ein kleines Vermögen und könnten sich am Stadtrand ein schmuckes Häuschen bauen", dachte Kranz.

Goldschmidt öffnete um halb acht. So blieb ihm noch eine halbe Stunde bis zum Bürobeginn. Es waren nur wenige Schritte vom Juwelier zum Finanzamt.

Am Ladengeschäft Goldschmidts angekommen stellte sich Kranz vor das Schaufenster, als betrachte er die Auslagen mit den wertvollen Uhren. Tatsächlich aber beobachtete er das Geschehen auf der Straße im Spiegelbild der blitzblank geputzten Schaufensterscheibe. Schnell wendete er den Kopf zu beiden Seiten des Gehwegs. Weil niemand zu sehen war, drückte er die Türklinke hinunter und trat in das Juweliergeschäft. Die Glocke an der Wand über ihm, die ein Stift an der Tür streifte, kündigte seinen Besuch mit hellem Ton an. Kranz schritt die wenigen Meter bis zum Tresen ab und stellte sich davor auf. In den Auslagen unter der Glasplatte lagen Fingerringe, Colliers, Ohrringe und Armbänder ordentlich aufgereiht, jedes der Stücke unterschiedlich gearbeitet, mit verschieden farbigen Steinen.

„Hier bin ich richtig", dachte Kranz. Weil sich nichts rührte sah er sich ungeduldig im Geschäft um. Der Vorhang zur Werkstatt des Juweliers wurde zur Seite geschlagen und Goldschmidt trat hindurch. „Womit kann ich dienen?", fragte der mittelgroße Mann mit schütterem Haar. Im selben Moment erkannte Goldschmidt den Finanzbeamten und sagt händereibend: „Sie müssten doch bald Silberhochzeit feiern, Herr Kranz. Soll es etwas in diese Richtung sein?" „Nein, nein, soweit sind wir noch nicht", antwortete Kranz. „Was kann ich dann für Sie tun?", fragte Goldschmidt. „Ich hoffe es ist nicht zu viel verlangt", antwortete Albert Kranz, „wenn Sie sich diesen Stein einmal ansehen", öffnete den Mantel, zog den Stein aus der Jackentasche und legte ihn auf die gläserne Abdeckung der Vitrine. Goldschmidt nahm seine Lupe, klemmte sie vors Auge, hielt den rot funkelnden Stein vor die Linse und fokussierte ihn, bis die notwendige Schärfe erreicht war. Der Juwelier riss die Augen auf. Dabei fiel die Lupe auf die Glasplatte. „Verzeihung!", entschuldigte sich Goldschmidt, „eine kleine Unpässlichkeit." Er setzte die Lupe wieder vors Auge und betrachtete den Rubin von allen Seiten in wechselnden Abständen. Zögerlich taxierend fragte er Herrn Kranz: „Woher haben Sie den wunderschönen Stein?" Kranz dachte kurz nach und antwortete: „Ein Geschenk!" „Der edle Spender war wohl der Schah von Persien?", erwiderte Goldschmidt. Kranz kam sich vor wie in den Geschichten aus Tausendundeine Nacht. Märchenhaft erschienen ihm die Aussichten, wäre da nicht das Damoklesschwert, das ständig über Scheherazade schwebte. „Wieso? Stimmt etwas nicht mit dem Stein?", fragte Kranz.
„Ich bitte Sie, mich einen Moment zu entschuldigen. Meine Feinwaage steht in der Werkstatt. Ich möchte sein Gewicht bestimmen. Bin gleich wieder zur Stelle", sagte der Juwelier, als ob er es eilig hätte. Kranz sah auf die Uhr. Eine Viertelstunde hatte er noch Zeit. Es waren wohl einige Minuten verstrichen, als Goldschmidt wieder durch den Vorhang trat und sagte: „Es tut mir leid. Einen Augenblick müssen Sie sich noch gedulden, dann kommen wir der Sache schon näher", wobei er die letzten Worte nachdrücklich betonte. „Fünf Minuten gebe ich ihnen noch, dann muss ich leider gehen",

antwortete Kranz. „Schon recht Herr Kranz, das sollte reichen", beschwichtigte ihn der Juwelier. Goldschmidt nahm den Stein nochmals unter die Lupe und kommentierte das Gesehene zögerlich: „Kein Zweifel. Ein ausgesprochen exzellentes Exemplar." „Und was bieten Sie für das, wie Sie sagten, exzellente Exemplar?", fragte Kranz, ungeduldig geworden. Der Juwelier nahm den Stein nochmals in Augenschein und prüfte seine Reinheit. In diesem Moment hielt ein Auto vor dem Juweliergeschäft. Zwei Männer in Lederjacken entstiegen dem Fahrzeug und betraten das Geschäft. Kranz sah sich kurz um und dachte: „Aha, zwei weitere Kunden." Er wendete sich Goldschmidt zu um einen etwaigen Wert zu erfragen. Die beiden Männer stellten sich zu beiden Seiten von Kranz. Im Augenwinkel bekam Albert Kranz mit, dass Goldschmidt den beiden Herren zuzwinkerte und seinen Zeigefinger auf ihn richtete. „Können Sie sich ausweisen?", fragte der Herr rechts neben ihm. „Entschuldigen Sie! Natürlich doch! Ich bin Beamter der Stadt Mittelstein!", antwortete Kranz. Er zog sein Portemonnaie aus der Gesäßtasche. „Nur schön langsam, damit wir jede ihrer Handlungen unter Kontrolle haben", sagte einer der Herren und wies mit gezogener Pistole auf ihn. Vorsichtig zog Kranz seine Geldbörse hervor, legte sie auf die Vitrine, klappte sie auf, zog seine Personalausweiskarte heraus und reichte sie dem Mann rechts neben ihm. Der schaute auf die Karte und fragte: „Sind Sie Herr Kranz?" „Entschuldigen Sie, wer sind Sie überhaupt?", fragte Kranz. „Die Fragen stellen wir!", antwortete der andere. „Tut mir leid meine Herren, aber ich muss jetzt ins Büro!", sagte Kranz bestimmt und wollte sich den Ausweis nehmen. „Wir werden Sie begleiten müssen und zwar dorthin, wohin wir es für richtig halten!", entgegnete der Mann links neben ihm. „Na erlauben Sie mal. Ich bin ein freier Bürger der Stadt. Ich kann gehen, wohin ich will. Und jetzt geben Sie mir den Ausweis zurück!", antwortete Kranz ungehalten. „Sie kommen mit uns aufs Revier. Dort werden Sie zu Protokoll geben, wie Sie in den Besitz dieses Steins kamen", sagte der Herr rechts neben ihm. „Bitte geben Sie uns das Corpus Delicti", bat der Mann links neben Kranz den Juwelier. Der schob den Stein in eine kleine Schatulle, in die man sonst einen Ring steckte, und überreichte ihn dem Mann. Der Herr rechts von Kranz bedankte sich bei Goldschmidt mit den Worten. „Danke, dass Sie uns benachrichtigt haben." Albert Kranz Arme im Griff verließen die drei Herren das Juweliergeschäft. „Guten Tag!", rief Goldschmidt kopfschüttelnd hinterher.

Besuch für Albert Kranz

Die Tür zur Anmeldung im Polizeipräsidium öffnete sich. Herein trat eine adrett gekleidete Dame. „Entschuldigen Sie bitte, wo finde ich Herrn Albert Kranz?", fragte die Dame mittleren Alters. „Herrn Kranz? Wollen Sie ihn besuchen?", fragte der Polizeibeamte. „Ja bitte. Ich muss mich schließlich um meinen einzigen Cousin kümmern. Darf ich zu ihm?", antwortete sie. „Können Sie sich ausweisen?", fragte der Beamte. Die Dame sah auf das Namensschild an der Hemdentasche des Beamten. „Selbstverständlich kann ich das, Herr Schneider. Nur sagen Sie, wer besucht einen Fremden in einer Gefängniszelle? Gibt es so etwas?", fragte die Dame. „Sie könnten ja Mitglied dieser Gang sein, die sich unrechtmäßig des kostbaren Juwels bemächtigt hat!", antwortete der Polizist. „Wollen Sie mich beleidigen? Trauen Sie mir so etwas zu?", fragte die Dame empört. „Nein, natürlich nicht. Es war nur ein Beispiel für den möglichen Besuch eines Fremden. Wie ist denn Ihr Name?", antwortete der Beamte. „Mein Name ist Amalie Kranz, wohnhaft in Hamburg. Ich bin ledig – also noch zu haben!", scherzte die Dame und legte dabei ihre Hände auf die Empfangstheke. An ihrem Mittelfinger steckte ein Ring mit großem Brillanten. „Das Standesamt befindet sich im Rathaus, zwei Häuser weiter!", erwiderte der Polizist mit einem Lächeln. „Ich werde Herrn Kranz informieren, dass Sie ihn besuchen möchten. Ich muss ihn fragen ob er einverstanden ist", sagte der Polizeibeamte. Beim Erheben vom Stuhl fiel sein Blick auf den prachtvollen Ring. „Ein wertvolles Stück, wie mir scheint", sagte der Beamte und wies auf den Ring. „Sehr wohl. Wenn man schon vom Fach ist sollte man sich nicht mit Modeschmuck zufriedengeben", antwortete die Dame. „Von welchem Fach sind Sie denn?", fragte der Polizist. „Ich bin Teilhaberin des größten Juweliergeschäfts in Hamburg. In dieser Branche ist die Kenntnis der Echtheit von edlen Metallen und Steinen unabdingbar", antwortete die Dame. „Dann sind Sie also Expertin, was dieses Metier angeht?", fragte der Beamte. „Das möchte ich meinen!", rief die Dame voller Stolz. „Bitte warten Sie hier einen Augenblick. Ich werde Herrn Kranz Bescheid geben", sagte der Polizeibeamte und verschwand hinter einer Nebentür. Wenige Augenblicke später öffnete sich die Tür und der Beamte winkte und rief: „Bitte kommen Sie Frau Kranz. Ihr Cousin erwartet Sie!" Als die Dame in den Besucherraum trat, hob sie ihre Hände und begrüßte Herrn Kranz mit den Worten: „Albert! So trifft man sich wieder!" Albert Kranz sah sie verdutzt an und sagte: „Dich hätte ich im Leben nicht wiedererkannt. Selbst wenn du neben mir gestanden hättest - meine Cousine Amalie wäre mir bei deinem Anblick niemals in den Sinn gekommen. Du hast dich sehr verändert, meine Liebe!" „Du aber auch. Denkst du, die Zeit sei spurlos an dir vorübergegangen!", antwortete die Dame. „Wie hast du von meinem Missgeschick erfahren und wie hast du mich finden können?", fragte Albert. „Ben hat meinen Namen im Internet gegoogelt. Da ich ledig blieb, konnte er mich unter Kranz leicht ausmachen. Er hat meine Rufnummer notiert und mich angerufen", antwortete die Dame. „Kennst du denn Details der Umstände, die zu meiner Verhaftung geführt haben?", fragte Albert. „Benjamin hatte etwas angedeutet, doch die Geschichte schien mir zu abenteuerlich. Deshalb bin ich selbst gekommen. Er erwähnte einen seltsamen Beutel. Mal ehrlich Albert, das war doch wohl ein Scherz, oder?", antwortete die Dame. „Leider kein Scherz! Aber bitte Amalie, äußerstes Stillschweigen darüber, sonst komme ich womöglich noch in die Klapsmühle", befürchtete Albert Kranz. „Schon gut. Ist doch selbstverständlich. Es bleibt in der Familie", beruhigte ihn die Dame. „Was soll ich nur machen? Ich kann doch denen nicht die Geschichte vom Beutel auftischen. Wie soll ich erklären wie der Stein in meinen Besitz kam. Angeblich ist er ein einmaliges Stück von großem Wert. Juwelier Goldschmidt sprach von einem Geschenk des Schahs von Persien", klagte Albert Kranz. „Der Juwelier hat sich wohl getäuscht. Das Verschwinden eines derart wertvollen Steins wäre sofort aufgefallen - und wenn niemand ihn vermisst, bleibt er in deinem Besitz. Das wäre doch nicht schlecht, oder?", antwortete die Dame. „Der Stein könnte aus einer Diamantenmine stammen – geschmuggelt – gar ein Blutdiamant. Wie soll ich diesen Verdacht entkräften", antwortete Albert. „Das Beste wäre, ich nähme ihn einmal unter die Lupe", schlug die Dame vor. „Du? Verstehst du denn etwas davon? Und wenn schon! Glaubst du die Beamten rücken den wertvollen Stein zur Begutachtung heraus?", erwiderte Albert Kranz. „Wollen mal sehen was sich machen lässt. Jedenfalls kann ich nicht versprechen nach dem Versuch noch einmal hier zu erscheinen. Möglich, dass ich mich danach aus dem Staub machen muss", antwortete die Dame. „Was soll denn das heißen? Du wirst ihn doch nicht stehlen wollen. Um Gottes willen, nur das nicht. Dann komme ich noch in den Verdacht Komplizen gehabt zu haben", befürchtete Albert. „Dieser Verdacht besteht ohnehin. Ich lasse mir etwas einfallen. Doch darfst du dich nicht über das Ergebnis wundern. Nimm es einfach hin oder sage, du hättest es dir gleich gedacht. Jetzt muss ich aber gehen. Mach's gut, Albert. Grüße Benjamin und Christine von mir. Sobald werden wir uns nicht wiedersehen. Adieu mein Lieber!", sagte die Dame und klopfte an die Tür. Mit einem kurzen Winken war sie Alberts Augen entschwunden. „Schon merkwürdig, dieser Besuch - und kurz dazu. Wie konnte sie nur so schnell zur Stelle sein?", dachte Albert Kranz.

„Und? Konnten Sie Näheres über die Herkunft des Diamanten erfahren?", fragte Eberhard Schneider. „Mein Cousin ist Finanzbeamter. Eine durch und durch gesetzestreue Seele, das können Sie mir glauben. Im Gegensatz zu mir. Ihm einen Diebstahl zu unterstellen wäre so, als traute man dem Polizeipräsidenten einen Bankraub zu. Diesen besagten Stein - könnte ich ihn einmal sehen? Ich kann die Echtheit dieses Prunkstücks beim besten Willen nicht glauben", bat die Dame. „Es ist gegen die Vorschrift, Madame", antwortete der Polizist. „Nur einen Blick darauf werfen - bitte! Wollen Sie einer Dame einen derart harmlosen Wunsch abschlagen. Sie wissen doch, wie Frauen auf Diamanten abfahren. Also geben Sie ihrem Herzen schon einen Stoß", erwiderte die Dame. „Eigentlich darf ich es nicht, aber weil Sie es sind und noch dazu vom Fach", antwortete der Beamte Schneider. Er ging zum Panzerschrank im Hinterzimmer, drehte das Zahlenschloss mit deutlich hörbarem Klicken mal nach

links, dann wieder nach rechts, wobei er zwischendurch kurze Pausen einlegte. Die dicke metallgepanzerte Tür öffnete sich. Mit einer kleinen Schatulle in der Hand, wie sie für Fingerringe oder Ohrschmuck Verwendung findet, kehrte der Polizeibeamte zurück. Mit großem Abstand zum Empfangstresen klappte der Beamte den Deckel nach oben und hielt ihn der Dame hin. „Na, sind Sie jetzt zufrieden?", fragte er etwas abschätzig. „Bitte! Ich halte auch Abstand. Aber halten Sie ihn einmal in das einfallende Sonnenlicht. Entfesseln Sie sein leuchtendes Feuer. Das ist die Gelegenheit so etwas einmal zu erleben. Dieser Anblick wird vermutlich der Einzige in Ihrem Leben sein, wenn er wirklich echt sein sollte. Ansonsten wird sich ein müdes Funkeln ausbreiten, wie das einer geschliffenen Jahrmarktkaraffe", bat die Dame. Der Polizist musste einige Schritte vortreten, um an die Stelle der einfallenden Sonnenstrahlen zu gelangen. Vorsichtig schob er seine Hand vor bis das gleißende Licht der Strahlen auf den rubinroten Stein traf. „Sehen Sie! Wie ich vermutete. Billiges Glas! Ein sehr gut gelungenes Imitat!", rief die Dame. Die Beamten im Raum schauten verwundert auf. „Sehen Sie im Vergleich dazu den Stein in meinem Ring", sagte die Dame und hielt den Ring an ihrer Hand demonstrativ in die durch das Fenster fallenden Sonnenstrahlen. Augenblicklich verbreitete sich funkelndes Licht, als hätte jemand 1000 winzige Lämpchen mit der Strahlkraft der Sonne eingeschaltet, die den gesamten Raum bis in die letzten Winkel ausleuchtete. „Sehen Sie! Das ist das Leuchtfeuer eines echten Juwels. Es ist, als ob lebende Energie in ihm wach wird!", rief die Dame.
Die geblendeten Beamten schlossen ihre Augen oder wendeten sich ab, ihre Augen zu schützen. Auch Schneider, der die Schatulle mit dem rubinroten Stein in der Hand hielt, drehte sich zur Seite. „Hoppla!", rief die Dame und stützte die Hand des Beamten, „beinahe wäre Ihnen das gute Stück aus der Schatulle geglitten!", dabei hatte sie die Hand mit dem Ring aus der Sonne zurückgezogen. „Vielen Dank! Nicht auszudenken, wenn der Klunker, wertvoll hin oder her, irgendwo unter einen der Schränke gekullert wäre", bedankte sich Eberhard Schneider. „Es war mir ein Vergnügen - gern geschehen", antwortete die Dame und drehte ihr Handgelenk so, als

ob sie auf ihre Armbanduhr sah. „Jetzt muss ich aber gehen. Dringende Geschäfte erwarten mich. Meine Herren, ich wünsch einen guten Tag!" „Auch Ihnen einen guten Tag!", rief ihr Schneider durch die sich schließende Tür hinterher.

Wenige Augenblicke danach betrat ein kleiner untersetzter Herr mit schütterem Haar das Polizeipräsidium. „Gestatten! Schätzle mein Name", stellte sich der Herr vor. „Sie wünschen?", fragte Schneider noch in Gedanken. „Ich wurde als Sachverständige im Fall Kranz bestellt. Mein richterlicher Auftrag lautet, den Wert des Rubins zu taxieren, der bei ihnen unter Verschluss gehalten wird", antwortete Walter Schätzle. Dabei legte er die Befugnis des hiesigen Amtsrichters Norbert Adam vor. Schneider las das Dokument aufmerksam und erkannte Unterschrift und Stempel des Amtsrichters. „In Ordnung, Herr Schätzle", sagte Schneider, händigte dem Gutachter das Dokument aus und begab sich ins Hinterzimmer um dem Tresor den Stein zu entnehmen. Schätzle hatte an einem Tisch unter dem Fenster Platz genommen, auf dem Schneider den Stein vorsichtig absetzte. Aus Gründen der Sicherheit hatten einige Beamte im Zimmer den Tisch umstellt aber auch, um die Handgriffe des Gutachters unter Augenschein zu nehmen. Schätzle führte zunächst die geöffnete Schatulle in Augenhöhe und betrachtete den Stein von allen Seiten. Mit einer Hand zog er eine kleine Lupe aus der Tasche, hielt den Stein ins Licht und musterte ihn prüfend. Dabei ließ er ab und an eine Bemerkung fallen wie „Exzellent!", „Ausgezeichnet!", „Unglaublich!" oder „Diese Präzision!" Dabei schüttelte er hin und wieder seinen Kopf, während er den Stein aus dem Strahlengang der Lupe sinken ließ. Seine letzte Anmerkung war: „Außergewöhnlich!" In einem Formblatt machte er Notizen, kreuzte hier und dort etwas an und unterzeichnete schließlich. Den Beamten im Raum signalisierten diese Äußerungen Schätzles, dass es sich tatsächlich um ein besonders wertvolles Objekt handeln musste. Die Dame von vorhin, die ausgab vom Fach zu sein, musste sich wohl geirrt haben. Schätzle wandte sich an Schneider und gab die Schatulle zurück in seine Obhut: „Schließen Sie das Corpus Delicti gut weg. Doch will ich Ihnen zu ihrer Beruhigung mitteilen, und das bleibt bitte unter uns, dass der Stein, was das Ausgangsmaterial betrifft, keinerlei Wert besitzt. Der Schliff aber ist von solcher Präzision, dass ich mir die Frage stelle, wer sich die außerordentliche Mühe machte, rubinrotes Glas so kunstvoll zu beschleifen!" Den Beamten blieb der Mund offenstehen. „Wertloses Glas?!", dachten sie, „wie konnte sich Juwelier Goldschmidt so irren!" Schätzle faltete das Blatt mit dem Ergebnis seiner Untersuchung und steckte es in ein Briefkuvert. Dabei sah er auf und sagte: „Für die Gerichtsbarkeit! Ich werde mein Gutachten Richter Adam persönlich aushändigen!" Schätzle erhob sich und, bevor er den Raum verließ, sagte er: „Meine Herren, ich wünsche einen guten Tag!"

Zwei Tage darauf traf die richterliche Anordnung zur Entlassung Albert Kranz ein. Der, so lautete die Begründung, sei wegen eines Irrtums in Untersuchungshaft genommen worden und auf der Stelle freizulassen.

Alles wäre verziehen und bald vergessen gewesen, hätte es nicht diesen Einbruch beim Juwelier Goldschmidt gegeben, der zum Glück während einer Dienstreise Albert Kranz zum Finanzministerium verübt worden war. Somit hatte Kranz ein hieb- und stichfestes Alibi.

Doch etwas gab Albert Kranz zu denken. Ben hatte beteuert, weder im Internet nach Amalie Kranz gegoogelt, noch sie angerufen zu haben.

Es war zum aus der Haut fahren. Wer um Himmelswillen steckte hinter all diesen merkwürdigen Vorgängen und wer hatte genaueste Kenntnis ihrer familieninternen Verhältnisse?

Einbruch bei Goldschmidt

Der stadtbekannte Juwelier Goldschmidt wurde für seine Expertisen gelobt. Wer Juwelen oder wertvollen Schmuck kaufen wollte, ließ sich von ihm beraten. Am liebsten kam er dem natürlich beim Kauf in seinem Geschäft nach.

Und dann diese Blamage! Wie konnte sich Goldschmidt derart irren, dass der angesehene Finanzbeamte Albert Kranz festgenommen wurde und hinter Gitter landete.

Des Juweliers Ruf war ruiniert. Wer konnte ihm noch vertrauen, wenn ein wertvolles Stück bei ihm erstanden werden sollte. Womöglich hatte es nicht annähernd den Gegenwert, den Goldschmidt vom Kunden verlangte. Was, wenn es sich in der Vergangenheit bei erworbenem Schmuck ähnlich verhielt. Sollte der angesehene Juwelier seine Kunden unwissentlich oder gar bewusst übers Ohr gehauen haben?

Zunächst fiel der Verdacht auf Goldschmidt selbst. Kripobeamte witterten einen Versicherungsbetrug. Weder waren Spuren von Gewalt an Fenstern und Türen entdeckt worden, noch hatte die Alarmanlage angesprochen. Goldschmidts Frau konnte jedoch glaubhaft bezeugen, dass ihr Mann die Nacht im Bett neben ihr verbracht hatte. Auf die Frage, ob denn keinerlei verdächtige Geräusche vernommen wurden, musste das Ehepaar passen. Allein das schon schien verdächtig. Doch weil beide in der Nacht Ohrenstöpsel verwendeten, war es nicht weiter verwunderlich. Die Alarmanlage aber hätte beide selbst durch die Stöpsel hindurch aufschrecken lassen.

Weil Kranz, wenn auch schuldlos, bereits mit der Justiz in Konflikt geraten war, fiel der Verdacht auf ihn. Der jedoch hatte an einem Seminar im Finanzministerium in der Landeshauptstadt teilgenommen und die fragliche Nacht im Hotel verbracht.

Die Spurensicherung war angerückt. Sie untersuchte jeden Winkel, nahm Fingerabdrücke und sammelte Staubreste vom Boden, um Genmaterial zu gewinnen. Doch die Laborergebnisse lieferten keinerlei Hinweise auf einen möglichen Täter. Es war wie verhext. Weder konnten Fußabdrücke Aufschluss geben, noch waren frische Reifenspuren eines Fahrzeugs zu erkennen gewesen. Der Schmuck blieb wie vom Erdboden verschwunden.

Unter diesen Umständen blieb Goldschmidt nichts Anderes übrig, als den Schaden der Versicherung zu melden. Schließlich hing seine Existenz vom Schmuckhandel ab. Bei seinem augenblicklich zweifelhaften Ruf aber machte sich der Juwelier wenig Hoffnung, gute Geschäfte tätigen zu können. Insofern kam Goldschmidt der Raub wie gelegen, was unterschwellig doch den Verdacht schürte, er selbst habe Hand angelegt. Doch zu beweisen war es nicht.

Vollends mysteriös wurde die Angelegenheit erst, als sich wenige Tage später im Polizeipräsidium der Stadt ein Koffer mit der gesamten Beute aus eben diesem Einbruch auffand. Vor allem deshalb, weil ihn dort, wo er gefunden wurde, niemand während der Dienstzeit ungesehen hätte abstellen können. Daher gab es zwei Verdachtsmomente. Entweder der Dieb gehörte zum Kreis der diensthabenden Polizisten mit Zutritt zum Gebäude, oder es hatte ein weiterer Einbruch stattgefunden, das Diebesgut genau dort zu platzieren. In der gesamten Stadt herrschte Ratlosigkeit.

Fingerabdrücke verschiedener Personen wurden mit denen auf dem Koffer verglichen, jedoch ergebnislos. Die Polizei tappte im Dunkeln.

Was die Bürger der Stadt aber weit mehr beschäftigte war das Ergebnis des Versicherungsexperten. Goldschmidt hatte den Wert des Diebesguts ja angeben müssen. Jetzt würde sich zeigen, ob die Angaben des Juweliers der Wahrheit entsprachen. Wenn nicht, hatte er sich vielleicht mangels Kenntnis verschätzt oder war im Begriff, einen Versicherungsbetrug zu begehen.

Ein gepanzerter Wagen fuhr in den Innenhof des Polizeipräsidiums. Wenig später verließ der das Präsidium, beladen mit dem Diebesgut im Koffer, eskortiert von zwei Polizisten auf Motorrädern.

Nach einer Woche spielte sich dieses Schauspiel in umgekehrter Richtung ab. Bürger der Stadt wussten jetzt, dass die Prüfung durch die Versicherung vollzogen worden war. Alles wartete gespannt auf das Ergebnis.

Manche sahen Goldschmidt wegen Betrugsversuchs bereits vor dem Richter. Andere spekulierten, er werde wegen versuchten Raubes angeklagt.

Die Bürger staunten nicht schlecht, als Goldschmidt sein Ladengeschäft in der Früh wie gewohnt mit all seinen Auslagen öffnete und auf Kunden wartete.

Es ging das Gerücht um, der Juwelier habe den Schmuck für die Versicherung unter seinem wahren Wert taxiert.

Die Menschen in der Stadt zollten ihm Tribut. Goldschmidt stieg in der Achtung der Bürger. Von da an blühte der Schmuckverkauf im Juweliergeschäft. Goldschmidt war mehr als rehabilitiert.

Umstände zum Raub und dessen Täter konnten nie ermittelt werden, weshalb die Versicherung ihre Prämie mit einem Risikozuschlag versah. Doch die guten Geschäfte Goldschmidts ließen ihn diesen Schmerz verkraften.

Dringender Handlungsbedarf

Noch während Albert Kranz in Untersuchungshaft verbrachte, hatte sich Melter Obbs bei Benjamin Kranz eingefunden. Mobs spürte, dass mit Ben etwas nicht stimmte: „Du machst ein Gesicht wie drei Tage Regenwetter. Was ist geschehen?", fragte er Ben. Benjamin wollte mit der Sprache nicht recht herausrücken. Es war ihm peinlich, dass sein Vater abgeführt worden war. Doch dann gab er sich einen Ruck und erzählte von seinem Missgeschick. „Und du selbst hast beobachtet was der Beutel ausspuckte?", fragte Mobs ungläubig. „Mir selbst ist es zu Anfang passiert. Ich wollte meinen Eltern zeigen, dass sich im Beutel lediglich ein farbiger Stein befindet. Deshalb stülpte ich den Beutel um. Heraus purzelten nacheinander wohl fünf oder sechs Steine, die ich beim Hineingreifen nicht gespürt hatte und die sich auch bestimmt nicht darin befunden hatten", antwortete Ben. Mobs dachte nach. Auch er war sich sicher, dass er vor dem Überreichen an Ben nur einen Stein ertastet hatte. Doch auf den Kopf gestellt hatte er den Beutel nicht. Ihm fiel der Beutel mit der Münze ein, den Zauberer Bambil auf Wunsch der Wesen durch einen seiner geheimnisvollen Sprüche so verwandelte, dass in ihm stets eine Münze zu finden war. Hatte man die Münze herausgenommen und griff wieder in den Beutel, so fand man eine weitere Münze darin, die von gleichem oder verschiedenem Wert und Aussehen sein konnte. So hatten es die Wesen verlangt. Sie wollten vermeiden, beim Einkauf einen mit Münzen gefüllten Geldbeutel mit sich herumzuschleppen. Erstens war er hinderlich und zweitens erweckte er Begehrlichkeiten, die ihnen unnötig Scherereien bereiten könnten. Mobs selbst hatte als ein Vertreter der Wesen, der Umwandlung durch Bambil beigewohnt. Der zu verwandelnde Beutel hatte auf einem Tisch gelegen. Bambil hatte ihn darauf ausgebreitet, damit sich die Zauberkraft in ihm voll entfalten konnte. Nach den beschwörenden Worten Bambils zuckte ein Blitz von oben durch den Raum, der den Beutel traf und ihn in eine Aura hüllte, als sei er von einer Schicht aus leuchtenden Sternen umgeben. Erst als das Leuchten abgeklungen war, wagte Babal ihn zu berühren. „Er fühlt sich an wie ein gewöhnlicher Lederbeutel!", hatte sie gerufen und gelacht. Melter Obbs wurde heiß und kalt. Den Beutel mit dem Stein hatte er in der Schublade des Tisches gefunden – lediglich von der Tischplatte getrennt, auf dem der Münzbeutel umgewandelt worden war. Der Beutel musste etwas von diesem Zauber abbekommen haben. Er hatte die gleiche Eigenheit übernommen wie der Münzbeutel. Mobs Gesicht zog kreidebleich ab. „Was ist mit dir? Geht es dir nicht gut?", fragte Ben. „Du hast doch sicher den Film *Der Herr der Ringe* gesehen oder Tolkiens gleichnamige Roman-Trilogie gelesen", begann Melter Obbs. „Ja sicher! Ich kenne niemanden in meinem Freundeskreis, der diese Geschichte nicht kennt!", antwortete Ben. „Es ist eine unheilvolle Geschichte. Hegtest du jeden Wunsch, diesen Ring einmal zu besitzen?", fragte Mobs. „Na ja, es ist schon verlockend, einen derartigen Ring in Gebrauch zu haben, um sich aus ausweglosen Situationen zu retten oder jemanden zu belauschen", antwortete Ben. „Auch dann, wenn dich der Ring ins Verderben zieht, wie Frodo, der dem Tod nur durch die Flucht in unsterbliche Gefilde entging, fern von seiner Familie und Freunden?", fragte Mobs. Ben wurde nachdenklich. „Weshalb fragst du mich das? Verfügt ihr Wesen über einen solchen Ring?", fragte Ben. „Es muss kein Ring sein. Es existieren allerlei Objekte, die eine ähnliche Anziehungskraft ausüben und ebenfalls verderblich wirken!", antwortete Mobs geheimnisvoll. „Zum Beispiel?", fragte Ben. „Erinnere dich des Beutels, den ich dir zur Belohnung deiner Bereitschaft gab, uns zu helfen", antwortete Mobs. „Ja und", antwortete Ben und dachte an den Abend, als er den Beutel auf dem Küchentisch umstülpte, worauf zu seiner Überraschung mehrere farbige Steine herausfielen. „Du meinst, weil mein Vater im Gefängnis landete sei der Beutel unheilvoll?", fragte Ben. „Weil der Beutel unheilvoll ist, landete dein Vater im Gefängnis. So steht die Sache", korrigierte Mobs Bens Schlussfolgerung. „Aber weshalb hattest du ihn mir dann überreicht? Um uns ins Unglück zu stürzen, wo ich euch doch helfen will?", fragte Ben. „Er unterliegt einem Zauber, ohne dass wir Wesen davon Kenntnis haben. Erst die Umstände, die deinen Vater ins Gefängnis brachten, lüftete das Geheimnis des Beutels. Er unterliegt der Kraft eines Zaubers, die nicht ihm galt. Und weil er in Unwissenheit einer Zauberkraft ausgesetzt war, also einem Nebenzauber unterlag, von dem niemand genau weiß wie er wirkte, lässt sich der Zauber nicht rückgängig machen. Anders als beim Herrn der Ringe kann die Magie des Beutels, der er unterliegt, nicht aufgehoben werden. Mit keiner Macht der Welt – auch nicht im Vulkan von Mordor, wenn es einen solchen gäbe. Es bleibt uns nur, den Beutel an den entlegensten Ort der Welt zu schaffen, möglichst ohne dass der Überbringer um das Geheimnis des Beutels weiß. Danach können wir alle nur hoffen, dass er für immer verborgen bleibt. Verstehst du das? Der Beutel muss auf der Stelle dem Zugriff jedweden Wesens entzogen werden, sonst richtet er unsagbaren Schaden an!", rief Mobs verzweifelt. Ben sah Mobs mit großen Augen an und fragte: „Und wer soll ihn aus der Welt schaffen?" „Lediglich Zwerge sind in der Lage, den Beutel in die entlegensten Tiefen ihrer Bergwerke zu verbannen. Selbst wenn sie um die verführerische Macht des Beutels wissen, ist ihr Reichtum, vor allem aber ihre Klugheit groß genug, sich des Beutels nicht zu bedienen", antwortete Melter Obbs. „Das heißt, du verlangst den Beutel zurück?", fragte Ben. „Diesen schon. Du erhältst einen anderen, ebenso schönen mit einem hübschen Stein darin. Versprochen!", antwortete Melter Obbs. „Was wird Vater sagen, wenn er aus der Haft entlassen wird? Er wird den Beutel sicher suchen!", klagte Ben. „Ich kann mich nicht entsinnen, den Beutel deinem Vater geschenkt zu haben. Er gehört dir, dir ganz allein!", antwortete Mobs ein wenig gereizt. „Aber er hatte ihn beschlagnahmt, weil er dachte, ich hätte gelogen. Er mutmaßte, ich hätte etwas mit Drogen zu tun und sei dadurch in den Besitz wertvoller Diamanten gelangt", antwortete Ben. „Vorschlag!", erwiderte Mobs, „du legst den neuen Beutel hin, woher du den alten genommen hast. Dafür, dass der Beutel nicht mehr das macht, was dein Vater erwartet, kannst du nichts!" „Gut. Einverstanden. Aber du musst zuerst den neuen Beutel bringen, dann vertauschen wir beide", schlug Ben vor. „Hab ich schon", antwortete Melter Obbs, und zog einen Beutel aus der Tasche, der durch nichts vom anderen zu unterscheiden war. „Dann war alles schon vorbereitet?", fragte Ben. „Als ich herkam wusste ich schon, was schiefgelaufen war. Deshalb nahm ich diesen Beutel mit mir. Schließlich führt kein Weg daran vorbei, den Zauberbeutel verschwinden zu lassen", antwortete Mobs. „Ich werde nachsehen ob Mutter in der Nähe ist. Ich weiß zwar nicht wo Vater den Beutel versteckt hält, doch kenne ich einige seiner Vorlieben. Dort werde ich suchen", sagte Ben und verließ sein Zimmer, den neuen Beutel in der Hosentasche. Mobs hörte Schritte vor Bens Zimmertür. Schnell verbarg er sich unter dem Schreibtisch. Die Tür öffnete sich. „Ben! Bist du hier?", rief eine Frauenstimme. „Sicher ist es Bens Mutter", dachte Mobs, „hoffentlich sucht sie nicht nach ihm. Womöglich überrascht sie ihn bei der Suche nach dem Beutel. Dann könnte es schlecht ausgehen für das Verschwinden lassen des Zauberbeutels", dachte Mobs. Erleichtert hörte Mobs Bens Stimme: „Hier bin ich. Was gibt es?", fragte Ben, als gäbe es nichts Außergewöhnliches. „Ich wollte nur wissen ob du im Haus bist, falls ich dich brauche. Es sieht nach Regen aus. Sollten die ersten Tropfen fallen, hilf mir bitte beim Abnehmen der Wäsche", antwortete Christine Kranz. „Ist gut. Sag mir Bescheid, dann komme ich!", rief Ben beim Betreten seines Zimmers. Als Ben die Tür geschlossen hatte, rief er leise „Mobs! Wo bist du?" Melter Obbs trat unter dem Schreibtisch hervor und antwortete: „Hier! Zur Stelle!" Er musste lachen. „Hast du den Beutel?", fragte er gespannt. „Im Schlafzimmer hinter der Wäsche hat er gelegen", antwortete Ben. „Wollen mal sehen, ob er der Richtige ist", sagte Mobs, ließ sich den Beutel reichen und drehte ihn über dem Tisch auf den Kopf. Augenblicklich begannen bunte Steine herauszupurzeln. „Es ist der Echte!", rief Ben. Mobs legte alle Steine zurück in den Beutel und griff hinein. Tatsächlich! Nur ein Einziger befindet sich darin!", rief er halblaut mit Begeisterung. „Jetzt aber zur eigentlichen Arbeit. Hast du den Ort für die Kultstätte ausfindig machen können?", fragte Mobs. „Es war nicht leicht einen Ort dieses Ausmaßes nahe dem Waldrand zu finden, ohne dass einer der Cache-Orte in einem Bach oder im See gestanden hätte", antwortete Ben. Er ging zu seinem Computer, rief eine Karte auf und wies Melter Obbs die Anordnung der Koordinatenpunkte. „Saubere Arbeit, mein Junge. Ausgezeichnet", lobte Mobs Bens Arbeit. „Und du hast alle Koordinaten auf dein GPS-Gerät geladen?", fragte Mobs vorsichtshalber. „Ja, habe ich", antwortete Ben stolz. „Dann müssen wir nur noch den rechten Zeitpunkt abpassen, die Punkte im Mittelsteiner Wald aufzusuchen, um sie zu markieren!", sagte Mobs. „Wann soll es denn losgehen?", fragte Ben. „Ich muss die Wesen fragen aber ich denke, die nächste Neumondnacht bietet die besten Voraussetzungen. Ich melde mich bei dir, sobald ich Näheres weiß!", antwortete Mobs und schlüpfte durch das Zimmerfenster hinaus. Ben wollte ihm hinterhersehen. Doch Mobs war bereits seinen Augen entschwunden.

Nächtliche Aktion

Ben hatte zur Vorsicht den Plan eingesteckt, falls die Cache-Orte im Speicher seines GPS-Geräts gelöscht gewesen wären. In der Neumondnacht sah man die Hand nicht vor Augen. Ohne Lampe wären sie über Wurzeln und Baumstümpfe gestolpert. Ben trug seine Stirnlampe, die er sich fürs Geocachen angeschafft hatte. Mit dem Zutrittstein wollten sie beginnen. Er lag der Stadt Mittelstein am nächsten. Immer wieder raschelte es im Unterholz oder sie scheuchten Nachteulen auf. „Ihr Menschen bewegt euch im Wald nicht gerade lautlos", bemerkte Mobs ein wenig spöttisch. „Ich muss das Display meines GPS-Geräts beobachten. Es ist Nacht und der Boden gespickt mit Fallstricken", verteidigte sich Ben. Babal und Elvira hielten sich hinter Ben und Mobs. Ben blieb plötzlich stehen, trat einige Schritte nach rechts, dann vorwärts und sagte: „Genau hier ist es!" „Wir müssen die Stelle markieren und sie uns merken", flüsterte Mobs. „Was ist los? Sind wir am ersten Ziel angelangt?", fragte Babal. „Ja. Hier muss der Zutrittstein gesetzt werden", antwortete Ben. „Dann wollen wir mal", meldete sich Elvira und trat vor. „Ich werde ein wenig Leuchtstaub ausstreuen. Bei Tage bleibt sein Schimmer verborgen und in der Nacht haben Menschen im Wald nichts verloren." Elvira griff in einen kleinen Beutel an ihrer Seite und ließ feinen Staub durch die Finger rieseln, der leuchtend zu Boden fiel und genau die Stelle traf, auf die Ben gezeigt hatte. „Das hätten wir", sagte Mobs froh, „dann schreiten wir zum Nächsten." Ben wählte den nächsten Wegpunkt aus der Liste und folgte der Richtung, die das GPS-Gerät vorgab. Alle anderen folgten ihm lautlos. Die halbe Nacht hatten sie mit der Markierung der zwanzig Orte für die Kultsteine verbracht. Schließlich mussten sie sich auf viereinhalb km durch teilweise dichtes Gestrüpp schlagen. Erst um etwa vier Uhr lag Ben in seinem Bett. Seine Mutter hatte zum Glück von seinem nächtlichen Ausflug nichts bemerkt. Entsprechend schwer fiel ihm das Aufstehen. Doch er war stolz auf seine Leistung. Welches Ziel die Wesen mit diesen Cache-Orten genau verfolgten,

sollte er schon bald erfahren. Dann würde er mit noch mehr Ehrge-
fühl auf das mit seiner Hilfe vollbrachte Werk schauen.

Zusammentreffen im Wald

Die Koordinaten im Mittelsteiner Wald waren markiert. Es wurde Zeit die Steinmetzarbeiten in Auftrag zu geben. Doch bei wem? Die Wesen konnten schlecht in die Stadt marschieren und dort Kultsteine bestellen, die später für mehr als ein Jahrtausend alte Quader gehalten werden sollten. Sie brauchten einen verschwiegenen Steinmetz außerhalb Mittelsteins, der zurückgezogen lebte.

Ein älterer Herr im grauen Anzug betrat das Ladengeschäft von Steinmetzmeister Hemmele. „Was kann ich für Sie tun?", fragte die Verkäuferin. „Die Stadt hat mich beauftragt alle Steinmetze im Umkreis zu ermitteln. Es handelt sich um die Ausschreibung für ein umfangreiches Werk in Stein. Dem Branchenbuch konnte ich nahezu alle Handwerker dieses Fachs entnehmen. Ich befürchte nur, nicht alle Vertreter dieser Branche machen sich öffentlich. Um wirklich alle zu erfassen frage ich vorsichtshalber deren Kollegen. Vielleicht können Sie mir weiterhelfen?", bat der elegante Herr. „Warten Sie bitte einen Moment. Ich werde den Chef fragen", antwortete die junge Dame und verschwand im Hinterzimmer. Nach kurzer Zeit erschien die Verkäuferin wieder mit den Worten: „Es dauert noch einen Moment. Herr Hemmele hält sich in seiner Werkstatt auf. Er wird gleich für Sie da sein." Es dauerte wohl fünf Minuten, als Winfried Hemmele endlich erschien. „So, jetzt stehe ich Ihnen zur Verfügung, Herr ...", sprach Hemmele den wartenden Herrn an. „Alfred Berthold mein Name. Ich wurde von der Stadt damit beauftragt alle Steinmetze der Gegend ausfindig zu machen, damit sie an einer öffentlichen Ausschreibung teilnehmen können. Leider werde ich das Gefühl nicht los, meine Liste sei unvollständig!", sprach der Herr den Steinmetzmeister an. „Lassen Sie mal sehen", bat Hemmele den Herrn und beugte sich über den Ladentisch. Murmelnd fuhr er mit dem Finger über die Zeilen zum Ende des Blattes. „Die Liste ist vollständig – das heißt, der Waldgeist ist nicht aufgeführt. Doch ist der, soweit ich weiß, berufsunfähig – Rheuma, verstehen

Sie", erklärte Hemmele. „Waldgeist sagten Sie? Ein ungewöhnlicher Name für einen Steinmetz, oder? Der Vollständigkeit halber würde ich ihn gern auf die Liste setzen. Können Sie mir sagen wo ich ihn finde?", fragte Herr Berthold. „Falls Sie ihn aufsuchen möchten muss ich Ihnen sagen, dass er auf die Welt nicht gut zu sprechen ist. Er lebt als Einsiedler auf der gegenüberliegenden Seite am Rand des Mittelsteiner Waldes. Wenn Sie von hier aus durch den Wald immer Richtung Norden gehen, treffen Sie auf seine bescheidene Kate. Wie schon gesagt kann er sehr grimmig werden, wenn man sich seinem Anwesen nähert!", mahnte Hemmele sein Gegenüber. „Danke für Ihre Auskunft. Ihrem guten Rat folgend werde ich ihn besser nicht aufsuchen. Ich wünsche einen guten Tag. Auf Wiedersehen!", verabschiedete sich Herr Berthold. „Auf Wiedersehen der Herr!", rief die Verkäuferin ihm nach.

Einen besseren als diesen herrlich sonnigen Spätsommertag hätte die Alte zum Pilzesuchen nicht wählen können. Während der letzten Woche hatte es immer wieder geregnet. Mit der Wärme der letzten Tage waren die Pilze geradezu aus dem Boden geschossen. Ihr Ziel war der westliche Teil des Mittelsteiner Waldes. Hier hoffte sie jemanden anzutreffen, der ganz sicher auch auf Beutezug aus war, was Pilze betraf. Wovon sollte sich ein in der Einsiedelei lebender Mittelloser sonst ernähren, wenn nicht von der Vielfalt der Früchte des Waldes. Zwar handelte es sich beim Mittelsteiner Wald um eine ausgedehnte Waldfläche, was ein Zusammentreffen unwahrscheinlich machte, doch die Alte verfügte über ein besonderes Gespür für Menschen. Und so dauerte es nicht lang, bis sie *ihn* im Visier hatte. Eine ganze Weile beobachtete sie das Jammerbild eines Menschen, dem, geplagt von Schmerzen, jede Bewegung sichtlich schwerfiel. Die Alte überlegte, wie sie dem alten Griesgram wohl beikommen könnte. Mit Mitleid und Hilfsbereitschaft durfte sie dem Alten kaum kommen. Der würde darauf sicher mit abwehrender Haltung reagieren. Wer offenbart schon gern einer wildfremden Person seine Gebrechen. Sie müsste ihn herausfordern – ihn vor den Kopf stoßen, dass er aus seiner Deckung herauskommt, sich kämpferisch zeigt und damit angreifbar wird. Sie musste in ihm die Lebensgeister wecken. Die Alte beobachtete, wie er auf ein Prachtexemplar von Steinpilz zusteuerte. Hurtig verbarg sie sich in dessen Nähe hinter dem Stamm einer Buche. Sie passte genau den Moment ab, als der Alte Anstalten machte sich nach dem Pilz zu bücken. Seine Behäbigkeit gab ihr Zeit hervorzuspringen und sich den Pilz zu schnappen. „Ein herrliches Exemplar, nicht wahr!", rief sie und hielt ihm den ausgerissenen Pilz unter die Nase. „Unerhört! Er gehört mir!", rief der Alte. „Pilze dürfen im Wald von allen Bürgern gesammelt werden. Ein *gehört mir* gibt es in öffentlichen Wäldern nicht", erwiderte die Alte schnippisch. „Aber ich wollte mich gerade nach dem Pilz bücken als Sie ihn mir wegschnappten!", empörte sich der Alte. „Ich hatte ihn längst vor Ihnen entdeckt. Sie hätten sich erdreistet ihn an sich zu nehmen, obgleich ich ihn zuvor erspähte. Aber bitte, wenn Ihnen so viel daran liegt, überlasse ich Ihnen den Pilz. Werden Sie glücklich damit", sagte sie und reichte ihm den Pilz. „Auf keinen Fall werde ich ihn annehmen. Das lässt mein Stolz nicht zu. Auf Almosen bin ich nicht angewiesen", rief der Alte. „Worauf sind Sie denn stolz? Auf ihre Behäbigkeit etwa?" fragte die Alte provokant. „Sie wissen nicht wovon Sie reden. Das Schicksal hat mich mit Rheumatismus arg gebeutelt. Jetzt kommen Sie daher und machen mir das Leben schwer!", klagte der Alte. „Hoppla!", rief die Alte, „das war gekonnt!" „Was war gekonnt?", fragte der Alte irritiert. „Der Reim, den Sie gerade hervorbrachten - *Jetzt kommen Sie daher und machen mir das Leben schwer!*", bemerkte die Alte. Der Alte verzog seine Mundwinkel und antwortete: „War mir nicht bewusst." „Rheuma!", rief die Alte und hob die Arme, „gehört denn diese Plage der Menschheit noch immer nicht der Vergangenheit an!" „Was wollen Sie damit sagen? Heißt das Sie kennen ein Mittel, das diesen qualvollen Befall des Körpers verscheucht?", fragte der Alte in flehendem Ton. „Wollen Sie mich beleidigen? *Ein* Mittel? Die Natur hält eine Vielfalt von Mitteln vor. Jedes dieser Gegenmittel muss genauestens auf die Erkrankung abgestimmt sein. Es gibt mehr Wirkstoffkombinationen als Erscheinungsformen für diese Geißel der

Menschheit", antwortete die Alte. „Dann sind oder waren Sie Ärztin?", fragte der Alte. „Um Himmelswillen, nur das nicht! Deren Künste beschränken sich auf das Wissen aus Büchern. Die Natur ist ein weitaus erfolgversprechender Lehrmeister, das können Sie mir glauben!", rief die Alte. „Dann sind Sie eine Kräuterfrau, wie Hildegard von Bingen eine war?", fragte der Alte vorsichtig. „So ungefähr", antwortete die Alte. „Und Sie können wirklich helfen?", fragte der Alte skeptisch. „So wahr ich hier stehe!", antwortete die Alte selbstbewusst. „Ich wüsste gern Ihren Namen", sagte der Alte. „Bab … Barbara. Nennen Sie mich Barbara. Und Ihr Name, wie lautet der?", fragte die Alte. „Gottfried Buchholz, aber alle nennen mich nur den Waldgeist", antwortete der Alte. „Angenehm, Herr Buchholz", sagte die Alte. „Nennen Sie mich Gottfried, das ist einfacher", bat Buchholz. Sie musterte Herrn Buchholz und musste feststellen, dass er jünger war als es schien. Vermutlich hatten Verbitterung und Schmerz seine Gesichtszüge verzerrt. „Dann wollen wir mal sehen! Reichen Sie mir ihre Hände!", bat die Alte und streckte ihm die Ihren entgegen. Buchholz zögerte. Wie lange schon hatte er keinen direkten Kontakt mit Menschen gehabt. Doch der Gedanke an die Schmerzen half ihm die Scheu zu überwinden. Vorsichtig legte er seine Hände in die Ihren. Die Alte schloss die Augen. Dabei runzelte sie ihre Stirn. Sie schien sich zu konzentrieren. Als sie ihre Augen aufschlug und Gottfried Buchholz direkt in die Augen sah, fragte sie: „Was spüren Sie?" „Ein leichtes Kribbeln in Händen und Armen", antwortete der Alte. „Das ist ein gutes Zeichen. Es zeigt, dass Ihre Erkrankung eine Form ist, die sich in Kürze heilen lässt. Nur dürfen Sie nicht weiter in feuchten, unbeheizten Räumen leben. Das ist Gift für Ihren Körper", sagte die Alte. „Woher wissen Sie?", fragte Buchholz verdutzt. „Langjährige Erfahrung und ein gewisses Gespür!", antwortete die Alte. „Sie haben gut reden. Das Dach meines Häuschens ist reparaturbedürftig, und Brennholz ist unerschwinglich. Holz im Wald zu sammeln fällt mir zunehmend schwerer", klagte der Alte. „Sind Sie gesundheitlich erst wieder auf dem Damm, können Sie ihren erlernten Beruf wieder ausüben. Welchem Beruf sind Sie eigentlich nachgegangen?", erwiderte die Alte. „Ich war Steinmetz in Mittelstein, bis dieses verdammte Rheuma mich ins Unglück stürzte und mir alles nahm. Weder konnte ich mein Haus abbezahlen, noch die Rechnungen gelieferter Rohsteine begleichen. Gepfändet hat man meinen Besitz. Die Zwangsversteigerung war unausweichlich. Meiner Großmutter, der Herr hab sie selig, verdanke ich, dass ich in ihrer Kate eine Bleibe fand, sonst wäre ich elendiglich zugrunde gegangen", schloss Gottfried Buchholz seinen Werdegang. „Jetzt weiß ich genau, woran Sie kranken. Anfänglich war es der Gram über den Verlust Ihrer mit Herzblut geschaffenen Existenz. Darüber hinaus haben Ihnen die schwierigen Lebensbedingungen und die Abgeschiedenheit zugesetzt", schloss die Alte ihre Analyse. „Sie sprechen mir aus der Seele, Barbara. Wenn mir nur öfter Menschen mit Einfühlungsvermögen begegnen würden, wäre ich vielleicht nicht ins Abseits geraten", gestand Buchholz. Die Alte reichte Gottfried Buchholz die Hand und sagte: „Morgen bringe ich Ihnen den ersten Kräutertrunk. Den müssen Sie sich innerhalb einer Stunde einverleiben. Aber ich warne Sie, es ist kein Zuckerschlecken. Nach wenigen Schlucken wird Sie ein Brechreiz überkommen, dem Sie in keinem Fall nachgeben dürfen. Es folgt ein Brennen im Hals, als stände ihr Rachen in Flammen. Unterstehen Sie sich, ihn mit Wasser zu löschen. Anschließend schnürt sich Ihr Hals zu, als würden Sie stranguliert. Sie werden es überleben – versprochen. Ich möchte Sie nur jetzt schon auf diese Tortur vorbereiten. Lehnen Sie bereits nach meiner Schilderung dankend ab, werde ich mir die Mühe der aufwendigen Zubereitung ersparen. Also werden Sie all das über sich ergehen lassen?", erklärte die Alte. „Wenn Sie mir garantieren, diese Prozedur zu überstehen willige ich ein, um endlich diese zermürbenden Qualen loszuwerden!", antwortete Buchholz. „Also dann bis morgen!", verabschiedete sich die Alte. „Aber Sie wissen doch gar nicht wo Sie mich finden!", rief Buchholz ihr hinterher, die sich bereits entfernt hatte. „Ihre Kate werde ich schon ausfindig machen!", antwortete sie aus der Ferne.

Eklat in der Zeitungsredaktion

Chefredakteur Zwicknagel fuhr den zu sich zitierten Redakteur Hurtig an: „Was ist denn in Sie gefahren? Auch wenn im augenblicklichen Sommerloch Sauregurkenzeit herrscht, ist das noch lange kein Grund, eine Falschmeldung in die Zeitung zu setzen? " „Tut mir leid. Ich weiß nicht wovon Sie sprechen!", erwiderte Hurtig ahnungslos. „Jetzt nichts mehr davon wissen wollen! Ich habe mich im Kulturamt erkundigt, weil es mich brennend interessierte. Es wäre eine wahre Sensation für Mittelstein gewesen! Doch die wussten von nichts!", schnauzte Zwicknagel seinen Redakteur an. „Helfen Sie mir auf die Sprünge! Worum geht es?", fragte Hurtig irritiert. „Na dieser Artikel über den Kultstein am Rand des Mittelsteiner Waldes. Nun tun Sie doch nicht so scheinheilig!", rief Zwicknagel aufgebracht. „Worum geht es? Ich verstehe nur Bahnhof!", fragte Hurtig verunsichert. „Das wollte ich Sie gerade fragen!", entgegnete der Chefradakteur erzürnt. „Sie erwischen mich auf dem falschen Fuß. Ich kann Ihnen nicht folgen", antwortete Hurtig verständnislos. „Dann werde ich Ihnen die Ausgabe wohl unter die Nase halten müssen!", rief Zwicknagel, stampfte zu seinem Schreibtisch, griff nach der Zeitung und fuhr den Redakteur gereizt an: „Hier! Lesen Sie selbst, falls Sie es bereits wieder vergessen haben sollten!" Hurtig schaute aufs Titelblatt, überflog es, stutzte und begann zu lesen: *Sensationeller Fund im Wald von Mittelstein!* „Diesen Artikel kann geschrieben haben wer will! Ich war es bestimmt nicht. Schauen Sie sich nur den Schriftsatz an. Den hätte ich so niemals durchgehen lassen!", beteuerte Hurtig. „Ihr Kürzel spricht eine andere Sprache!", entgegnete Zwicknagel. „Das Kürzel kann doch jeder setzen. Es sagt nichts über den Urheber aus. Meinetwegen hat der Schriftsetzer diesen Block mit meinem Kürzel eingefügt. Zumindest wirkt er recht dilettantisch, finden Sie nicht auch?", erwiderte Hurtig." Ja, irgendwie schon. Sie meinen, der Schriftsetzer hat sich diesen Fauxpas erlaubt?", fragte Zwicknagel. „Das wollte ich nicht damit sagen. Es wäre nur eine mögliche Erklärung für diesen Beitrag", antwortete Hurtig. „Wir sollten ihn wenigstens zur Rede stellen, ob vielleicht er sich in einem Anfall von Überschwänglichkeit zu dieser Tat hat hinreißen lassen, diese Ente in die Zeitung zu setzen. In jedem Fall müssen wir der Sache nachgehen, damit es nicht noch einmal passiert. Danke, ich brauche Sie im Augenblick nicht mehr", entließ Zwicknagel den Redakteur. Doch die Unterredung mit dem Schriftsetzer brachte keine Klarheit. So ließ Zwicknagel Redakteur Hurtig erneut bitten. „Was mich noch beschäftigt ist, dass Ihnen der Artikel im Exemplar der Stichprobe aus dem Druck nicht aufgefallen ist. Wie konnte Ihnen der auf dem Titelblatt entgehen?", fragte Zwicknagel kopfschüttelnd. „Einen Moment! Das Exemplar liegt noch in meinem Büro", bemerkte Hurtig und verschwand in den Flur. Mit seinem Exemplar in der Hand konnte man ihm den Gemütszustand schon von Weitem ansehen. „Sehen Sie sich das an! Der Artikel auf der Titelseite fehlt!", sagte er mit zufriedener Mine. „Unglaublich! Wie ist das möglich!", machte sich bei Zwicknagel Ratlosigkeit breit. Auch Hurtig schüttelte den Kopf und sagte: „Da soll einer schlau draus werden!"

Weil alle Nachforschungen zu keinem schlüssigen Ergebnis führten, empfand dies das Verlagshaus wie eine verborgene Bedrohung. Der Gedanke, es könne jederzeit unbemerkt eine Kampagne gegen das Haus geführt werden, verlieh das Gefühl der Machtlosigkeit. Das erschütterte die Grundfeste der freien Berichterstattung.

Beim alten Steinmetz

Gotttfried Buchholz rieb sich die Augen, als er spät vormittags seine Kate verließ, um den Hof zu betreten. Wohl an die zehn Ster Brennholz lehnten an der Wand des alten Holzschuppens. Er konnte sein Glück kaum fassen, doch im nächsten Augenblick kam ihm der Gedanke, es müsse sich um eine Falschlieferung handeln – eine Art Irrläufer. Sicher würde sich der rechtmäßige Besitzer in Kürze melden um die ausstehende Lieferung zu reklamieren. Deshalb wagte Buchholz keinen der Scheite anzurühren, auch wenn es ihn noch so fror. Nicht noch einmal wollte er sich Scherereien mit der Justiz einhandeln nur, weil er eine Rechnung nicht begleichen konnte. Er wandte sich vom verlockenden Brennholz ab, um den mühevollen Gang in den Wald anzutreten, sich dort ein wenig Holz zu sammeln, als unvermittelt Barbara vor ihm stand. „Ist deine Schmerzgrenze überschritten, dass du mich aufsuchen willst?", fragte die Alte. „Ich muss in den Wald Holz suchen. Mich friert in dem kalten Gemäuer!", antwortete Buchholz. „Trotz deiner Pein immer noch zu Scherzen aufgelegt. Du musst ein sonniges Gemüt haben, mein Lieber!", rief die Alte. „Mir ist nicht zum Scherzen zumute. Die Kälte in mir schüttelt mich regelrecht durch", entgegnete Buchholz ein wenig pikiert. „Ich an deiner Stelle würde mir dort zwei oder besser drei Holzscheite nehmen und es mir drinnen gemütlich machen", erwiderte die Alte und wies auf den Brennholzstapel. Gottfried Buchholz wandte sich um und resümierte mit Bedauern: „Der wird wohl kaum mir gehören. Eine falsche Lieferadresse vermutlich." Die Alte brach in Gelächter aus: „Deine Anschrift im Adressbuch eines Lieferanten, wo du über zehn Jahre keine Waren bezogen hast. Du leidest an nostalgischen Anfällen!", rief die Alte. „Wie sonst wäre diese prachtvolle Brennholzerscheinung zu erklären?", entgegnete Buchholz. „Eine Lieferung hinterlässt Reifenspuren, zumal der Boden vom letzten Regen noch aufgeweicht ist!", wandte die Alte ein. „Daran habe ich noch nicht gedacht. Gut dass du es erwähnst!", rief Gottfried und ging zielstrebig auf die Durchfahrt zwischen Haus und Holzschuppen zu. Dort senkte er seinen Blick zu Boden und ließ ihn suchend schweifen. Er kratzte sich am Kopf und sagte leise: „Keine Reifenspuren! Zehn Ster Holz haben ordentliches Gewicht." Plötzlich stutzte er, bückte sich stöhnend, ging Schritte weiter und blieb wieder stehen. „Und? Was gefunden?", fragte die Alte. „Ich weiß nicht? Sieht aus wie Fußabdrücke eines Tyrannosaurus!" rief Gottfried. „Du meinst der hätte dir das Holz gebracht?", scherzte sie. „Quatsch! Es sieht eben so aus", erwiderte Buchholz. „Es werden Mulden von Pfützen der letzten Tage sein. Vermutlich hat ein Helikopter der Bergwacht das Holz eingeflogen, und du hast dich dabei taub gestellt!", rief Barbara. „Papperlapapp!", kommentierte Gottfried ihre scherzhafte Bemerkung. „Du musst zugeben, dass niemand das Holz angeliefert hat. Es muss vom Himmel gefallen sein. Sei froh, dass es nicht dein löchriges Dach traf, sonst hätte es dich noch erschlagen. Jetzt nimm schon einige Scheite und heize ordentlich ein. Du wirst es brauchen können. Sieh was ich dir mitgebracht habe!", rief sie und zog ein kleines Fläschchen mit einer giftgrünen Flüssigkeit aus ihrer Manteltasche. „Willst du mich mit dem Gift um die Ecke bringen?", fragte Gottfried bang. „Du hast es versprochen! Und ich habe dir versprochen, dass alles gut werden wird! Du wirst doch jetzt nicht kneifen?", fuhr die Alte den Einsiedler barsch an. „Man wird ja noch seine Bedenken äußern dürfen, oder?", beschwichtigte Buchholz die Alte. „Äußern darfst du sie schon, trotzdem wirst du jetzt meinen Anweisungen folgen, da beißt die Maus keinen Faden ab!", rief Barbara herrisch. „Also gut! Ich vertraue dir!", rief Gottfried, setzte sich Richtung Brennholz in Bewegung, zog drei Holzscheite vom Stapel und betrat die Küche durch die verwitterte Haustür mit den Worten: „Die drei Scheite wird schon keiner vermissen." Dabei war Barbara ihm gefolgt. Der Alte legte Reisig an die noch vorhandene Glut, blies Luft in die Ofenöffnung bis das Reisig Feuer fing und richtete die Holzkloben so darüber, dass die Flammen an den Kloben züngelten. Bald fiel der Schein der lichterloh brennenden Scheite aus der Ofenklappe, worauf Buchholz die Klappe so weit zuschob, dass die Luft das Feuer gerade noch unterhielt. So wurde die Hitze möglichst lang an den Ofen abgegeben. Allmählich heizten sich die gusseisernen Wände des Ofens auf. Gottfried hielt seine Hände darüber. Dabei rieb er sie, um die Wärme zu verteilen. „Tut verdammt gut, diese simple Naturkraft", stellte Buchholz zufrieden fest. „Nur zu! Wärme dich gut auf, bevor du den Trunk ansetzt!", riet ihm die Alte. Nach einer Weile befand Gottfried Buchholz, sich genügend am Ofen aufgewärmt zu haben. Um es endlich hinter sich zu bringen, bat er Barbara um das Fläschchen mit dem giftgrünen Wundermittel. „Eines noch Gottfried. Dieses Mittel wirkt bei jedem verschieden. Was ich gestern schilderte kann sich bei dir völlig anders äußern. Ich verspreche dir aber nach wie vor, seine Wirkung zu überstehen!", gab die Alte dem Einsiedler zu verstehen. „Ich sagte schon, dass ich einverstanden bin. Also gib schon her!", forderte Buchholz die Alte auf. Barbara hielt ihm die geöffnete Flasche hin und sagte: „Innerhalb einer Stunde musst du Sie geleert haben, sonst waren Müh' und Plag' vergeblich! Verstehst du! Das ist mein Ernst! Ich sage dies, weil ich damit meine Erfahrungen habe!" „Ja, ja, habe schon verstanden", knurrte Gottfried. Mit zittriger Hand nahm er die Flasche, überlegte einen Moment, setzte den Flaschenhals an die Lippen, öffnete sie, kippte einen Schwall hinein und schluckte. Barbara konnte zusehen, wie Gottfrieds Gesicht erbleichte, als zöge sich das Blut in seinen Adern zurück an einen im Körper verborgenen Ort. Die Alte sah auf die Flüssigkeit in der Flasche, in der etwa ein Drittel fehlte. Dabei beobachtete sie, wie deren Oberfläche leichte Wellen bildetet, die an Stärke zunahmen, bis die Flüssigkeit im Fläschchen hin und hersprang. Schnell zog sie Gottfried das Gefäß aus der Hand, den ein Rütteln durchfuhr, dass seine Arme herumflogen, als schüttele man die Äste eines jungen Pflaumenbaums. Noch bevor sich Gottfried, vom Kälteanfall durchgeschüttelt, auf den Eisenofen stürzte, bekam Barbara mit einer Hand eine Wolldecke zu fassen, die sie über das erhitzte Gusseisen warf. So hatte sie verhindern können, dass Buchholz seine Kleidung versengte und sich Brandwunden zuzog. Gottfried gab gequälte, kaum hörbare Schreie von sich, als seien seine Stimmbänder eingefroren. Wenige Wimpernschläge danach hatte sich sein Blut besonnen. Mit brachialer Gewalt presste es sich in seine leeren Adern, dass ihm die Augen hervortraten. Im Nu sprang er vom Ofen, riss sich Strickjacke und Hemd vom Oberkörper und schrie wie am Spieß. Barbara riss die Tür zum Hof auf und rief: „Raus mit dir! Raus! Du musst dich abkühlen!" Gottfried stürmte durch die geöffnete Tür am Brennholzstapel vorbei, hob dabei seine Arme, als wolle er fliegen und steuerte ziellos auf den Waldrand zu. „Eine Stunde Gottfried!", schrie die Alte ihm hinterher. Barbara saß auf heißen Kohlen. Eine halbe Stunde war schon verstrichen, und von Buchholz keine Spur. Sie musste sich auf die Suche nach ihm machen. Vorsorglich hatte sie dem Trunk eine unschädliche Substanz beigemischt, die für sie wahrnehmbar war. Hatte das giftgrüne Mittel erst einmal die entlegensten Winkel des Körpers erreicht, brächte sein Hitzewall den Schweiß auf die Haut, und damit die Substanz, selbst bis in die Fußsohlen. Die Alte nahm die Spur auf wie ein Schweißhund die Blutspur von verletztem Wild, das verkorkte Fläschchen in der Tasche. Barbara sprang so schnell sie konnte Gottfrieds Spuren hinterher. Dabei staunte sie nicht schlecht, welche Sprünge er dabei vollführt haben musste. Als habe ein Hase, von Hunden gehetzt, Haken geschlagen, so waren die Fußspuren gesetzt. Die Alte triumphierte. Der Trunk hatte seine Wirkung entfaltet. Jetzt musste er den Rest des Fläschchens leeren, damit das Mittel dauerhaft wirkte. Auf einer Waldlichtung entdeckte sie den völlig erschöpften Mann, ausgepumpt nach Luft schnappend. Mit Vorsicht näherte sich die Alte dem Einsiedler, betrachtete ihn eine Weile und sprach ihn leise an: „Gottfried! Kannst du mich hören? Wenn ja, nicke mit dem Kopf. Buchholz stellte sich taub. Mit einem Satz wollte er aufspringen und die Flucht ergreifen. Doch Barbara reagierte prompt und drückte ihn mit solcher Kraft zu Boden, dass er sich vergeblich aufzubäumen versuchte. „Du hast es geschafft! Das Rheuma ist besiegt! Trinke den Rest aus der Flasche, dann bist zu zeitlebens davon befreit", redete sie Gottfried gut zu. Der aber schüttelte den Kopf und schrie: „Niemals! Weg mit dem Teufelszeug!" „Dieses Teufelszeug hat dir die Kraft zurückgegeben, die dir deine Erkrankung genommen hatte. Du bist vollkommen wiederhergestellt, und das in einer knappen Stunde. Nimmst du das Mittel nicht vollständig kehren die Qualen bald zurück! Die erste starke Reaktion deines Körpers wird sich nicht wiederholen – versprochen!", redete ihm die Alte gut zu. Sie spürte, dass er sich noch zierte, deshalb setzte sie ihn unter Druck: „Dir bleiben noch zehn Minuten. Die wirst du brauchen, denn ganz ohne Wirkung bleibt auch der Rest nicht. Nur sind die Reaktionen abgeschwächt. Die Abwehr deines Körpers gegen das Mittel wird milder ausfallen. Wenn du willst, halte ich dich dabei fest. Denke an die qualvollen Jahre, die in zehn Minuten der Vergangenheit angehören werden. Dann bist du befreit!" Gottfried richtete sich auf. Er besann sich und fragte: „Wirklich nicht mehr so schlimm wie vorhin?" „Nein, wirklich nicht!", antwortete Barbara. Sie hielt ihm das geöffnete Fläschchen hin, das er ihr zögerlich aus der Hand nahm. Wieder setzte er den Flaschenhals an die Lippen, ließ ihren gesamten Inhalt in seinen Schlund laufen und schluckte, bis er ihn geleert hatte. Es trat die Reaktion ein, die die Alte am Vortag schilderte. Kaum hatte er den letzten Rest hinuntergeschluckt, überkam ihn ein gewaltiger Brechreiz. Buchholz beugte sich vorn über, um sich zu übergeben. Doch die Alte hielt ihm solange Mund und Nase zu, bis Gottfried das Hochgewürgte wieder geschluckt hatte. „Du hättest mich umbringen können!", schrie Buchholz, „was, wenn sich das verdammte Zeug in meine Lunge gepresst hätte. Ich wäre glatt erstickt!" „Hat es aber nicht! Spare dir lieber die Aufregung. Es ist noch nicht vorbei!", entgegnete die Alte. Der Einsiedler stand plötzlich still, als warte er auf etwas. Wie eine Urgewalt brach es aus ihm heraus: „Uuuuuuuaaaahhhhhh! Ich verbrenne. Wasser! Wasser!", schrie er. Hätten sie sich zu diesem Zeitpunkt in seiner Kate befunden, Gottfried wäre sicher zum Brunnen gerannt und hätte versucht, den *Brand* zu löschen. Doch zu ihrem Glück gab es weit und breit weder Bachlauf noch Weiher. Buchholz blieb nur, den quälenden Anfall tatenlos zu durchstehen. Kaum hatte das Feuer im Rachen nachgelassen, rang Gottfried mit aufgerissenem Mund nach Luft. Dabei streckte er seine Arme vor, als habe er einen Krampfanfall. Er hatte das Gefühl, es stranguliere ihn jemand von hinten. Die Alte konnte ihn gerade noch auffangen, bevor er bewusstlos zusammensank und reglos auf dem Waldboden liegen blieb. „Bravo!", rief die Alte, „exakt eine Stunde! Du hast es geschafft. Bist ein braver und mutiger Mann!" Buchholzs Brustkorb hob und senkte sich. Er hatte überlebt. Ermattet stützte er sich ab und richtete seinen Körper langsam auf. „Hätte ich all das vorher gewusst, dann wäre ich nie auf deinen Vorschlag eingegangen. *Die erste starke Reaktion deines Körpers wird sich nicht wiederholen*, hattest du versprochen. Beinahe hätte mich dein Gift umgebracht", beschwerte sich Gottfried bei der Alten. „War es das nicht wert? Lebenslang wirst du von diesem qualvollen Befall deines Körpers befreit sein. Dafür lediglich eine Stunde durch die Hölle zu gehen, ist doch ein fairer Handel. Das musst du doch zugeben", antwortete Barbara. „Aber ich war dem Tode nahe. Viel hätte nicht gefehlt und ich wäre hopsgegangen!", erwiderte Buchholz. „Das meinen alle, weil noch niemand von seinem Todeskampf berichten konnte. Wer weiß schon wie es in dem Moment wirklich ist, wenn wir das zeitliche segnen", entgegnete die Alte. „Und? Wie fühlst du dich jetzt?", fragte Barbara ihren noch geschwächten Patienten. „Ich fühle keinen Schmerz. Wenn ich die Arme hebe oder mich bücke spüre ich keinerlei Pein. Ich bin ein anderer Mensch. Wenn das wirklich anhält, bin ich dir zu großem Dank verpflichtet, Barbara", antwortete Gottfried. „Dank ist das richtige Stichwort. Ich kann mir vorstellen, dass die Arbeit als Steinmetz viel Freude bereitet. Ein roher Stein steht vor einem, den man gestalten darf. Da fällt mir ein vor einigen Tagen wurde ich angesprochen, ob ich nicht einen geschickten Steinmetz mit Erfahrung wüsste, der einen Auftrag über zwanzig kunstvoll zu fertigende Quader für eine Ausstellung übernimmt. Es handelt sich um eine Überraschung. Daher wäre äußerste Diskretion Voraussetzung. „Ein Auftrag, der etwas einbrächte?", fragte Buchholz. „Wie man es nimmt", antwortete die Alte nebulös. „Was soll das heißen, wie man es nimmt?", fragte Gottfried. „Es kommt darauf an, was du unter einbringen verstehst. Wenn du dir Reichtümer davon versprichst, muss ich dich enttäuschen. Wenn du darunter Hilfe und Unterstützung verstehst, wirst du zufrieden sein", antwortete Barbara. „Worin Hilfe und Unterstützung – was meinst du damit?", fragte Buchholz. „Nehmen wir einmal an du möchtest deine alte Kate wieder auf Vordermann bringen – das Dach flicken und neu decken, Fenster und Türen durch neue ersetzen, das Mauerwerk sanieren und verputzen, dem Ganzen einen Innen- und Außenanstrich verpassen. Dabei könntest du gut Hilfe gebrauchen, oder?", antwortete die Alte. „Kannst du vergessen! Das kostet mich ein Vermögen! Und Kredit bekomme ich bei keiner Bank!", rief Gottfried. „Was, wenn der Auftraggeber all das was ich aufzählte, als Gegenleistung erbringt?", fragte Barbara. „Der Auftraggeber muss verrückt sein, Unsummen für ein paar Steinmetzarbeiten auszugeben", antwortete Buchholz und schüttelte den Kopf. „Du kennst den Auftrag nicht. Wie könntest du da einschätzen was auf dich zukommt?", fragte die Alte. Gottfried Buchholz kratzte sich hinterm Ohr und fragte: „Kennst du den Auftrag. Ist es eine schwierige Arbeit?" „Und ob ich den Auftrag kenne. Er verlangt deine gesamte Kunstfertigkeit. Die Arbeit muss zunächst präzise ausgeführt werden und danach darf sie kaum noch erkennbar sein", erklärte Barbara. „Was für eine verrückte Idee. Wer lässt sich so etwas einfallen?", fragte Gottfried fassungslos. „Künstler, mein Lieber. Nur Künstler haben solch abstruse Ideen. Doch wenn der Lohn stimmt, warum nicht? Also willigst du ein?", fragte die Alte. „Und die Steine, woher nehme ich die?", fragte Gottfried. „Wird alles geliefert. Darum mach dir keine Sorgen", beruhigte ihn Barbara. „Aber all meine Werkzeuge sind damals gepfändet worden. Nur meine Hände blieben mir zur Arbeit", klagte Buchholz. „Alles Notwendige wird gestellt. Du kannst dich beruhigt zurücklehnen und der Dinge harren, die da kommen", beschwichtigte sie ihn. „Na dann – ich bin einverstanden! So bequem werde ich an eine solch einmalige Gelegenheit wohl kaum ein zweites Mal kommen!", rief Gottfried Buchholz. „Dann sind wir uns einig?", fragte Barbara vorsichtshalber. „Unter diesen Umständen sind wir uns einig!", rief Buchholz erleichtert und froh zugleich.

Ein merkwürdiger Auftrag

Anderntags hatte sich Gottfried Buchholz darauf vorbereitet, den von Barbara angekündigten Auftrag entgegenzunehmen. Doch nichts deutete darauf hin, dass sich dergleichen ergab. Von seiner Krankheit geheilt und voller Tatendrang hielt er es in seiner Kate nicht mehr aus und betrat durch die Küchentür den Hof. Geblendet von der Mittagssonne erkannte er im grellen Licht ihrer Strahlen eine Vielzahl gleichförmiger Schatten. Buchholz erinnerte sich an die wirren Bilder nach dem Trunk der Alten. Sollte er in Folge dauerhaft Opfer solcher Halluzinationen geworden sein? Gottfried schloss die Augen. Die Schattenbilder waren verschwunden. Langsam öffnete er die Lider, um zu sehen, ob die Schatten wiederkehrten. Doch das Bild war das gleiche wie vorher. Die Schatten blieben. Buchholz versuchte einen klaren Gedanken zu fassen. Hatte ihm das Mittel die Augen geöffnet Dinge zu sehen, die ihm vorher verborgen geblieben waren? Auf seinem Hof standen gleichmäßig verteilt in den Boden versenkte, steinerne Säulen. Wenn sie seit seinem Einzug in die Kate auf dem Hof standen, hätte er sich doch längst daran stoßen müssen. „Unmöglich", dachte Gottfried, „Säulen und Schatten bilden die Realität ab." Er begann die Schatten von Ost nach West zu zählen. „Donnerwetter!", rief er, „zwanzig Stück!" „Hatte nicht Barbara von zwanzig Steinquadern gesprochen?", dachte Buchholz und trat in den Hof. „Oder sollte ich mich in einem Albtraum wiederfinden?", überlegte der Einsiedler. Er steuerte auf die Säule in der Mitte des Hofes zu und griff mit der Hand nach ihr. Statt zurückzuweichen verharrte der Stein an Ort und Stelle. Gottfried fühlte die raue Oberfläche und streichelte sie mit den Fingern. „Ein herrliches Gefühl. Endlich Arbeit!", dachte Buchholz. Doch im selben Moment schoss ihm durch den Kopf wie die Steine, von ihm unbemerkt hierhergekommen waren und wer die wohl eine Tonne schweren Quader hergeschleppt und aufgerichtet haben mochte. Wieder sah er in der Durchfahrt zwischen Schuppen und Kate nach. Doch auch dieses Mal fand er keinerlei Reifenspuren. Allerdings zeichneten sich im Bodennähe kaum erkennbare Mulden ab. Gottfried blieb nur zu staunen. Eine Erklärung dafür fand er nicht. „Jetzt fehlen mir nur noch Werkzeug und Pläne, dann könnte ich loslegen. Zunächst werde ich drinnen Feuer machen. Dann sehen wir weiter", sagte Buchholz leise und rieb sich die Hände. Weil das Reisig zum Anzünden aufgebraucht war ging er zum Schuppen. Mit dem Beil wollte er von einem Holzscheit Späne abspalten, damit sie unter den Holzkloben Feuer fingen und sie zündeten. Als er aber die Tür zum Holzschuppen öffnete, versperrte ihm ein großer verschlossener Weidenkorb den Weg. Er wollte ihn zur Seite schieben, doch sein Gewicht ließ es nicht zu. Erst jetzt fragte Gottfried sich, wessen Korb das sei und woher er komme. Er öffnete die Verschlussriemen und hob den Korbdeckel an. In ihm fand er fein säuberlich sortiert, einen Stoß Papiere und Werkzeuge aller Art, von der ein Steinmetz nur träumen konnte. Buchholz griff nach dem Deckblatt und las:

„Die zwanzig Säulen!

Steinsäulen für den Künstlerverein als Geschenk zum diesjährigen Jubiläum für sein langjähriges Bestehen!"

„Juchhu, der Auftrag!", freute sich Gottfried laut. Schnell sah er auf die darunter aufgeführte Aufstellung der Arbeitsanweisungen.

Verzeichnis der Kultsteine mit ihren Inschriften und Satz-Anweisungen

Buchholz nahm die Aufstellung, ging damit in den Hof und prüfte Stein für Stein, ob Qualität und Reinheit der Quader dem Anspruch des Auftrags gerecht wurden. Inmitten der kantigen Steinsäulen stand eine runde, mit kreisförmigen Vertiefungen übersäte Säule. Er ging die Aufstellung von vorn bis hinten durch, fand aber keinen Hinweis darauf. Allerdings fiel ihm auf, dass im Verzeichnis eine Säule aufgeführt war, die lediglich mit einer einzigen Kennzeichnung zu versehen war, und zwar ein Zeichen, dass Gottfried Buchholz nicht verstand. Vermutlich hatten die Auftraggeber für diesen

Stein die seitlich aufzubringenden Schriftzeichen vergessen. Auch was *Höhe über dem Boden* = ½ bedeutete, konnte er nicht sagen. Beim Stein mit den vielen Vertiefungen musste es sich um eine Fehllieferung handeln. Im Übrigen war nach jeder Weisung auf der Stirnfläche eines Steins ein entsprechender Folgestein angekündigt. Der für diesen Quader angekündigte Stein war jedoch im Auftrag nicht enthalten. Er musste Barbara unbedingt auf diese Mängel aufmerksam machen.

Endlich! Am frühen Nachmittag erschien Barbara. Gottfried hatte sie dringlichst erwartet und ging ihr mit den Worten entgegen: „Da bist du ja. Ich hatte schon Sorge du kämst nicht rechtzeitig." „Wieso rechtzeitig? Ist etwas Außergewöhnliches geschehen?", fragte die Alte. „Und ob! Sieh nur!", sagte Buchholz und wies auf die Steine im Hof. „Aha! Der Auftrag! Ging schneller als ich dachte!", antwortete Barbara. „Fällt dir denn nichts auf?", fragte der Einsiedler. „Was sollte mir auffallen?", stellte sich Barbara unwissend. „Die Steine! Woher kommen die plötzlich? Wer hat sie gebracht und wie?", wollte Buchholz wissen. „Der Lieferant natürlich. Er folgte wohl der Weisung, über den Auftrag absolutes Stillschweigen zu bewahren. Nichts darf nach außen dringen. Das gilt übrigens auch für dich", erklärte die Alte. „Aber Fragen stellen darf ich schon, oder?", erwiderte Gottfried. „Fragen immer, sofern ich darauf antworten kann", erwiderte Barbara. Buchholz holte die Arbeitsblätter aus dem Werkzeugkorb und erklärte: „Damit ich mit der Arbeit beginnen kann, sind folgende Fragen zu beantworten. Zunächst, was bedeutet bei diesem Stein *Höhe über dem Boden* = ½. Dann, was soll ich mit dem löchrigen Stein anfangen. Der passt nicht zu den anderen. Außerdem wurden bei ihm die Inschriften vergessen, sieht man einmal von dem einen Zeichen ab, dass ich ohnehin nicht verstehe", erklärte Gottfried. Barbara überlegte einen Moment, dann antwortete sie: „Maßangaben bei diesen Steinsäulen richten sich nach ihrer eigenen Länge. Heißt es dort Höhe über dem Boden = ½, so ist mit ½ die halbe Höhe des Steins gemeint." „Aber woher soll ich wissen, wie hoch ein Stein ist, wenn ich nicht weiß, wie tief er im Boden steckt?", fragte Buchholz. „Aus der runden Säule muss ein Quader werden, mit den Maßen der anderen. Um das zu vollbringen, müssen die Rundungen verschwinden. Beim gesamten Stein geht das nur, wenn man ihn nach der Bearbeitung umdreht. Miss die jetzige Höhe des Steins und markiere die Stelle über dem Boden. Nach dem Umdrehen hast du seine Gesamtlänge. Danach bringst du das im Auftrag angegebene Zeichen in der Höhe auf", antwortete die Alte. „Wie soll ich den Stein umdrehen?", fragte Gottfried hilflos. „Dafür ist der Auftraggeber verantwortlich", beruhigte ihn Barbara. „Und die fehlenden Zeichen auf dem letzten Stein, woher bekomme ich die?", wollte Gottfried wissen. „Der Auftrag ist Maßgabe. Es hat seine Richtigkeit", erwiderte die Alte. „Was mir noch auffiel ist, dass die Zeichen auf der Stirnseite eines Steins auf einen Folgestein weisen. Auch der letzte Stein trägt dieses Zeichen, doch folgt ihm kein weiterer Stein", bemerkte Buchholz. „Gut aufgepasst Gottfried. Nur heißt es zu Anfang des Auftrags *Die zwanzig Säulen*. Wenn jeder Säule eine weitere folgte, kämen wir mit zwanzig wohl kaum hin", antwortete die Alte schnippisch. „Da hast du sicher recht. Doch wozu dann die Weisung auf einen weiteren Stein, wenn keiner folgt?", fragte Gottfried kopfschüttelnd. „Das ist ja gerade der Witz bei diesem Geschenk!", erklärte Barbara. „Ach so! Ja dann!", rief der Steinmetz und lachte gequält. „So, jetzt lasse ich dich allein damit du mit der Arbeit beginnen kannst. Dir bleiben drei Wochen für die Bearbeitung. Ich werde täglich vorbeischauen, falls du Hilfe brauchst oder Fragen hast. Arbeite sorgfältig, damit die Auftraggeber zufrieden sind", schloss die Alte, verabschiedete sich und verschwand im Mittelsteiner Wald.

Der Gehilfe

Gotttfried Buchholz fand im Werkzeugkorb eine Teleskopleiter, mit der er in jeder beliebigen Höhe an den Steinen arbeiten konnte. An alles hatten seine Auftraggeber gedacht. Wenn er Hilfe nötig hatte brauchte er es nur zu sagen, hatte Barbara ihm versprochen. Barbara könne ihm alle offenen Fragen beantworten, sodass dem Beginn der Arbeiten nichts im Wege stand. Barbara sah täglich nach ihm und erkundigte sich nach dem Fortschritt seiner Steinmetzkunst. Sie war recht angetan von seiner Kunstfertigkeit, obgleich er ein Jahrzehnt aus der Übung war. Barbara vertraute Gottlieb seine Bedenken, Anliegen und Wünsche an.

Buchholz war die Gravur der Inschriften in die Steine gut von der Hand gegangen. Er konnte über das Ergebnis seiner Arbeit sehr zufrieden sein. Als er aber vor der runden Säule stand und ans Werk gehen wollte, hatte er Bedenken. Um die Säule in Quaderform zu bringen, hätte er die Rundungen mühsam abschlagen müssen. Dieses Risiko wollte er nicht eingehen. Die radialen Löcher bargen die Gefahr, dass Teile des Steins unvorhersehbar abplatzten und der Stein so Schaden nehmen könnte. Deshalb zog Buchholz es vor, die Rundsäule durch Zurechtsägen in die gewünschte Form zu bringen. Selbst das hatten die Auftraggeber berücksichtigt, wofür sie dem Werkzeug einen dünnen Sägedraht mit Griffen an den Enden beigegeben hatten. Den zu bedienen bedurfte es jedoch einer Hilfskraft. Deshalb erbat er sich von Barbara einen Handlanger.

Gottfried Buchholz staunte nicht schlecht, als anderntags sein Gehilfe an die Tür klopfte. Dieser Helfer hatte bei Arbeiten am Stein wahrlich keine Leiter nötig, denn er maß wohl gute zwei Meter. „Donnerwetter! Wo hat Barbara dich denn entdeckt. Du kommst mir beim Sägen wie gerufen. Ich habe nur eine Leiter die ich selbst benötige. Wenn du den Arm hebst kannst du die Säge ohne Podest greifen", wunderte sich Gottfried Buchholz und fragte, „wie ist denn dein Name?" „Mein Name ist Balduron, doch alle nennen mich nur Baldur!", antwortete der hünenhafte junge Mann. „Dann werde ich dich auch Baldur nennen. Mein Name ist Gottfried Buchholz. Ich hoffe auf eine gute Zusammenarbeit", erwiderte Buchholz. Barbara hatte ihm den Termin zur Fertigstellung bereits genannt. Ihm blieben noch zwei Wochen, dann sollten die Steine geliefert werden. Also musste er sich sputen. „Etwas dagegen, wenn wir gleich mit der Arbeit beginnen?", fragte Buchholz seinen Gesellen. „Deshalb bin ich hier", antwortete Baldur. „Dann an die Arbeit!", rief Gottfried, ging gezielt auf den runden Stein zu und erklärte: „Siehst du die senkrechten Striche auf der Säule. Dort entlang müssen wir die Säge führen. Es darf keine Vertiefung zurückbleiben. Der Stein muss der Form aller anderen gleichen!" Buchholz lehnte die Leiter an die Säule, reichte Baldur das andere Ende der Drahtsäge und rief: „Los geht's! Immer entlang des Striches!" Buchholz tat sich schwer damit, am obersten Ende der Leiter stehend die Säge durch den Stein zu ziehen. Obgleich sie mehrmals die Position gewechselt hatten, damit in dieser der eine, das nächste Mal der andere Arm die Säge bediente, ließ Buchholz auf halber Höhe schweißgebadet die Arme kraftlos sinken und stöhnte: „Weiter schaffe ich es nicht!" Baldur sah ihn mitleidig an und antwortete: „Wie wäre es, wenn ich allein die Säge durch den Stein ziehe, während Ihr sie lediglich führt und aus dem Schlitz zurückzieht. Dann spart Ihr Kraft!" „Danke! Ich bin erleichtert, dass du das sagst, Baldur. Wenn du einverstanden bist, machen wir es so! Dann schaffen wir den Stein heute doch noch", antwortet Gottfried Buchholz. Während sich Baldur beim Sägen vom oberen Ende des Steins bis zu seiner Mitte leichttat, bereitete Buchholz die gestreckte Haltung beim Führen der Säge große Mühe. Zur Mitte hin ging Buchholz die Arbeit immer leichter von der Hand, während sein Gehilfe zu stöhnen begann, weil er sich wegen seiner enormen Größe beim Sägen tief bücken musste. „Wenn Sie nichts dagegen haben, setzen wir unsere Arbeit morgen fort. Ist der Stein erst umgedreht, fällt mir die Arbeit wieder leichter", schlug Baldur vor. Was blieb Buchholz anderes, als zuzustimmen. Schließlich war er auf seinen Gehilfen angewiesen. Er musste in den sauren Apfel beißen, morgen die gleiche Plackerei auf sich zu nehmen wie heute. Doch konnte er sich letztlich nicht beklagen. Sie hatten heute viel geschafft. „Saubere Arbeit!", lobte der Einsiedler seinen Gehilfen. „Danke!", antwortete Baldur. „Wir haben Mittag. Ich schlage vor, wir halten eine kleine Vesper und nehmen ein paar Kostproben von meinen Waldfrüchten. Danach schlagen wir die abgetrennten Rundungen ab. So kann ich in der oberen Hälfte des Steins mit glätten und polieren beginnen. Dann könnte der Stein morgen Abend bereits fertiggestellt sein. Einverstanden?", schlug der Steinmetz vor. „Gern!", antwortete Baldur erfreut. Sie stellten Tisch und Stühle aus der Stube auf den Hof, holten Besteck, Brot, Wurst und Käse aus der Speisekammer und ließen es sich schmecken. „Ich hätte da selbst vergorene Weine von Himbeeren, Brombeeren, Holunderbeeren, Holunderblüten, Hagebutten und Eberesche, auch Vogelbeere genannt. Die mit einem „H" beginnen kann ich besonders empfehlen. Wie wär's?", forderte Buchholz seinen Gehilfen auf. „Probieren würde ich schon gerne", antwortete der Hüne. „Beginnen wir mit Himbeerwein. Du wirst sehen, er wird dir munden", schlug Buchholz vor. Er holte aus der Speisekammer eine bauchige Flasche und zwei Gläser. Glucksend füllte die leuchtend rote Flüssigkeit die Gläser. Buchholz hob sein Glas und rief: „Auf unser Wohl und ein gutes Gelingen!" Beide stießen an und ließen den Wein in ihre Kehlen rinnen. Genussvoll stieß Buchholz ein „Aaahh!" aus, und Baldur ließ ein „Ausgezeichnet!" vernehmen. Ein Glas gab das nächste. Die Zungen beider lockerten sich. Und so entwickelte sich ein Gespräch zwischen beiden. Gottfried wurde zwangloser in seiner Fragestellung und Baldur bereitwilliger mit seinen Äußerungen. „Deine Größe wird dir sicher manchmal Probleme bereiten", mutmaßte Gottfried. „Und ob", antwortete Baldur. „Mir scheint, du bist als Mensch ein wenig groß geraten", sagte Gottfried. „Oder als Riese viel zu klein", erwiderte Baldur. Gottfried lachte laut los. Erheitert antwortete er: „Du hast Humor, mein lieber." „Es ist nicht angenehm von anderen Riesen gehänselt zu werden", erwiderte Baldur. „Du ein Riese? Dann wurde ich als König geboren. Leider in viel zu armselige Verhältnisse!", antwortete Gottfried lachend und klopfte sich auf die Schenkel. „Respekt!", rief Baldur und verneigte sich vor

Buchholz, „als König kamt ihr zu Welt!" Buchholz brach in schallendes Gelächter aus über die Einfältigkeit seines Gegenübers und erwiderte kichernd: „So wenig wie du als Riese geboren wurdest!" „Was fällt Ihnen ein mich herabzusetzen!", rief Baldur. „Beim Scherzen werden schnell Worte unbedacht gewählt. Das musst du doch einsehen, zumal der Wein die Zunge löst!", rief Gottfried. „Dann war es nicht so gemeint?", fragte Baldur. „Was war nicht so gemeint?", fragte Buchholz. „Na das mit dem Riesen!", antwortete Baldur. „Natürlich nicht! Riesen sind allgegenwärtig. Täglich gehen wir aneinander vorbei und grüßen uns höflich!", erklärte Gottfried. Er konnte sich nicht halten vor Lachen. „Ihr nehmt mich nicht ernst, stimmt's!", rief Baldur. „Du hast ausgezeichnete Arbeit geleistet, das steht außer Frage. Allein das zählt", antwortete Gottfried. „Und das mit dem Riesen?", fragte Baldur. „Nehme ich zurück", antwortete Gottfried verwirrt, denn er wusste nicht mehr genau, was er gesagt hatte. „Also gut! Dann sollten wir uns wieder der Arbeit zuwenden", sagte Baldur. Bald war der Quader freigeschlagen. Baldur verabschiedete sich auf den morgigen Tag und verschwand im Unterholz des Waldrandes. Buchholz ging wankend daran, die Flächen des Steins zu glätten und zu polieren. Der Alkohol gab ihm Kraft und Durchhaltevermögen, sodass sich die Abendsonne im blank polierten Stein spiegelte. Rechtschaffen müde von den anstrengenden Arbeiten des Tages fiel Buchholz ins Bett und in tiefen Schlaf.

Nächtliches Ereignis

Donnergrollen und Wetterleuchten aus der Ferne kündeten von einem Gewitter. Dass es so schnell über dem Mittelsteiner Wald aufzog, hatte Buchholz nicht erwartet. Blitze zuckten grell durch die Nacht, denen Donner unmittelbar folgte. Das Gewitter musste direkt über seinem Haus stehen. Buchholz dachte mit Schrecken an die Steinquader, die schutzlos im Hof stehen. Wenn in sie der Blitz führe, wäre seine Arbeit der letzten Tage zunichte. Auch wenn Buchholz nichts mehr mit Gott zu tun haben wollte, seit der ihn hat fallen lassen und ihm alles genommen hatte, so wollte er ihn doch für sich und seine Arbeit um Schutz anflehen. Buchholz eilte zur Küchentür, riss sie auf und rannte mit erhobenen Armen in den Hof, wo er inmitten der aufragenden Steine auf die Knie fiel. Er reckte die gefalteten Hände gen Himmel und rief: „Herr vergib einem armen Sünder! Halte schützend deine Hand über mich und meine Arbeit!" Augenblicklich setzten Blitz und Donner aus. Buchholz richtete sein Gesicht argwöhnisch gen Himmel, als erwarte er jeden Moment seinen Todesstoß. Gottfried Buchholz traute seinen Augen kaum. Er blickte in einen sternenklar funkelnden Himmel, als habe es das Gewitter nicht gegeben. Der Vollmond warf sein fahles Licht in den Hof. Zum ersten Mal wurde Buchholz die Formation der Steine gewahr, die so angeordnet waren, dass immer mehrere Steine zusammen einen langen Schatten bildeten. Noch nie zuvor war ihm aufgefallen, dass die Steine konzentrisch um einen Mittelpunkt aufgestellt waren. Gottfried ging auf deren Mitte zu und stellte sich genau in ihr Zentrum. Dort schloss er für lange Zeit die Augen. Nach einem Jahrzehnt der Unzufriedenheit fühlte er sich endlich wieder gut. Seine körperlichen Beschwerden waren von ihm gewichen. Er konnte wieder arbeiten und hatte Arbeit. Zufrieden wollte er zu Bett gehen, doch vermochte er nicht sich von der Stelle zu rühren. Die Steine hatten ihn vollständig eingeschlossen, sodass er kaum Luft holen konnte. Aus heiterem Himmel setzte das heftige Gewitter ein und Regen prasselte nieder, der ihn völlig durchnässte.

Mit ohrenbetäubendem Knall fuhr ein greller Blitz zwischen die Steinsäulen, dessen Kraft die Quader ins Wanken brachte. Einer nach dem anderen ging mit dumpfem Pochen zu Boden. Entsetzen packte Buchholz. Wieder war seine Existenz zugrunde gerichtet. Doch selbst als alle Steine zerborsten am Boden verstreut lagen, wollte das Pochen kein Ende nehmen. Buchholz fuhr schweißgebadet in seinem Bett hoch. Jemand pochte an die Tür und eine Stimme rief: „Herr Buchholz! Sind Sie da drin?" „Herr Buchholz! Ich bin es, ihr Gehilfe!" Gottfried Buchholz atmete tief durch. „Was für ein Traum!", dachte er und rief: „Ich komme gleich! Einen Moment noch!" Schnell schaufelte er mit hohlen Händen einen Schwall Wasser aus der Waschschüssel ins Gesicht, trocknete es, schlüpfte in seine Kleidung und öffnete. „Alles in Ordnung?", fragte Baldur besorgt. „Nur ein Albtraum, nichts weiter. Die gestrige Arbeit hatte mich wohl so geschafft, dass ich wie tot ins Bett fiel und bis soeben durchschlief. Das erste Mal seit Jahren", antwortete Buchholz. „Dann können wir unsere Arbeit fortsetzen?", fragte Baldur. „Nur einen Happen Brot und einen Schluck Wasser, dann kann's losgehen. Stehen die Helfer im Hof zum Drehen des Steins schon bereit?", antwortete Buchholz. Baldur schmunzelte, wies in den Hof und sagte: „Sehen Sie selbst. Gottfried Buchholz rieb sich die Augen. Die runde Seite des Steins war nach oben gekehrt. „Wer hat das denn vollbracht?", fragte er ungläubig, wobei er Baldur ansah. Doch der zuckte lediglich mit den Schultern und schnitt ein Gesicht.

Die vollendeten Steine

Eine Woche vor dem Liefertermin der mit allen Schriften und Zeichen versehenen Steinquader, traf Barbara zur Abnahme ein. Sie musste sicherstellen, dass die Steine nach Vorgabe gearbeitet waren. Außerdem hatte sie noch eine unangenehme Pflicht Gottfried Buchholz gegenüber. Sie schritt mit Gottfried zusammen zum ersten Stein und begann mit ihrer Abnahme. „Bitte die Leiter, Gottfried!", bat sie den Steinmetz. Die Anweisungen des Auftrags in der Hand betrat sie die angelehnte Leiter, stieg zur Stirnseite des Steins auf und betrachtete das Auftragsblatt für diesen Stein. „Was steht auf dieser Seite?", fragte Barbara den Einsiedler. „Hier ist zu lesen *Geweihet am, um* und dieses merkwürdige Kreiszeichen mit der Vier darunter", antwortete Buchholz. „Exakt, mein Lieber!", rief sie von oben und fragte weiter, „und auf dieser Seite?" *„Kuenftig Vergaenglich"*, rief Gottfried. Barbara stieg langsam die Sprossen der Leiter hinunter und prüfte dabei die Lettern der Schriftzeichen. Danach ging sie um den Stein herum, lehnte die Leiter an und prüfte so jeden Schriftzug. Stein für Stein hielt sie es so. Stunden später sah man ihr die Zufriedenheit an, als sie sagte: „Mein lieber Gottfried, eine ausgezeichnete und präzise Arbeit. Das macht dir so schnell keiner nach." Gottfried Buchholzs Brust schwoll. Er war stolz auf seine Arbeit, die man als Kunstwerk bezeichnen konnte. Bei der Ausführung hatte er sich die größte Mühe gegeben, Schrift und Zeichen klar und deutlich auszuarbeiten. Ein wahrlich stolzes Ergebnis. „Nun, lieber Gottfried", begann Barbara vorsichtig, „etwas haben die Auftraggeber in den Unterlagen verschwiegen, was ich jedoch zu Anfang erwähnte." „So! Was denn? Etwa, dass der gesamte Auftrag lediglich ein Scherz war, und gar nicht in Stein gemeißelt werden sollte?", fragte Buchholz schmunzelnd. Barbara schwieg einige Augenblicke. Gottfried tat ihr leid, deshalb musste sie sich überwinden. Doch blieb ihr wohl oder übel nicht erspart, ihn an das Gesagte zu erinnern: „Das außergewöhnliche Ergebnis dieses Werks soll den Eindruck erwecken, die Steine seien aus einer längst entrückten Welt in unsere Zeit geholt." „Ich verstehe nicht. Was meinst du damit?", fragte Gottfried verunsichert. „Du erinnerst dich doch sicher an Grabplatten aus dem Mittelalter. Wenn du dir einen dieser Steine in Erinnerung rufst, was siehst du dann?", fragte ihn die Alte. Buchholz überlegte einen Moment, dann antwortete er: „Ich sehe fremdartige Zeichen und Buchstaben, die ich nicht entziffern kann." „Was noch?", hakte Barbara nach. „Steinformen, die heute nicht mehr gebräuchlich sind, vom Regen ausgewaschene Formen und verschlissene Schriftbilder", schilderte der Steinmetz. „Du hast den Nagel auf den Kopf getroffen", lobte die Alte Gottfried. Es dauerte eine ganze Weile bis Gottfried verstand, was Barbara meinte. „Willst du etwa damit sagen, dass ich mir die ganze Mühe hätte sparen können? Soll das heißen, ich muss meine Steine bis zur Unkenntlichkeit schleifen? Lautet so das Ziel des Auftrags?", schrie Buchholz die Alte an. Barbara hatte diesen Wutausbruch erwartet. Deshalb blieb sie ruhig und erklärte: „Wie könnte man Steine mit Wert auf alt trimmen, wenn ihre Ausgangsform nicht von präziser Arbeit zeugte? Die Quader sollen nicht bis zur Unkenntlichkeit verschlissen werden, sondern so, dass ihr ursprünglicher Zustand noch gut erkennbar ist. Das ist eine Herausforderung die leicht klingt, doch nur einem wahren Künstler gelingt. Verstehst du das. Hier kannst du zeigen was in dir steckt." „Habe ich das bei der abgelieferten Arbeit etwa nicht unter Beweis gestellt?", schrie Gottfried. „Doch! Nur auf Basis deiner präzisen Arbeit machen weitere vorgesehene Schritte Sinn. Es wird und muss erkennbar bleiben, welche Mühe und Kraft in die ursprünglichen Steine gesetzt wurde. Das sollte das Ergebnis des letzten Schritts deiner Bearbeitung sein", erwiderte Barbara. Gottfried Buchholz hatte diesen Aspekt der Bearbeitung verdrängt und war schockiert. Man verlangte von ihm, für die im Schweiße seines Angesichts entstandene Arbeit weiteren Schweiß zu vergießen, um sein Werk zu schänden. So etwas war damals in seiner Zeit als Steinmetz noch nie von ihm verlangt worden. Verzweifelt versuchte er diesem Ansinnen etwas Sinnvolles abzugewinnen. Doch konnte er sich mit dem Gedanken nicht anfreunden. Ihm fiel Barbaras Versprechen von damals ein, seine Kate wieder auf Vordermann zu bringen, wenn er den Auftrag ausführte. Dachte er an den kommenden Winter, lief es ihm schon jetzt eiskalt über den Rücken. „Und wenn ihr am Haus nur das Dach repariertet? Dann wäre ich schon zufrieden. Das wäre für die halbe Arbeit, wenn ich die Steine so belasse wie sie sind", schlug Gottfried vor. „Tut mir leid. Nur bei vollständig ausgeführtem Auftrag gilt das von mir gegeben Versprechen. In einer Woche muss alles zur Zufriedenheit fertiggestellt sein, sonst ist das Versprechen hinfällig", erwiderte die Alte. „Das nennt man Erpressung!", rief Buchholz zornig. „So lautete der Auftrag. Dass er schriftlich nicht vollständig war, dafür kann ich nichts. Überlege nicht lange. Morgen komme ich wieder und sehe nach dem Arbeitsfortschritt", entgegnete Barbara in bestimmendem Ton. „Dann schicke mir wenigstens Baldur als Gehilfen, sonst kann ich das Schleifen der Steine niemals schaffen", flehte Buchholz. „Den kannst du haben. Baldur hat es bei dir ohnehin gut gefallen. Vor allem von deinen köstlichen Weinen hat er geschwärmt", sagte Barbara und verließ den Hof in Richtung Wald. Kaum eine Stunde war seitdem vergangen, als Baldur am Waldrand erschien und auf den Hof des Anwesens trat.

Geschäftigkeit in der Dunkelheit

In nur vier Tagen hatten Gottfried und Baldur alle Quader beschliffen. Nur wer genau hinsah konnte die vormals so klar hervortretenden Zeichen erkennen. Doch zu entziffern waren sie allemal. Barbara, der Baldur die Fertigstellung gemeldet hatte, war noch am gleichen Tag zur Stelle. Wieder nahm sie jeden der Kultsteine genauestens unter Augenschein. Erst als alle zwanzig Steine begutachtet waren schritt sie auf Gottfried Buchholz zu, reichte ihm die Hand und gratulierte ihm zu seinem vollkommenen künstlerischen Werk: „Einen besseren Steinmetz hätten wir nicht finden können. Danke, lieber Gottfried. Damit ist dir die Renovierung deiner Kate sicher." „Eure Auftraggeber haben mir übel mitgespielt mit dem Verschleiß meiner präzisen Kunstwerke. Aber sei es drum. Sie haben mir das Vertrauen in meine Handwerkskünste wiedergegeben und mir lohnende Arbeit verschafft. Dafür bin ich ihnen dankbar. Und dir Barbara, die du mich von der üblen Krankheit befreit hast, muss ich ebenfalls meinen Dank aussprechen. Nie hätte ich geglaubt, jemals wieder ein normales Leben führen zu können. Danke nochmals. Was aber wird nun aus den Steinen in meinem Hof. Wie gelangen sie an ihren Bestimmungsort und wo ist dieser Ort?", antwortete Buchholz. „Nicht weit von hier. Du wirst dein Kunstwerk schon eines Tages entdecken. Dieser Augenblick wird dich mit Stolz erfüllen, das verspreche ich dir. Über den Transport mache dir keine Sorgen. Die Steine werden gehen wie sie kamen, ohne viel Aufhebens", entgegnete Barbara.

Dieses Mal wollte sich Gottfried Buchholz das nächtliche Treiben auf seinem Hof nicht entgehen lassen. Wenn die tonnenschweren Steinquader verschwinden wie sie erschienen waren, dann musste jemand sie transportieren. Wie von Geisterhand werden sie sich wohl kaum in die Lüfte erheben, dazu hatten sie zu viel an Gewicht aufzubieten. Mit einsetzender Dämmerung hatte sich Buchholz in eine Decke gehüllt und es sich auf einem Stuhl am Fenster bequem gemacht. Eine Flasche vom Besten seiner Weine hatte er neben ein

Glas auf das Fensterbrett gestellt. So wollte er die nächtliche Stellung halten um endlich zu erfahren, was sich auf seinem Hof abspielte, wenn das Steinerücken begann. Gottfried Buchholz hatte das Weinglas gerade angesetzt, als er einen Schatten gewahr wurde, der am Fenster vorbeihuschte. „Aha", dachte er, „es geht los!" Erwartungsvoll strengte er seine Augen an und spitzte die Ohren. Doch nichts von dem, was er vermutete, trat ein. Lediglich ein süßer exotischer Duft, der vermutlich vom nahegelegenen Wald herüberzog, stieg ihm in die Nase.

Schemenhaft erschienen auf dem Hof hünenhafte Gestalten, die ihre Rücken an die Steinquader lehnten, dabei die Arme nach hinten streckten und die Steinsäulen mit einem Ruck aus dem Boden zogen. Lautlos, mit der Last auf dem Rücken, verschwand eine nach der anderen im Dickicht des Waldes. Zwei am Hof Verbliebene scharrten mit den nackten Füßen Erde in die Löcher und stampften sie fest. Anschließend fuhren sie mit riesigen Nadelholzzweigen über den Hof. Nichts deutete mehr darauf hin, dass hier einmal zwanzig Kultsteine in den Boden eingelassen worden waren.

Mit geschulterten Steinen strebte die Karawane einem bestimmten Ort im Wald zu. Ihre Reihenfolge war genau festgelegt. Kaum hatten sie einen mit Leuchtsternen markierten Punkt erreicht, wurde ein Stein in das bereits ausgehobene Loch gesetzt, worauf der Zug seinen Weg unverzüglich fortsetzte. Nach und nach zeichnete sich eine Formation ab, die nur aus der Vogelperspektive erkannt werden konnte. Die Nachhut aus allerlei Wesen richtete die Steine exakt aus, verfestigte das Erdreich und ließ Moos, Blattwerk und Ranken sprießen, dessen Wuchs den Stein bis zur Unkenntlichkeit verbarg. Noch vor dem Morgengrauen hatte der Spuk ein Ende gefunden, und der Wald lag wieder still und friedlich.

Die Strahlen der Morgensonne, die schräg in das Fenster fielen, an dem Gottfried Buchholz saß, weckten ihn. Sein Schädel brummte, obgleich er lediglich ein halbes Glas Wein getrunken hatte. „Verflixt und zugenäht, bin ich doch tatsächlich eingeschlafen", murmelte er. Buchholz Blick fiel auf den Hof. „Die Steine! Verdammt noch eins –

wieder alles verpasst!", fluchte er und sank ermattet in sich zusammen.

Die Vorbereitungen

Der Auftrag der unsichtbaren Kobolde lautete, mit den Arbeitern des Verlagshauses *Der Mittelsteiner Anzeiger* in das Gebäude zu *marschieren* und jeden Schritt, der zur Herstellung einer Zeitung notwendig ist zu erkunden und sich zu merken. Wie sollte Ben sonst den für sie so wichtigen Artikel über den Fund des Kultsteins auf das Titelblatt des Anzeigers bringen können. Dazu gehörte auch, die Kennwörter für den Zugang zu den Computern herauszufinden, denn nur so ließ sich die Änderung in die Druckmaschine laden. Weil aber die geübten Mitarbeiter ihre Tastaturen blind bedienen konnten, gab es für die Kobolde keine Möglichkeit gedrückte Tasten zu erkennen. Diesen Mangel hatten die Kobolde schon während der Bedienung erkannt und schlugen während der Eingabe unbemerkt eine der vielen Tasten an.

An diesem Tag lief im Verlagshaus *Der Mittelsteiner Anzeiger* schief, was nur schieflaufen konnte.

Auf dem Bildschirm erschien die Fehlermeldung: „Falsches Passwort!" Ferdinand Kurz traute seinen Augen nicht. Das war ihm während seiner Laufbahn allenfalls am Rosenmontag oder Neujahrsmorgen passiert, jedoch nie an einem normalen Arbeitstag. Wieder legte er die Hände auf die Tastatur und drückte mit mehr Bedacht als zuvor, die Tasten zur Eingabe des Codeworts herunter. Wieder erschien die Meldung: „Falsches Passwort". Gleich darauf meldete das System: „Sie haben noch einen Versuch!" „Habt ihr in der EDV am Wochenende wieder etwas umgestellt?", rief Ferdi verärgert. „Hast du auch Schwierigkeiten beim Passwort?", fragte ein Kollege. „Wie, du auch?", fragte Kurz. „Dann werden die Computerfreaks da oben wohl wieder am System geschraubt haben!", antwortete der Kollege. „Was jetzt? Ich habe noch einen Versuch, dann schmeißt mich das System heraus!", rief Kurz. „Dann ist es doch ohnehin egal. Entweder es klappt nicht, dann musst du wohl oder übel bei der EDV anrufen, oder es klappt!", erwiderte der Kollege. „Also dann ein letztes Mal!", rief Kurz, besann sich, und drückte die Tasten

mit einem Finger nacheinander herunter. „Na also! Geht doch!", rief
Ferdi. Das System meldete: „Sie haben sich erfolgreich angemeldet!"
„Bei mir ging es jetzt auch!", rief sein Kollege herüber. „Die EDV-
Fritzen werden vermutlich in diesem Moment fertig geworden sein.
Dann wollen wir mal!", sagte Kurz erleichtert, und begann mit dem
Schriftsatz für die morgige Ausgabe.

Doch war dies nicht die einzige Stelle wo es klemmte. In der Nacht
vor der Auslieferung des Anzeigers hatten Mitarbeiter Probleme,
die mit den Computerdaten belichtete Druckplatte in die Druckmaschine einzusetzen. Sie schien nicht mehr zu passen. Mehrfach
musste sie angesetzt und wieder abgenommen werden, bis sie sich,
aus unerfindlichen Gründen plötzlich doch in den Rahmen fügte.
Selbst beim Probestart der Druckmaschine wie beim Stoppen schienen die Bedienknöpfe, wie von Geisterhand gehalten zu klemmen,
als habe jemand seine Finger im Spiel. Zum Glück war es der einzige
Tag, der wie verhext zu sein schien. In den kommenden Wochen lief
alles wieder wie am Schnürchen, bis zu jener Sonntagnacht, als die
Druckmaschine ihre volle Fahrt plötzlich verlangsamte und zum
Stillstand kam. Die Nachtschicht war nach dem Start der Maschine
in die Pause gegangen und hatte die Unterbrechung nicht gleich bemerkt. Kopfschüttelnd versuchte sie, die Maschine in Gang zu setzen. Doch sie tat keinen Mucks. Auch mehrfaches Drücken verschiedener Knöpfe führte zu keinem Ergebnis. In diese Ruhe schrillte der
Feueralarm. Die Schichtler rannten durch die Maschinenhalle und
suchten nach einem Brandherd. Sollte dies der Auslöser für die Unterbrechung des Drucks gewesen sein? Doch weder stieg Rauch auf,
noch züngelten Flammen hoch. Auch roch es nirgendwo brenzlig.
Die Mitarbeiter der Nachtschicht schwärmten in das Bürogebäude
aus, um hier nach ausgebrochenem Feuer zu fahnden. Ergebnislos
kehrten sie zur Druckmaschine zurück. Zuerst setzten sie den Feueralarm außer Kraft. Zum Glück war die Brandmeldung nicht an die
Feuerwehr gegangen, sonst stünden jetzt Einsatzwagen vor der Tür
und Feuerwehrmänner mit Äxten vor ihnen. Es musste sich um einen Fehlalarm gehandelt haben. Doch weshalb war die Druckmaschine ausgefallen? Einer der Männer zog eine druckfrische Zeitung

aus der Kette und überflog sie. Der Druck war sauber und auch sonst gab es keine Auffälligkeiten. Die genauere Untersuchung ergab, dass ein Notausknopf an der Rückseite der Maschine eingedrückt war. Am Boden daneben lag ein leeres Papprohr von einer Papierrolle. Es musste oben auf der Galerie der Halle gelegen haben und durch Erschütterung der Druckmaschine auf den Notausknopf gefallen sein. Erleichtert zogen sie den Knopf heraus. Die Maschine ließ sich problemlos in Gang setzen. Trotz der Verzögerung gelang es der Nachtschicht die Zeitung pünktlich abzuliefern. Nichts deutete darauf hin, dass sich in dieser Nacht ein merkwürdiger Zwischenfall ereignet hatte.

Nachts in der Stadtbibliothek

Babal hatte Zauberer Bambil davon überzeugen können, ihr einige Finessen mitzugeben, ihrem Werk Aufmerksamkeit zu schenken, war erst die Neugier geweckt.

Die magisch wirkenden Seiten und das präparierte Buch im Gepäck verließen vier Wesen den Mittelsteiner Wald.

Im Schutz der Dunkelheit, den Schattenwurf der Häuser im Schein der Straßenlaternen nutzend, schlichen sich Hexe Babal, Wichtel Mobs, Fee Anush und Elfe Elvi durch die Gassen der Stadt. Kamen ihnen Passanten auf der gegenüberliegenden Straßenseite entgegen, nahm Babal Mobs und Anush Elvi an die Hand, als seien zwei Mütter mit ihren halbwüchsigen Kindern in der nachtschlafenden Stadt unterwegs. Schließlich waren Babal und Anush von menschlicher Gestalt, während Mobs und Elvi kindlichem Wuchs entsprachen. Kamen ihnen unverhofft Passanten auf dem Gehweg entgegen, ließ Babal Mobs, und Anush Elvi auf ihren Arm springen, um eine innige Verbindung vorzutäuschen, als ob sie ihren schlaftrunkenen Nachwuchs in Geborgenheit wiegten, wodurch sie ihre Gesichter verbargen. Dieses Vorhaben nötigte allen Beteiligten Opfer ab.

Mittels dieses Gebarens schafften sie es, unverdächtig bis zu den Stufen der Stadtbibliothek vorzudringen.

Der Augenblick war gekommen, in dem Babal ihre Künste unter Beweis stellen konnte. Sie stieg die Stufen zum Portal hinauf, nahm Haltung an, schloss ihre Augen und verschränkte die Arme vor ihrer Brust zu einem X, um sie langsam in waagerecht parallele Stellung zu bringen. Gleich darauf führte sie die Arme in die anfängliche X-Stellung zurück, um sie anschließend senkrecht parallel aufzurichten. In diesem Moment ging hörbares Klicken durch das Schloss. Die Riegel waren in ihre Ausgangsstellung gesprungen. Babal drückte die Türklinke hinunter, schob die Tür von sich und trat durch das geöffnete Portal in die Eingangshalle. Hätte nicht nächtliche Stille geherrscht, wäre den Wesen ein lautes *Juchhu!* entschlüpft.

Geschwind folgten Babal die anderen drei. Als Letzte schloss Anush leise die Tür. Kaum war die Tür ins Schloss gefallen, kehrten die Riegel in ihre Sperrstellung zurück.

Im dunklen Lesesaal entließ Elvi eine Schar Leuchtsterne, damit alles besser erkennbar wurde. „Wie gut, dass Xalu vor Tagen den Standort des Buches erkundete", flüsterte Babal. Mit dem Buch in der Hand stieg sie die Stufen zur oberen Etage der Buchregale hinauf, an deren Ende sie inne hielt, die verschiebbare Leiter zu sich zog und diese erklomm. In den Spalt zwischen Frontschnitt des Buches und der Wand schob sie das mitgebrachte Buch, sodass es von außen nicht sichtbar war. „Elvi, bitte noch einen kräftigen Sternenhagel, dann haben wir es!", rief Babal der Elfe zu, schärfte ihren Blick und formte die Hand zum Greifen. Im Nu stoben Funken durch den Saal, worauf Babal rief: „Hab's erwischt! Danke!" Im Licht der verglimmenden Sterne stieg sie hinab und legte das herausgezogene Buch auf den nächstgelegenen Lesetisch. Auf seinem Buchrücken war zu lesen: „*Walthers Enzyklopädie* U – W." Neugierig und voller Tatendrang versammelten sich die Wesen, ihr Werk auf den Weg zu bringen. Babal schlug das Buch soweit auf, dass die Lücke zwischen Buchrücken und Verleimung des Kapitals groß genug wurde. So stellte sie das Buch auf, beugte sich über die Öffnung und ließ ihren Speichel über die Verleimung rinnen. Dabei verbreitete sich ein süßlicher Duft. Wer bisher glaubte, Hexenspucke sei eine Art Sekundenkleber, wurde hier eines Besseren belehrt. Ihr Sekret bewirkte genau das Gegenteil. Es weichte die Klebeverbindung zur zähflüssigen Masse auf, sodass sich die Klebestellen mit etwas Kraft lösen ließen. In diesem Zustand schob Anush den vorbereiteten Anhang in den letzten Teil des Buches. Geschickt löste Mobs die Seite „W" heraus, damit Anush die von den Zauberern mit Magie ausgestattete Seite einschieben konnte, die mit ihrer Glanzstelle auf den Anhang über Wesen und Eskiter verwies.

Jetzt mussten sie nur noch abwarten, bis die Verleimung ihre ursprüngliche Festigkeit erreicht hatte. Im Licht der Dämmerung, erhellt durch Elvis Leuchtsterne, begutachteten sie ihr Kunstwerk und befanden es für vollendet gelungen. Gut sichtbar drapierten sie es in der Mitte des Lesetischs. Einen Blick zurück auf ihr Meisterwerk werfend, verließen sie zufrieden die Stadtbibliothek, wie sie gekommen waren. Kaum hatten sie das Portal hinter sich gelassen, vernahmen sie die Schritte Samuel Koops. Geschwind und unauffällig machten sie sich in entgegengesetzte Richtung auf den Weg.

Der Verdacht

Am Mittagstisch sah Jana Koop ihren Mann an: „Hast du das von dem Stein gelesen?" Sie hatte den Artikel in der Zeitung gesehen, die Samuel Koop bei seiner Ankunft mit der aufgeschlagenen Titelseite auf den Küchentisch gelegt hatte. „Nicht nur das", antwortete Koop. „Was meinst du mit *Nicht nur das*! Steht noch mehr darüber in der Zeitung?", fragte Jana. „Dort nicht", antwortete er. „Wo dann?", fragte Frau Koop. „Das tut nichts zur Sache", kam seine knappe Antwort. „So geheimnisvoll heute! Was ist los?", fragte sie. Ihr Mann schwieg eine Weile, dann fragte er: „Kannst du dir vorstellen, dass es in oder um Mittelstein Wesen gibt – Wesen, sagen wir mal, wie sie in Märchen vorkommen?" Jana musste lachen und antwortete: „Was ist denn in dich gefahren? Vermutest Märchengestalten hier bei uns!" Samuel Koops Blick war in die Ferne gerichtet. Er starrte Richtung Küchenschrank. Dabei fragte er zögerlich: „Erinnerst du dich an den Faschingszug im Frühjahr?" „Ja natürlich! Wieso?", antwortete Jana. „Ist dir bei den Verkleideten im Umzug nichts aufgefallen?", fragte Koop. „Was sollte mir aufgefallen sein? Was meinst du?", fragte sie ihren Mann verwundert. „Denk einmal nach. Versuche dich der Figuren zu erinnern!", bat Koop seine Frau. Jana Koop ließ den Faschingszug vor ihrem geistigen Auge Revue passieren und antwortete: „Voran marschierte die Blaskapelle. Der folgten Männer und Frauen mit dicken Fassbäuchen, die eine Gruppe Einradfahrer als Hühner verkleidet anführte. Dahinter eine Reihe Burgfräulein als Zofen mit spitzen Hüten verkleidet, die Gesichter mit Schleiern verhüllt. Diese Damen überragten um Längen die ihr folgende Gruppe aus in weite Umhänge gekleideten Stelzengänger mit Zylindern auf ihren Köpfen. „Du hast eine Gruppe dazwischen vergessen", erinnerte sie Koop. Jana dachte nach. „Ach ja", sagte sie, „die Kinder zwischen Zofen und Stelzenmännern, die sich furchtbar klein vor den riesenhaften Gestalten hinter ihnen ausnahmen, und doch irgendwie erwachsen erschienen." „Woran erinnerst du dich noch?", fragte Koop ungeduldig.

Jana antwortete: „An die in Zaubergewänder Gekleideten, die alle irgendwie Petrosilius Zwackelmann aus dem Räuber Hotzenplotz ähnelten. Wie sie das nur hinbekommen hatten mit den Feuerblitzen und dem Qualm." „Was noch? Erzähl weiter", bat Koop seine Frau. „Oh Gott - die Gruppe der Hexen. Die waren ja doll zurechtgemacht – richtig gruselig. Die Raben auf ihren Schultern hatten sie wohl festgebunden. Dass der Tierschutzverein nicht eingeschritten ist", schilderte Koops Frau. „So, so, festgebunden meinst du?", fragte Samuel. „Was sonst! Welcher Vogel setzt sich freiwillig auf die Schulter eines Menschen und bleibt dort sitzen", entgegnete Jana Koop. „Du sagst es! Wenn dir bis hierher nichts aufgefallen ist, kommst du vielleicht später darauf", sagte Koop geheimnisvoll. „Worauf soll ich kommen? Was meinst du?", fragte Jana ihren Mann mit Unverständnis. „Nur weiter! Was gab es noch zu sehen?", bat Koop ihre Beobachtungen fortzusetzen. „Vor dem Tross der Umzugswagen marschierten noch zwei Reihen Kleinwüchsiger, als Gartenzwerge verkleidet. Auf ihren Schultern standen kindhafte Mädchen mit Flügeln auf dem Rücken, die rhythmisch im Wind wehten, die allerliebst anzusehen waren." „Rhythmisch im Wind meinst du", sagte Koop. Beide schwiegen einige Augenblicke, als Samuel Koop das Wort ergriff: „Hast du je zuvor einen derart merkwürdigen Faschingszug gesehen, Jana?", fragte Koop. Seine Frau wurde nachdenklich und sagte: „Wenn ich ehrlich bin, nein. Und wenn ich ganz genau nachdenke, kam mir diese Faschingsgesellschaft doch etwas absonderlich vor", erinnerte sich Jana. „Das, meine Liebe war es, was ich vorhin meinte. Bis heute früh hatte ich keinen Gedanken daran verschwendet. Jetzt sehe ich die Sache mit anderen Augen", gestand Koop seiner Frau. „Was ist denn passiert, dass deinen Sinneswandel herbeiführte?", fragte sie. „Darüber, meine liebe Jana, darf ich nicht sprechen", antwortete Koop ernst. „Hängt es mit dem Stein zusammen?", fragte Jana. „Ja. Das Kulturamt ist bereits verständigt", bestätigte Koop. „Gut, dann frage ich nicht weiter. Ich möchte dem Amt nicht in die Quere kommen", zeigte Frau Koop Verständnis. Sie stellte Suppen-

teller auf den Tisch, legte Besteck daneben und setzte die Suppen-
terrine in die Mitte. Beide kauten schweigsam, jeder für sich, gedan-
kenversunken vor sich hin.

Das alte Stadtwappen

Koop, aus der Mittagspause zurück, beschäftigte die rautenförmige Buchstabenanordnung im Anhang über die Eskiter.
Er war sich sicher, diese Formation der Buchstaben vor Kurzem erst gesehen zu haben - vielleicht in etwas anderer Ausführung.
Unruhig schritt Samuel Koop im Lesesaal auf und ab, die Hände auf
dem Rücken zusammengelegt. Er sah auf die Uhr, die unter dem
Stadtwappen im Lesesaal hing. „Noch eine halbe Stunde bis zur Öffnungszeit", dachte Koop, wandte sich wieder ab und wollte seinen
Weg ungeduldig zwischen den Tischen des Saals fortsetzen. Koop
schaute auf, drehte sich wieder zur Wand, an der über der Uhr das
Wappen hing und rief: „Na bitte! Wusste ich es doch!" Im Bogen des
unten gerundeten Stadtwappens war ihm das Emblem ins Auge gesprungen. Ein Überbleibsel aus alter Zeit, mit dem niemand etwas
anzufangen wusste. Seit Jahrhunderten prangte es dort, weshalb der
Stadtrat zu Jahresbeginn beschloss, das Stadtwappen zu moderni-
sieren und bei der Neuausgabe im Frühjahr auf das Emblem zu ver-
zichten.
Bei den repräsentativen Gebäuden der Stadt hatte man es bereits ersetzt. Lediglich im Stadtmuseum und in der Stadtbibliothek war es
bisher versäumt worden, das alte Wappen gegen das neue zu tauschen. „Der Mensch denkt aber Gott lenkt! Das Schicksal hat es wieder einmal gut gemeint", murmelte Koop und schmunzelte.
Endlich war des Rätsels Lösung für das Emblem gefunden! Dass der
Ursprung dieses Zeichens so weit zurückliegt, konnte Koop kaum
fassen. Er nahm *Walthers Enzyklopädie* U - W zur Hand, schlug mit
geschlossenen Augen die Seiten vom Ende her rückwärts, öffnete
die Augen und blätterte vorsichtig auf die Seite zurück, auf der die
rautenförmige Anordnung gestanden hatte. Buchstaben für Buchstaben verglich er die Zeichen mit dem Wappen. „Potz Blitz! Das
nenne ich Übereinstimmung!", rief Koop triumphierend. In seinen
Händen hielt er den Schlüssel zur Kultstätte. Jetzt musste nur der
erste Stein begutachtet werden, ob der bestätigt, was Dr. Wilhelm

Sansibar behauptete. Wenn ja, war er, Samuel Koop, ein gemachter Mann – ein Experte der Eskiter. Natürlich durfte er seine Quelle nicht nennen, sonst käme man ihm auf die Schliche. „Es muss das bestgehütetste Geheimnis der Welt sein", dachte Koop.

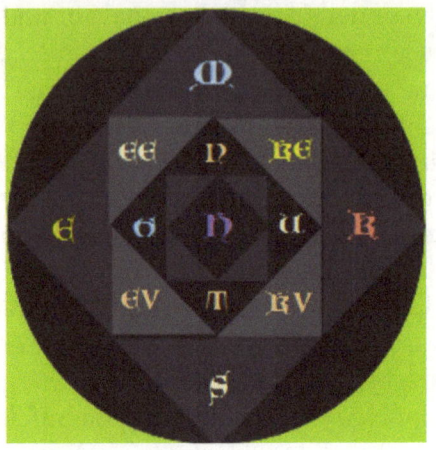

Besuch vom Kulturamt

Auf dem Parkplatz der Bibliothek hielt ein Behördenfahrzeug. Ein großer hagerer Mann mittleren Alters stieg aus, klemmte eine Aktenmappe unter den Arm und betrat das Bibliotheksgebäude. Als sich die Flügeltür zum Lesesaal öffnete, blickte Koop, der einen Leser vermutete, kurz auf und sah einen Gast, den er nie zuvor gesehen hatte. Statt einen Tisch im Lesesaal aufzusuchen oder sich in den Regalen auf die Suche nach einem Buch zu machen, steuerte der Mann direkt auf Koops Büro zu und klopfte an die Holzzarge der Tür. „Verzeihung! Ich suche den Bibliotheksleiter, Herrn Koop!" „Sie sprechen ihn gerade an", antwortete Samuel Koop. „Aha, dann bin ich ja gleich an die richtige Adresse geraten. Mein Name ist Doktor Franz Horn. Ich wurde vom Kulturamt beauftragt den aufgefundenen Stein zu untersuchen", stellte sich der Herr vor. „Koop! Samuel Koop! Ohne Doktor!", antwortete der Bibliothekar, erhob sich vom Stuhl und reichte Dr. Horn die Hand. „Angenehm!", erwiderte Kulturreferent Horn und reichte Koop die Hand. „Bitte setzen Sie sich doch. Eine Tasse Tee gefällig?", fragte Koop. „Ich wollte mich nicht lange aufhalten. Bitte, wäre es möglich mich zum besagten Stein zu führen? Mein Wagen steht auf dem Parkplatz um die Ecke!", bat Horn. „Tut mir leid, das kann ich nicht. Da müssten Sie den Reporter fragen, der diesen Artikel geschrieben hat. Allerdings begann der Zeitungsbericht damit, dass im Wald von Mittelstein ein seltsam gezeichneter Stein von Waldarbeiter entdeckt worden war. Die einzigen Erd- und Rodungsarbeiten nahe dem Mittelsteiner Wald finden an der Baustelle des neuen Einkaufszentrums statt. Ich frage mich allerdings wie es sein kann, dass im Kulturamt niemand Kenntnis davon hat, wo doch die Zeitung ausdrücklich schrieb, das Kulturamt sei bereits verständigt", antwortete Koop. Horn zog als Zeichen der Ratlosigkeit die Schultern hoch und schob dabei die Lippen vor. „Gern würde ich Sie dort hinführen", erwiderte Koop, „nur kann ich nicht einfach die Bibliothek

schließen und mit Ihnen gehen. Dies ist eine öffentliche Bildungs-
stätte, die ihre Tore nicht nach Belieben öffnet oder schließt. Wir haben jetzt zehn Uhr. Ich mache Ihnen den Vorschlag, Sie in der Mit-
tagszeit zum vermeintlichen Fundort zu führen. Bis dahin sollten
wir über den Stein ein wenig mutmaßen", dabei schob er Horn einen
der Stühle hin, die um den Tisch standen, nahm eine Tasse aus dem
Schrank und schenkte ihm Tee ein. „Herr Dr. Horn, Sie sind in kul-
turellen Dingen doch sicher ein bewanderter Mann, vermutlich ein
ausgesprochener Experte. Ich hätte da eine Frage", versuchte Koop,
Horn in ein Gespräch zu verwickeln. „Bitte schießen Sie los!", bat
Horn den Bibliothekarleiter. „Sind Ihnen in Ihren Studien Hinweise
auf frühe Siedlungen um Mittelstein untergekommen?", fragte
Koop hintergründig. „Nicht dass ich wüsste. Weshalb fragen Sie?",
antwortete Horn. „Nun", begann Koop vorsichtig, „als Bibliothekar
stöbert man in so mancher Literatur, seien es Bestseller oder alte
Schriften, die vor allem deshalb Neugierde wecken, weil in ihnen
stets geheimnisumwitterte Zeilen oder Zeichen vermutet werden",
erwiderte Koop. „Als Bibliothekar sind Sie diesbezüglich natürlich
begünstigt. Doch worauf zielt Ihre Bemerkung ab?", fragte der Kulturreferent. „Nun, im Gegensatz zu Ihren historischen Dokumenten,
die ein weites Feld umspannen, halten wir hier auch Literatur vor,
die sich mit Geschichten und Gegebenheiten der näheren Umge-
bung befasst. In diesem Umfeld fördert man Dinge zutage, die einen
Interessierten schon aufhorchen lassen", antwortete Koop geheimnisvoll. „Zum Beispiel?", fragte Horn. „Nageln Sie mich bitte nicht
darauf fest, aus welchen Werken die verschiedenen Fragmente
stammen, doch war in einem vom Volk der Eskiter die Rede, die angeblich nahe Mittelstein eine Kultstätte errichteten", antwortete
Koop. „Wo haben Sie das denn gefunden? Das wäre von äußerster
Wichtigkeit für das Kulturamt", beschwor Horn den Bibliothekar.
„Eine andere Quelle", fuhr Koop unbeeindruckt fort, „erwähnt ein
Heiligtum von zentraler Bedeutung und nennt gar Einzelheiten des
prinzipiellen Aufbaus und der Weltanschauung einschließlich des
Prozessionswegs", endete Koop. „Man, sind Sie von Sinnen? Sie ent-
halten dem Kulturamt wichtige Informationen vor. Denken Sie

nach! Strengen Sie Ihre grauen Zellen an! Wo fanden Sie diese Beiträge? All diese Schriften könnten in einer wunderbaren Arbeit zusammengestellt und veröffentlicht werden!", rief Horn, dabei begannen seine Augen zu leuchten. Koop war sich sicher, dass Horn bei der Veröffentlichung weniger an ihn, sondern vielmehr an sich dachte. Deshalb beschloss Koop, Einzelheiten in homöopathischen Dosen auszuplaudern, nicht jedoch seine Quelle preiszugeben. „Es tut mir leid, Herr Dr. Horn. Sie sind jung, ich jedoch habe einige Jahre auf dem Buckel. Im Oberstübchen geht es nicht mehr so gut wie vor dreißig Jahren. Zwar erinnere ich mich an dieses oder jenes Detail, doch bei der Zuordnung der Quellen versagt mir das Gedächtnis den Zugriff, wie ein Nebelschleier in der Niederung", bat Samuel Koop um Verständnis. „Jammerschade! Doch nicht zu ändern. Was fällt Ihnen noch zu diesem Thema ein?", fragte Horn interessiert. Koop überlegte, was er Horn sagen durfte und wie weit er ihm folgen würde, wenn er bestimmte Merkwürdigkeiten vorbrachte. Deshalb begann er mit dem, was er selbst für kurios hielt: „Herr Dr. Horn, ist Ihnen die Bezeichnung *Wesen* geläufig?" „Dabei fallen mir vor allem das Wesen und das Wesentliche ein, die beide auf eine gewisse Eigenheit abzielen", antwortete Horn. Genau so dachte ich bisher auch", stimmte Samuel Koop dem Kulturreferenten zu. „Was wollen Sie damit sagen *so dachte ich bisher auch*?", fragte Horn verwundert. „Darf ich Ihnen eine Interpretation unterbreiten, die in einer Quelle zu finden war?", fragte Koop vorsichtig. „Natürlich! Ich bin offen für alles!", rief Horn sichtlich erregt. „Folgende Definition fand ich: *Wesen: real vorkommende Kreaturen. Stehen unter Naturschutz und dürfen weder gejagt noch gefangen genommen werden. Leben tief in den Wäldern, die es ebenfalls zu schützen gilt. Wesen sind vorwiegend gutmütig, treiben jedoch mitunter Schabernack mit Menschen.*" „Wollen Sie mir einen Bären aufbinden? Ich bin Wissenschaftler, keine Märchentante!", rief Horn empört. „Sie sollten über Märchen nicht abschätzig urteilen. Die Gebrüder Grimm waren Sprachforscher und haben trotzdem Märchen gesammelt und veröffentlicht", erwiderte Samuel Koop, dabei sah er Horn prüfend an. Etwas ging in ihm vor, das sich jeden Moment Luft machen wollte.

„Und was bitteschön hat das mit der Kultstätte und diesen Eskitern zu tun?", fragte Horn verunsichert. „Wesen spielten im Kult der Eskiter eine substanzielle Rolle. Ihnen waren vier von zwölf bzw. sechzehn Kammern gewidmet, die von acht der zwanzig Kultsteine gebildet wurden, zu Ehren der acht Wesengattungen. Sie waren auf dem Prozessionsweg in der Rangfolge ihrer Bedeutung angeordnet", erklärte Koop ruhig. „Wesen! Wesen!", rief Horn aufbrausend, „Was soll man darunter verstehen? Konkreter!" „Herr Dr. Horn! Sie vergessen offensichtlich, dass hier ein Erfahrungsaustausch stattfindet und ich nicht unter Eid vor einem Gericht aussage!", mahnte Koop den Referenten. „Verzeihung! Sie haben ja recht! Ich will mich mäßigen", antwortete Horn mit demütiger Geste. „Die Quellen erwähnen nicht ohne Grund diese enge Bindung der Kultur an die Wesen. Eine Schrift lobt den gegenseitigen Nutzen der Gemeinschaft. Beide Seiten haben davon profitiert, zum Wohl aller und der Umwelt", erklärte Koop weiter. „Wird in den Quellen auch erwähnt, um welche Wesen es sich konkret handelt?", fragte Horn, als wolle er Koop unterstellen, er wisse nicht, wovon genau er spreche. „Höchstes Ansehen genossen Zauberer. Ihr Kultstein stand dem Himmelsstein am nächsten", fuhr Koop fort. „Sie sprechen in Rätseln, von wegen Himmelsstein", warf Horn ein. „Sie haben recht, Herr Dr. Horn, der ist fürwahr erklärungsbedürftig", gab Koop zu und versuchte zu erläutern: „Der Himmelsstein, auch Zentralstein oder Mittelstein genannt ..." Horn unterbrach Koops Ausführungen und fragte: „Sagten Sie Mittelstein? Wirklich Mittelstein?" „Ja, so wurde der Himmelsstein in den Quellen auch genannt", antwortete Koop. „Aber das ist doch sensationell. Das heißt die Stadt erhielt ihren Namen von diesem Himmelsstein – äh, ich meine Mittelstein", schloss Horn folgerichtig. „Ihr sagt es. So wäre diese Quelle zu deuten", bestärkte Koop den begeisterten Referenten. „Das ist ein völlig neuer Aspekt der Umstände. Wollen Sie damit sagen, der gefundene Stein sei ein Teil des Mosaiks der Kultstätte?", fragte Horn. „Wenn das zuträfe wäre die Sensation komplett!", rief Koop enthusiastisch. „Nehmen wir an es träfe zu. Welche Quellen könnten wir dafür anführen?", fragte Horn. „Ich bat bereits um Nachsicht, mir diese Gedächtnisschwäche zu verzeihen", entschuldigte sich Samuel Koop. „Finden Sie es nicht merkwürdig verehrter Herr Koop, dass Sie sich inhaltlich vieler Details erinnern, nur nicht an ihre Herkunft? Wollen Sie ihre Quellen nicht preisgeben oder leiden Sie diesbezüglich an einer Teilleistungsschwäche?", fragte Horn in der Art eines Inquisitors. „Ich befürchte Letzteres!", antwortete Koop. „Bitte Herr Koop, fahren Sie fort", bat Dr. Horn. „Der Himmelsstein in der Mitte der Kultstätte verdankte seinen Namen der Beschaffenheit oder vielmehr seiner Herkunft", erklärte Koop. „Stammte er aus Gipfelgestein eines Berges? In grauer Vorzeit sah man dies bereits als himmelsnah an", mutmaßte Horn. Samuel Koop zögerte einen Moment mit seiner Aufklärung, weil er sich am Kleingeist des Kulturreferenten stieß. Doch im selben Moment fragte er sich, wie er wohl als Außenstehender reagiert hätte. Schließlich war er dem Referenten um Meilen voraus, was das Wissen um die Eskiter anging. Deshalb besann er sich und erwiderte: „Die Lösung liegt in seiner Bezeichnung, und somit auf der Hand!" Horn kombinierte Koops letzte Worte und antwortete: „Soll das heißen der Stein fiel im wahrsten Sinne des Wortes vom Himmel?" „Sie haben es erraten! Er war Teil eines Meteoriten, der wohl zu jener Zeit auf der Erde niederging", bestätigte Koop Dr. Horns Annahme. „Er muss für die Eskiter ein fürwahr außerordentliches Objekt gewesen sein! Ein Teil des unendlichen Universums!", rief Horn. „Das allein hätte diesem Objekt zur Bestimmung als Zentralstein gereicht", antwortete Koop. „Ihren Worten entnehme ich, dass ihn mindestens ein weiteres Merkmal prädestinierte. Liege ich da richtig?", mutmaßte Horn. „Durchaus richtig", bestätigte Koop und schwieg. „Und?", fragte Horn, „was zeichnete ihn noch aus?" „Besser ich sage es nicht", lautete die mysteriöse Antwort Koops. „Hat es mit diesen Wesen zu tun?", fragte Horn. „Nein", antwortete Koop. „Was also war es dann?", versuchte Horn Koop dazu zu bewegen, das Geheimnis zu lüften. „Sie werden mich für verrückt halten", wandte Koop ein. „Ich bin mittlerweile einiges von Ihnen gewohnt. Bitte geben Sie sein Geheimnis preis", bat Horn den Bibliothekar. „Der Stein verlieh bei Berührung Unsterblichkeit", antwortete Koop. „Das ist starker Tobak, den Sie mir da auftischen!", rief Horn. „Ich habe Sie gewarnt. Sie werden mich für verrückt halten", sagte Koop. „Wenn das zugetroffen hätte, lebten heute noch Eskiter von damals und könnten uns haarklein ihre Kultur nahebringen!", rief Horn und lachte. „Eben nicht, Herr Dr. Horn!", rief Koop. „Jetzt wird der Herr Bibliothekar aber unlogisch. Weshalb sollten unsterbliche Eskiter keine Jahrhunderte überdauert haben?", rief der Kulturreferent. „Weil es keine unsterblichen Eskiter gegeben hat", antwortete Koop zur Verwirrung Horns. „Aber soeben haben Sie noch von Unsterblichkeit bei Berührung des Himmelssteins gesprochen. Und plötzlich besinnen Sie sich anders?", erwiderte Horn aufgebracht. „Das ist kein Widerspruch!", entgegnete Koop, „der Himmelsstein durfte nicht berührt werden. Wer dies wagte wurde aus der Gesellschaft der Eskiter ausgestoßen und vermutlich verbannt! Töten konnte man ihn ja nicht mehr!", rief Koop. „Aber dann müsste, sofern es ein Eskiter gewagt hatte, mindestens dieser eine überlebt haben", schloss Horn folgerichtig. „Man wird ihn gebunden in der Wildnis ausgesetzt haben, wo ihn wilde Tiere zerfleischten. Unversehrtheit war nicht garantiert, lediglich Unsterblichkeit", vermutete Koop. „Ein scheußlicher Gedanke, bei lebendigem Leibe zerrissen und Happen für Happen verzehrt zu werden", bemerkte Horn angewidert, „und all das geben Ihre Quellen her?" „Mehr noch Herr Dr. Horn", entgegnete Koop. „Was gäbe es denn noch, was man wissen müsste? Haben Sie etwa noch mehr Wunderliches auf Lager?", fragte Horn skeptisch. „Kurioses dazu gibt es noch genug", antwortete Samuel Koop. Horn nahm einen Schluck vom mittlerweile erkalteten Tee. „Bitte Herr Koop, ich bin auf alles gefasst, selbst auf Satan persönlich", bat Horn Koop fortzufahren. „Das Stadtwappen am Rathaus wird Ihnen vermutlich nicht aufgefallen sein. Es wurde im Frühjahr überarbeitet. Auf ihm prangte Jahrhunderte lang ein Emblem, von dem weder Ursprung noch Bedeutung bekannt war. Auf dem modernen Wappen fehlt es deshalb", erklärte Koop. „Gibt es einen Zusammenhang mit der Kultstätte?", fragte Horn. „Und ob! Vor Tagen habe ich es erkannt!", antwortete Koop stolz. „Was haben Sie erkannt?", fragte Horn.

„Kommen Sie mit mir. Ich möchte Ihnen etwas zeigen", forderte Koop Horn auf. „Als Bibliothekar muten Sie mir einiges zu", bemerkte Horn. „Wäre Ihnen lieber ich langweile Sie?", fragte Koop. „Nein, nein, das natürlich nicht", wiegelte Horn ab. Samuel Koop führte Dr. Horn an einen Tisch im Lesesaal. „Bitte wenden Sie sich jetzt der Wand mit der Uhr zu. Darüber hängt noch das alte Wappen samt Emblem. Fällt Ihnen daran etwas auf?", fragte Koop. Horn drehte sich um die eigene Achse und betrachtete das Emblem im Wappen. „Es erinnert an eine Windrose, zumindest ist es so ausgerichtet. Es handelt sich um Quadrate, die um 45 ° versetzt sind und sich zur Mitte hin verkleinern", stellte Horn fest. „Wie viele Dreiecke zählen Sie?", fragte Koop. Franz Horn wies mit dem Finger auf das Wappen und begann zu zählen: „Vier, acht, zwölf, sechzehn, zwanzig." „Was fällt Ihnen daran auf?", fragte Koop. „In der Mitte sehe ich Dreiecke mit Doppelbuchstaben", hatte Horn beobachtet. „Davon sind vier Kammern im Zentrum den Wesen gewidmet!", antwortete Koop so laut, dass es im Lesesaal widerhallte. Horn fiel aus allen Wolken und sagte: „Wollen Sie damit sagen, das Emblem sei ein Abbild der Kultstätte?" „Es gibt keinen Zweifel. Genau so wird sie in meinen Quellen beschrieben", antwortete Koop. „Was bedeuten all die Buchstaben?", fragte Horn. In diesem Augenblick schlug die Turmuhr. „Mittag! Fahren wir also zur Baustelle. Ich bin sicher es ist der einzige Ort der infrage kommt", schlug Koop vor. „Ihr Wort in Gottes Ohr!", rief Horn.

Der Fund des ersten Steins

Horn hatte Koop in seinem Dienstfahrzeug zur Baustelle des zukünftigen Einkaufszentrums mitgenommen. Dort nahm ein riesiger Radlader gerade einen grünlich länglichen Stein auf die Schaufel, um ihn auf einem Haufen von Baumstümpfen gerodeter Bäume abzuladen. Horn stieg in die Bremse, sprang aus dem Auto, rannt auf den Radlader zu und schrie armefuchtelnd: „Stopp! Stopp! Anhalten!" Der Fahrer in der Radladerkabine sah Horn mit fragendem Blick an. Er öffnete das Kabinenfenster und schrie: „Was ist los?" Horn schrie zurück: „Laden Sie den Stein sofort ab!" Der Fahrer schrie: „Das genau wollte ich gerade!", und machte sich daran, seine Fahrt fortsetzen. Horn hob seine Arme und schrie: „Hier! Auf der Stelle abladen!", dabei wies er mit dem Finger vor seine Füße. „Was geht das Sie an?", schrie der Fahrer. „Ich bin Beauftragter des Kulturamts. Sie kommen auf der Stelle meiner Aufforderung nach!", schrie Horn. Vermutlich hatte der Fahrer nicht genau verstanden was Horn wollte. Er stellte den Motor seines gigantischen Geräts ab und stieg aus der Kabine. „Wissen Sie, dass Sie soeben ein unschätzbar wertvolles Kulturgut auf dem Müll abladen wollten?", fragte Horn. „Was denn, das überwucherte Ding dort? Sagen Sie bloß!", antwortete der Fahrer. „Genau das!", antwortete Horn. Dabei sah er am Fahrer vorbei zur Schaufel des Radladers auf die Stirnseite des herausragenden Steins. „Sie bleiben wo Sie sind! Ich allein werde das gute Stück inspizieren!", wies Horn den Fahrer an. Den Stein im Blick schritt er auf das Ungetüm von Gefährt zu. Mit prüfendem Blick unterzog er den Steinquader einer ersten Analyse. „Und?", sagte eine Stimme hinter ihm. Horn fuhr zusammen. Es war Koop, der ihm vom Auto gefolgt war. „Der Bewuchs ist zu stark als dass sich etwas darauf erkennen ließe", antwortete der Kulturreferent. Mit der Hand schob Horn vorsichtig Moospolster von der Stirnseite des Steins. Das restliche Wurzelgeflecht rieb er mit einem Finger aus der deutlich spürbaren Vertiefung. Schwach zeichnete sich eine längliche Rille ab, die an ihrem Ende in eine zweite, rechtwinklig dazu verlaufende überging. „Ich brauche eine Bürste! Habt Ihr so etwas auf der Baustelle?", rief Horn dem Fahrer zu. „Einen Besen könnte ich Ihnen holen!", rief der Fahrer. Horn überlegte, ob die Borsten eines Besens nicht zu grob für dieses wertvolle Stück sein könnten. Seine Neugier überwog und er stimmte zu. Schnell war der Besen zur Hand. Hastig fuhr Dr. Horn mit den Borsten über die Steinoberfläche, dass Teile von Pflanzenresten zur Seite spritzten, bis alles den Blick Verstellende entfernt war. Zart strich Horn über deutlich spürbare Unebenheiten, als wolle er, wie ein Blinder die Brailleschrift, die Figuren mit den Fingerspitzen entziffern. Im Winkel der beiden Rillen erkannte er Zeichen und die Zahl Einhundertfünfundzwanzig. „Sagt Ihnen die Zahl Einhundertfünfundzwanzig etwas?", fragte er Koop. „Fünf hoch Drei oder fünfmal Fünfundzwanzig", antwortete Koop. „So meine ich das nicht. Hier sind weitere Zeichen. Doch ich kann sie nicht entziffern. Sie kennen sich besser mit den Eskitern aus. Vielleicht können Sie mehr daraus lesen", bat Horn um Unterstützung. Der Bibliothekar näherte sich der Steinoberfläche, kniff die Augen zusammen, fixierte eines der Zeichen und sagte: „Es ist eines der Zeichen im Emblem des alten Stadtwappens, vermutlich ein S - und hier noch einmal ein S. Das andere dürfte ein E sein", antwortete Koop. „Was könnte das bedeuten?", fragte Horn. „Sie sind gut. Bin ich Kulturreferent oder Sie?", erwiderte Koop. „Entschuldigen Sie. Ich dachte nur Sie wüssten...", bat Horn um Verzeihung, als ihn Koop unterbrach: „Wenn ich mich recht entsinne verehrten die Eskiter die Sonne. Also könnte das S für Sonne stehen." „Und das E, wofür könnte das stehen?", fragte Horn. „Die vier Hauptrichtungen im Emblem des Stadtwappens sind, vergleicht man es mit einem Kompass, S im Süden, E im Westen, M im Norden und K im Osten", beantwortete Koop Horns Frage. „Mensch Koop, was würde ich ohne Sie hier anfangen. Wenn Sie mir jetzt noch sagen können, wofür die anderen drei Zeichen stehen könnten, ernenne ich Sie zum Team-Mitglied des Sondierungsgremiums!", rief Horn begeistert aus, wobei er stets auf seine Karriere bedacht war. „Sie haben Glück und ich damit auch. Nageln Sie mich nicht auf meine Aussage fest. Soweit mein Gedächtnis mich nicht trügt steht das *E* für Einst, das *M* für Mond und das *K* für Künftig", überraschte er Horn mit dieser Antwort. „Wenn ich Sie vorhin richtig verstanden habe, war *S* nach Süden ausgerichtet. Ist ja logisch, Sonne gleich *S* gleich Süden", folgerte Horn. „Was, meinen Sie war nach Süden ausgerichtet", fragte Koop. „Na der Stein!", rief Horn. „Die Kante oder die Seite des Quaders?", fragte Koop. „Ja, diese Frage stellt sich mir jetzt auch", antwortete Dr. Horn, sich seiner Unüberlegtheit bewusst werdend. „Vielleicht erfahren wir mehr, wenn wir die Seiten des Quaders freilegen", sagte Horn und begann Reste der abgerissenen Waldreben abzuziehen. Als er Moose und Pflanzenreste mit dem Besen entfernt hatte, offenbarten sich ihnen, untereinander angeordnet, merkwürdige Zeichen, neben denen Schriftzeichen zu erkennen waren. „Koop, Sie sind doch noch der Kenntnis alter Schriften mächtig. Was lesen Sie aus der Schrift?", bat Horn Koop um Hilfestellung. Samuel Koop beugte sich über den Stein, ließ seinen Blick über die Schriftzeichen wandern und las langsam laut: „G E W E I H E T – das kann ich nicht entziffern – dann A M, U M." „Was konnten Sie nicht entziffern? Zeigen Sie mal her!", bat Horn den Bibliothekar. Dr. Horn beugte sich über den Stein, ließ seinen Blick über die Schriftzeichen wandern und richtete sich nachdenklich auf. Koop sah ihn verwundert an und fragte: „Und? Konnten Sie die Zeichen deuten?" „Wenn mich nicht alles täuscht", antwortete Horn zögerlich, „sind das etruskische Schriftzeichen – von rechts nach links geschrieben." „Sagten Sie etruskisch", fragte Koop ungläubig. „Ja, ich bin mir ziemlich sicher", erwiderte der Kulturreferent. „Das würde ja bedeuten, dass sich Etrusker bis Mittelstein ausgebreitet haben", mutmaßte Koop. „Oder Handelsgut mit etruskischen Schriftzeichen", entgegnete Horn. „Was mag wohl *Geweihet*, dann diese Etruskerzeichen, dann *am um* – gefolgt von dem merkwürdigen Zeichen bedeuten?", fragte sich Horn laut.

„Es wird vermutlich das Datum der Weihe sein, also das der Gründung der Kultstätte", spekulierte Koop. Horn beugte sich über die mit Zeichen versehene Fläche, schwenkte seinen Kopf mal nach links, mal nach rechts und sagte schließlich enttäuscht: „Das Gründungsjahr ist nirgends aufgeführt." „Womöglich liegt es in den Zeichen neben dem Text verschlüsselt vor, oder es wird durch das M im Kreis mit der Vier darunter angegeben", antwortete Koop. „Lassen Sie uns den Stein zunächst einmal vermessen", schlug Horn vor, zog ein metallenes Bandmaß aus der Jacketttasche, legte es an den Quader und las: „Höhe: zwei Meter und zweiundachtzig Komma acht Zentimeter (2,828 m). Breite: fünfunddreißig Komma drei Zentimeter (0,353 m)." „Bei derart krummen Werten muss es sich um alte Maßeinheiten handeln. Vielleicht geben historische Aufzeichnungen etwas dazu her", bemerkte Koop. „Da haben Sie vermutlich recht. Doch kommt mir die Zahl der Höhe sehr verdächtig vor. Es hat den Anschein, als ob ihr Wert dem Doppelten der Wurzel aus zwei entspricht", erwiderte Dr. Horn, dabei zog er sein Handy aus der Tasche, tippte etwas ein und rief: „Zweimal Wurzel aus zwei ergibt zwei Komma acht zwei acht (2,828427) und so weiter. Donnerwetter, diese Eskiter hatten Kenntnisse. Mal sehen, womöglich ist die Breite davon abgeleitet. Der Kehrwert von Wurzel aus zwei und davon die Hälfte, das macht null Komma drei fünf drei fünf fünf Meter, also fünfunddreißig Komma drei fünf fünf Zentimeter (0,35355 m). Potz Blitz! Stimmt genau! Wer hätte das gedacht. Dieses Volk wusste sich der Mathematik zu bedienen. Ich glaube wir sollten all unser Augenmerk auf dieses außerordentliche Merkmal richten!", rief der Kulturreferent voller Bewunderung aus. „Bevor Sie dem Stein weitere Geheimnisse entreißen, sollten wir seine Herkunft klären. Wie kam er in die Schaufel des Radladers?", riet Koop Dr. Horn. Horn wandte sich dem Fahrer zu: „Wo habt ihr den Stein gefunden?" Der Fahrer schmunzelte und rief: „Er lag in der Schaufel!" Horn näherte sich dem Fahrer und fragte: „Wie in der Schaufel? Soll das heißen, jemand hat ihn dort hineingelegt?", fragte Horn. „So in etwa. Er wurde am Waldrand darin abgeladen!", antwortete der Fahrer. „Wieso am Waldrand?", fragte Horn. „Den Radlader fanden wir heute Morgen dort am Waldrand", erklärte der Fahrer, und wies auf die Stelle im Unterholz.

„Und wer hatte den Radlader dorthin gefahren? Ihr allein könnt so ein Monster bedienen und ihr habt auch die Schlüssel", schloss Horn folgerichtig. Der Fahrer zog Schultern und Augenbrauen zugleich hoch und antwortete: „Jedenfalls war es niemand von uns. Er muss in der Nacht dorthin geschoben oder gezogen worden sein." „Wie kommen Sie darauf, dass er nicht gefahren wurde?", fragte Horn verblüfft. „Die Radspuren wiesen keinerlei Profilabdrücke der Reifen auf. Die Spur schaut eher wie gepflügt aus!", schilderte der Fahrer seine Beobachtung. „Sie wollen mich wohl auf den Arm nehmen. Diesen Koloss schiebt niemand auch nur einen Millimeter. Allenfalls ein Tyrannosaurus-Rex-Gespann. Solltet ihr die Finger im Spiel gehabt haben, wird sich das Gericht wegen Natur- und Kulturschädigung damit beschäftigen!", drohte Horn. „Für die Kollegen lege ich meine Hand ins Feuer. Weshalb sollten sie derartigen Unsinn veranstalten?", verteidigte der Fahrer die Arbeiter auf der Baustelle. „Wenn ihr tatsächlich nichts damit zu tun habt, ist das ein ausgesprochener Glücksfall. Falls der Stein an Ort und Stelle verladen wurde, muss das am Aufstellungsort geschehen sein. Dann wüssten wir, wo er platziert war. Zeigen Sie mir bitte die Spur", sagte Horn voller Hoffnung. Der Fahrer führte ihn zum Beginn der Spur. „Aber hier sind doch deutliche Reifenspuren erkennbar. Was haben Sie denn da erzählt!", rief Horn empört. „Sollten wir den Radlader etwa am Waldrand stehen lassen oder eigenhändig zurückschieben?", antwortete der Fahrer. „Ach so, ja. Daran hatte ich nicht gedacht!", entschuldigte sich Horn. Er wandte sich der Spur zu und sagte: „Bin gespannt. Die Radspuren müssten direkt zur Stelle führen, an der die Steinsäule aufgestellt war", und maß die Spur in Meterschritten ab. Am Ende der Radspuren jedoch deutete nichts auf ein Loch, eine Vertiefung oder frisch aufgewühlte Erde hin. Auch waren in der Rinde umstehender Bäume keine Spuren eines Seils zu erkennen, an dem das bullige Gefährt hätte hierhergezogen werden können. Lediglich flache Mulden in regelmäßigen Abständen waren inmitten und seitlich der Spur auszumachen, der Horn jedoch keine Bedeutung beimaß. Enttäuscht kehrte er zu Koop zurück. Ergriffen ging er auf Tuchfühlung zu ihm und flüsterte: „Die Länge der Spur beträgt zweihundertdreiundachtzig Meter. Verstehen Sie - zweimal Wurzel zwei." Koop horchte auf. Nachdem der Kultstein von Dr. Horn vermessen und begutachtet worden war, stellte sich die Frage, was weiter geschehen soll. „Wir könnten uns im Mittelsteiner Wald auf die Suche machen. Doch wo sollen wir beginnen? Mit Hunden können wir kaum kommen. Die im Wald stehenden Säulen hat seit ihrem Verlassen vermutlich niemand mehr berührt. Wonach also sollten die Hunde suchen", sagte Dr. Horn zu Samuel Koop. Koop zuckte mit den Schultern und antwortete: „Was soll ich dazu sagen." Er dachte einen Moment darüber nach, ob er dem Mann vom Kulturamt wirklich mit dieser vermeintlichen Räuberpistole kommen konnte. Doch Koop fasste Mut und sagte: „Wenn ich mich recht erinnere glaube ich gelesen zu haben, dass jeder Kultstein bei Neumond von sich aus an seinen angestammten Platz zurückkehrt", dabei beobachtete er Horn genau. „Humbug!", kommentierte Dr. Horn Koops Bemerkung, „soll das Ihr Ernst sein!" „Ein Versuch wäre es wert. Sie würden viel Arbeit und Zeit sparen. Was kann dabei schon passieren? Entweder der Stein rührt sich nicht vom Fleck, oder wir haben Glück. Heute Nacht haben wir Neumond", erwiderte Koop. „Was, wenn das unwahrscheinlichste aller vorstellbaren Ereignisse wirklich eintritt? Dann steht der Stein irgendwo im Mittelsteiner Wald und wir schauen in die Röhre!", entgegnete Franz Horn. „Sie müssen modern denken! Sie sind doch Wissenschaftler! Wir bringen am Stein einen Peilsender an, wie er zum Auffinden von Wildtieren Einsatz findet. So bleibt uns der Stein nicht lange verborgen", schlug Koop vor. „Sie sind ein schlauer Fuchs, mein Lieber. Auf diese Idee wäre ich nicht gekommen. Einverstanden! Genauso machen wir es! Ich werde mich umgehend mit dem Forstamt in Verbindung setzen!", rief Horn erleichtert.

Der wandelnde Kultstein

D as nächtliche Vorhaben blieb der Stadt nicht lange verborgen. In Windeseile verbreitete sich das wundersame Ansinnen des Kulturbeamten.
Eine Schar Beobachter hatte sich in sicherem Abstand vom Waldrand eingefunden. In der Dunkelheit wartete sie auf den Moment, in dem der Stein aus sich heraus seinen Bestimmungsort aufsuchte. Doch so leise sie sich auch verhalten mochten, Elfen hatte sie bei ihrem Flug um den Ort des Ereignisses längst ausgespäht. Die Wesen wussten Bescheid und verhielten sich ruhig. Was aber konnten sie unter diesen Umständen unternehmen? Ihnen war bewusst, dass im selben Moment, in dem der von den Neugierigen am Kultstein angebrachte Peilsender seinen Ort ändern würde, Scheinwerfer aufflammten und Blitzlichtgewitter einsetzen würden.
Niemand ahnte, was sich in den nächsten Momenten abspielen sollte. Die Beobachter saßen oder standen mit aufgerissenen Augen und stierten erwartungsvoll in die Dunkelheit am Waldrand, um ja nichts zu verpassen. Kameras standen bereit, nur den kleinsten Lichtschimmer aufzufangen. Fotoapparate warteten mit geöffnetem Verschluss auf den entscheidenden Moment, die Szenerie festzuhalten.
Babal erschrak. Sie spürte plötzlich eine Bewegung neben sich. Gerade wollte sie den Hexengriff anwenden, dem kein irdisches Wesen entrinnen kann, als Bambil sich zu erkennen gab: „Babal, ich bin es, Bambil." „So so, es geht also auch ohne Krawall. Seid ihr gekommen, uns beizustehen?", fragte Babal. „Ich kam allein. Mit Schanto und Rambun trafen wir die Entscheidung, dass ich diesen Einsatz allein bewältigen kann. Es handelt sich hier lediglich um einen einfachen Zauber", antwortete Bambil. „Einfacher Zauber sagst du. Was meinst du damit?", fragte Babal. „Ein kleiner Budenzauber im Freien. Du wirst sehen, es funktioniert ausgezeichnet", antwortete Bambil. Im Flüsterton bat er Babal die am Waldrand im Unterholz verborgenen Wesen vorzubereiten, beim Einsetzen ihres schrillen

Lauts Augen und Ohren zu schließen. „Gleich nach meiner Vorstellung stößt du einen zweiten Schrei aus. Danach beginnt augenblicklich eure Aktion. Eile ist geboten. Die Wirkung hält lediglich zwei Dutzend Augenblicke an. Danach müsst ihr im Wald verschwunden sein", mahnte Bambil. Babal überlegte ihre Worte. Dann brachte sie einen Staffellauf von Flüstertönen auf den Weg, der die Reihe der Wesen durchlief. Als die Botschaft zu Babal zurückgekehrt war, wusste sie, dass alle vorbereitet waren. Kurz darauf durchschnitt ihr schriller Schrei die Stille der Nacht. Mit ohrenbetäubendem Lärm und großer Hitze ließ Bambil wenige Augenblicke danach eine Feuerkugel am Himmel wie einen zuckenden Blitz zerplatzen. Nach dem zweiten schrillen Schrei Babals öffnete der Riese Krawul seine Augen und stampfte, so schnell er konnte, aus dem Unterholz auf den Kultstein zu, ergriff und schulterte ihn und rannte eilends zurück, wo er im Unterholz verschwand. Ihm folgten auf dem Fuße alle anderen Wesen.

Ein riesiger schwarzer Punkt auf der Netzhaut hatte den vom Donner halb betäubten Schaulustigen und Berichterstattern die Sicht genommen. Die Sensoren der auf das erwartete Geschehen ausgerichteten Kameras waren sämtlich übersteuert. Auch die Nachtsichtgeräte und Infrarotkameras waren derart überbeansprucht, dass sie für viele Sekunden kein auswertbares Bild wiedergaben. Lediglich das Signal des Peilsenders zeigte die Bewegung des Objekts zur Waldmitte hin an. Die Schar der Beobachter schien in eine Art Schockstarre gefallen zu sein. Doch kehrten ihre Lebensgeister bald zurück, die über Taubheit klagten und von Blindheit kündeten. Diese Augenblicke der Überraschung nutzten die Wesen, sich allesamt dem Schutz des Waldes anzuvertrauen, wo sie ihr geplantes Werk in Eile vollendeten. Nichts wies später darauf hin, dass Wesen ihre Hände im Spiel gehabt hatten. Alles lag friedlich und ursprünglich, wie es Wissenschaft und Forschung erwartete. Das Team der Wesen hatte ganze Arbeit geleistet. Ben hatte sich große Dienste darum erworben ohne von den Wesen, man mögen ihnen ihre Verschwiegenheit verzeihen, in die Tragweite seiner Handlung eingeweiht worden zu sein. Im Nachhinein hätte Ben ihre Vorsicht gebilligt, wenn er die Schwere eines Verrats würde beurteilen können. Berichterstattern wie Schaulustigen war die Befriedigung ihrer Neugier vermiest worden. „Das Signal des Peilsenders werden wir auch morgen noch orten können, um den Kultstein zu finden. Der Sender ist so gut in einer Vertiefung hinter Moos versteckt, dass die Wesen ihn sicher nicht entdecken würden", dachten Horn. „Und genau das sollten alle auch denken", dachten die Wesen, und mussten schmunzeln.

Auf den Empfänger, der den Peilsender, des wie durch Zauberhand an seinen angestammten Platz zurückgekehrten Kultstein orten sollte, hatten längst weniger wissenschaftliche Kräfte ein Auge geworfen.

Die Suchaktion

Ein Trupp Polizisten samt Hundeführer und Helfer war mit einem Mannschaftswagen auf der Baustelle eingetroffen. Die Bauarbeiter bestritten vehement, ihre drei vermissten Kollegen hätten zu tief ins Glas geschaut und befänden sich im Zustand der Ausnüchterung. Das Spind der Drei wurde im Beisein von Polizisten aufgebrochen. Kleidungsstücke und Schuhe wurden entnommen und den Hunden vor die Nase gehalten, damit sie Witterung aufnehmen. In breiter Front folgte der Tross aus Männern den suchenden Hunden und war bald im Dickicht des Unterholzes verschwunden.

Die drei Männer hatten deutliche Spuren hinterlassen. Sie mussten sich zielstrebig zu *etwas* durchgeschlagen haben, denn im Dickicht des nahezu stellenweise undurchdringlichen Bewuchses, waren Durchbrüche erkennbar, in denen Äste und Zweige des Buschwerks geknickt oder gebrochen herabhingen. Nur brachiale Gewalt und eine Art Getriebenheit konnte diese Breschen im Unterholz erklären. Dem Suchtrupp wurde bald klar, dass die Männer vehement ein Ziel verfolgt haben mussten. Die GPS-Geräte verrieten die Form ihrer Spur, die einen nahezu elliptischen Bogen beschrieb. Die Prognose auf der Karte verhieß, so ein Ortskundiger, dass ihr Weg sie direkt in den Morast führte, sofern sie nicht doch noch vom eingeschlagenen Kurs abgewichen waren. Sollten sie gar von Irgendetwas oder Irgendjemandem in den Sumpf geleitet oder gar getrieben worden sein? Dieser Schluss der Beamten lief unter Vorbehalt. Plausibel wäre diese Annahme nur, wenn der, dem sie folgten, als Einziger im nächtlichen Dunkel eine Lampe mit sich führte. Das bedeutete aber, es hätte eine Art Treibjagd stattgefunden, die den Dreien keine andere Wahl ließ, diesen Weg einzuschlagen. Nur wer vermochte es, sich den Fliehenden an die Fersen zu heften, ohne Spuren zu hinterlassen? Schließlich fanden sich ausschließlich Fußabdrücke der Drei. Die Schrittweiten der Abdrücke deuteten keinesfalls auf eine Flucht hin. Im Gegenteil, sie durften eher getippelt als gerannt sein. All diese Indizien ergaben keinen Sinn.

Endlich lichtete sich der Wald. Durch das Schilf der Stillen Lake drang Geschnatter und Geschrei der Wasservögel zu ihnen. Ansonsten lag alles vor ihnen friedlich. Der Mittelsteiner Naturschutzbeauftragte Bernhard Osterbeck, der die Hundeführer begleitete, hob plötzlich die Hand und rief: „Haaaalt!" Polizeiobermeister Kluge, Leiter der Polizeiaktion, schloss auf und fragte: „Weshalb halten wir?" Osterbeck wies auf die vor ihnen allmählich zusammenlaufenden Ränder des mit Schilf bestandenen Sees und der von Wollgras gesäumten bräunlichen Wasserfläche und sagte: „Wir müssen die Front auflösen. Diese Wiesenfläche dürfen wir nur nacheinander begehen – im Gänsemarsch sozusagen. Die tragende Landzunge ist sehr schmal. Ein Fehltritt hier könnte der Letzte gewesen sein!" Kluge baute sich vor der Front aus Polizisten und Helfern auf und rief: „Alle 'mal herhören! Haltet die Sicherheitsleinen bereit, doch hütet euch, sie anzulegen! Der Pfad, den wir gleich beschreiten werden, hat seine Tücken! Ein Fehltritt kann das Leben kosten! Sollte einer von euch abrutschen, sofort die Sicherheitsleine auswerfen, dem Kollegen Halt zu bieten und ihn unter Einsatz aller Kräfte herausziehen! Bitte folgt exakt der Spur unseres Herrn Osterbeck, der hier über außerordentliche Ortskenntnis verfügt! Hier, auf unbekanntem Terrain, sind wir auf Gedeih oder Verderb Herrn Osterbeck ausgeliefert, der mein vollstes Vertrauen genießt! Aller Augenmerk richtet sich auf die unregelmäßigen Ränder der Landzunge, um ja nicht seitlich abzugleiten! „Die Hundeführer bleiben zurück und verharren an Ort und Stelle, bis wir zurückkehren!", rief Kluge. Der Naturschutzbeauftragte vornweg, setzte sich die Reihe einer nach dem anderen in Bewegung. Sie hatten wohl an die hundert Meter auf der am Rand mit Grasbüscheln bestandenen Landzunge zurückgelegt, als Osterbeck seine Schritte verlangsamte, die Hand hob und „Stoopp!", rief. Die hinter ihm versuchten, an ihm vorbei nach vorn zu sehen. Neugier gepaart mit Unvorsichtigkeit führte dazu, wovor gewarnt worden war. Ein Polizeibeamter verlor das Gleichgewicht und machte einen Stützschritt zur Seite. Im selben Moment steckte ein Bein bis zur Hüfte im Morast. Der in Panik geratene schrie auf. Augenblicklich wurden Sicherheitsleinen ausgeworfen, die der in Not geratene geistesgegenwärtig ergriff, sonst wäre der verunglückte tief im weichen Untergrund eingesunken. Mit größter Mühe konnten ihn seine Kollegen aus der braunen Masse befreien. Entsprechend hafteten braune Flecken an seiner Kleidung. Osterbeck hatte dem Schauspiel wegen des schmalen Streifens Land, auf dem sie sich befanden, tatenlos zusehen müssen. „Sie hatten mehr Glück als die da vorn!", rief Osterbeck und ging vorsichtig ein paar Schritte nach vorn, wo sich die Landzunge weitete. Jetzt entdeckten auch andere mit Entsetzen den grausigen Fund.

Während der Suchtrupp den Spuren der vermissten Bauarbeiter folgte, begab sich Horn mit seinem Assistenten, den er vom Kulturamt zur Unterstützung angefordert hatte, auf die Suche nach dem Kultstein. Langsam schwenkte Horn die Antenne, um das Signal des Peilsenders zu erfassen, das durch einen Ton im Kopfhörer wahrgenommen werden konnte. Dem Auweg folgend waren sie von Südosten in den Mittelsteiner Wald aufgebrochen, um dem Suchtrupp nicht in die Quere zu kommen, der von Süden her seinen Ausgang genommen hatte. Horns Assistent, Günter Beer, hatte sich einer im Besitz des Kulturamts befindlichen Machete bemächtigt, um dem Dickicht Herr zu werden, das sie auf ihrem direkten Weg unweigerlich erwartete. Allerdings mussten sie sich eine Strategie zurechtlegen, die ihre Verfolgbarkeit vereitelte. Deshalb verbot es sich geradezu ihr Ziel schnurstracks zu verfolgen, weshalb sie in unregelmäßigen Abständen Schlenker einlegten, um keine erkennbare Schneise zu hinterlassen. Das Geheimnis des Kultsteins durfte nicht eher gelüftet werden, als dass die Sicherung des Kulturguts garantiert werden konnte. Immer wieder schwenkte Horn die Antenne. Wenn sich seine angespannte Mine dabei erhellte, wusste sein Assistent, dass sie der augenblicklichen Richtung der Antenne folgen mussten. „Das Signal nimmt an Stärke zu", flüsterte Horn. Sie mussten sich also in der Nähe des Steins befinden, denn der Piepton im Kopfhörer war sehr stark angeschwollen. Plötzlich riss der Ton ab.

„Verdammt", sagte Horn halblaut und klopfte mit dem Finger gegen den Kopfhörer. „Was ist?", fragte Beer. „Der Signalton ist verschwunden", antwortete Horn verzweifelt. „Beschreiben Sie eine Drehung um die eigene Achse, dann werden wir sehen, ob Empfänger oder Sender ausgefallen sind", riet Beer. Dr. Horn folgte dem Rat seines Assistenten. Auf der Stelle drehte er sich um die eigene Achse. „Da!", rief er, „ist es wieder! - Sehr stark. Er muss sich in unmittelbarer Nähe befinden." Horn folgte geradewegs dem Signal. Ein bemooster, von Waldreben umschlungener Baumstamm ohne Krone versperrte ihm den Weg. Deshalb umging er die Stelle, worauf das Signal erneut verstummte. „Verflixt! Wieder ausgefallen", rief Horn. Beer war Horn gefolgt und stand auf Höhe des umrankten, aufrecht stehenden Etwas. Ihm war aufgefallen, dass Horn bereits ein zweites Mal dieses senkrecht stehende Ding passiert hatte und dabei jedes Mal das Signal verloren hatte. Beer kam ein Verdacht. Er schob seine Hand durch den Bewuchs dieses aufragenden Objekts. An den Fingerspitzen spürte er etwas Kaltes. Behutsam führte er seine Finger über die Oberfläche und ertastete feine längliche Rillen. „Wir haben ihn!", rief Beer. Horn drehte sich verwundert nach ihm um. Dabei sah er Beer in Kontakt mit dem vermeintlichen Baumstamm. „Das soll er sein? Unmöglich! Ich habe ihn nach seiner Entdeckung teilweise von Bewuchs befreit! Vielleicht haben wir einen weiteren Stein aufgespürt!", rief Horn. „Das kann natürlich sein. Kommen Sie. Fühlen Sie selbst!", erwiderte Beer. Horn richtete die Antenne auf Beer. Im selben Moment setzte der Piepton im Kopfhörer wieder ein. „Sie haben recht! Es ist der gesuchte Stein! Nur verstehe ich es nicht. Nach meiner Reinigungsaktion gestern lag der Steinquader stellenweise frei. Zeichen und Schriften waren deutlich zu erkennen und jetzt sieht man nichts von all dem! So schnell kann auch die wildwüchsigste Natur nicht arbeiten! Vor allem sind Moose und Ranken exakt wie gestern angeordnet! Außerdem ist am Boden keine frische Erde erkennbar, die beim Herausnehmen oder Einsetzten aufgeworfen würde. Als habe der Quader in grauer Vorzeit seinen Platz eingenommen und ihn seitdem nicht verlassen. Das verstehe wer will!", erklärte Horn kopfschüttelnd. „Vielleicht hat sich der Stein zu seinem Schutz getarnt, damit er nicht entdeckt wird. Wir hätten es nicht besser gekonnt", entgegnete Beer schmunzelnd. „Ha, ha, sehr witzig!", höhnte Horn. „Wir sollten ihn belassen, wie er ist. Er ist ideal getarnt", schlug Beer vor. „Wir müssen den Peilsender entfernen, damit ihn kein Zweiter orten kann. Setzten Sie hier einen Wegpunkt auf Ihrem GPS-Gerät, damit wir ihn sicher wiederfinden", gab Horn Anweisung und tastete in Moos und Ranken nach dem verborgenen Sender. „Hab ihn schon!", rief Horn, und zog einen unscheinbaren länglichen Stift hinter einer Ranke hervor. Er nahm die Antenne des Empfängers und tastete den Stein damit ab, um sicherzugehen, dass nicht noch weitere Sender angebracht waren. „So, jetzt können wir uns auf den Rückweg begeben. Sie werden den genommenen Wegpunkt in unsere topografische Karte eintragen. Falls wir weitere Steine aufspüren, können wir vielleicht ihre Systematik erkennen", sagte Horn zufrieden. Gemeinsam brachen sie auf.

Ein bedauerlicher Zwischenfall

Am Abend zuvor.

Nach dem spektakulären Verschwinden des Kultsteins hatte Horn beschlossen, die Suche nach ihm zu vertagen. Auch Berichterstatter und Schaulustige zogen ab, um sich am Morgen des kommenden Tages wieder einzufinden. Nicht so drei dunkle Gestalten. Nachdem Horn den Empfänger aus den Augen gelassen hatte, griffen unbefugte Hände nach ihm. Jetzt würden sie ans Werk gehen und ganze Arbeit leisten. Die auf wissenschaftliche Aufklärung bedachten Vertreter des Kulturamts verkannten die wirtschaftlichen Interessen am Auftrag, das Einkaufszentrum gewinnbringend zu errichten, zumal Lokalpolitiker finanziell davon profitierten. Doch hatten sie ihre Rechnung ohne den *Wirt* gemacht. Sie wollten diesen ersten Stein verschwinden lassen, um weitere Nachforschungen zu unterbinden. Zwei Sachverhalte sprachen jedoch dagegen. Erstens hatten die Wesen es nicht gern, wenn man ihnen in ihr gut gemeintes Handwerk pfuschte, und zweitens hatte das Kulturamt längst Lunte gerochen und heftete sich an die Fersen der einmaligen Gelegenheit, weshalb es entsprechende Skepsis an den Tag legte.

Als Elfen bemerkten, dass dem Stein Unerwünschte folgten, gaben sie auf ihre Art Alarm. Im Flug ließen sie die Ränder ihrer fein gezackten Flügel aneinander vorbei streichen, wodurch sich ein für das menschliche Ohr unempfänglicher, durchdringender hoher Ton ausbreitete, den nur Wesen, einige Vogelarten und Fledermäuse gewahr wurden. Auf der Stelle wurde den zum Bestimmungsort Eilenden klar, dass sie auf die Verfolgung reagieren mussten, und fassten einen Plan.

Die drei mit Peilsender, Taschenlampen und Dynamitstangen bewaffneten Gestalten folgten dem Signal. Ihr Weg führte sie durch dorniges Gestrüpp und dichtes Unterholz, denn Wege gab es im Mittelsteiner Wald kaum. Lediglich der Finsterweg, der Mittelstein mit der westlich des Waldes gelegenen Stadt Buchstätt verbindet,

führt mitten durch den Wald, vorbei an den Sandsteinfelsen. Von ihm zweigt der Brückenweg ab, der über den Hammerbach führt.
Wie sich Menschen fühlen, die sich durch Brombeergestrüpp gekämpft haben, kann nur der empfinden, der selbst einmal in dieses zerfleischende Dornengewächs geraten ist.
Wären die Drei wenigstens so schlau gewesen sich moderner Gerätschaft zu bedienen, indem sie ein GPS-Gerät mit sich führten, hätten sie vermutlich das Unglück kommen sehen, auf das sie zusteuerten. Und nicht nur das. Was ihnen am Tage durch Blicke zurück wohl bald aufgefallen wäre, konnten sie bei Nacht nicht bemerken. Am aufgezeichneten Track eines GPS-Geräts hätten die Gestalten sofort erkannt, dass sie sich in einem Bogen auf ein Ziel zubewegten, das nichts Gutes verhieß. Ortskundige wären dieses nächtliche Wagnis ohnehin nicht eingegangen.
Im südlichen Waldteil liegt die Stille Lake, ein See mit einem breiten Schilfgürtel. Dem schließt sich das Höllmoor an. Beide sind durch den Waldbach verbunden. Das Höllmoor hat seine Tücken, weshalb Verirrte selten wieder herausfinden. So wurden Vermisste stets dem Moor zugeschrieben, oft aus Furcht, sich dort auf die Suche nach ihnen machen zu müssen, um nicht selbst darin umzukommen. Bezeichnend dafür war der Mittelsteiner Spruch für einen Vermissten: „Den hat das Höllmoor behalten!"
Der Ausgang dieser Mission war für die Auftraggeber von derart großer Bedeutung, dass sie den Verfolgern mit Kündigung gedroht hatten, falls sie nicht den gewünschten Erfolg brächten. Unter diesem Druck mussten die drei Gestalten alles geben, an den Stein zu kommen, um ihn an Ort und Stelle in tausend Stücke zu sprengen. Das Jagdfieber hatte sie gepackt. Ihre gesamte Aufmerksamkeit hatten sie auf das Signal des Peilsenders gerichtet, ohne dabei auf den Weg zu achten oder sich ihn zu merken. Wenn sie glaubten, ihr Ziel fast erreicht zu haben, schalteten sie kurz ihre Lampen ein und richteten sie auf den Boden vor sich. Ständiges Leuchten ihrer Lampen würde sie womöglich verraten. Die Elfe führte den Peilsender so geschickt, dass die Männer auf eine schmale Landzunge zwischen Stiller Lake und Höllmoor gerieten, deren Ränder von Morast umgeben

war. Am Ende der Landzunge blieb den Verfolgern nur, sofern sie das Signal auf direktem Wege verfolgen wollten, den Fuß von der Landzunge in den Morast zu setzen. Als sie merkten, dass der Erste vor ihnen schreiend und mit den Armen fuchtelnd wie in einem Aufzug nach unten versank und sie hilflos zusehen musste, wie ihr Kollege jämmerlich im Sumpf erstickte, ergriff sie Panik. Im Schein ihrer Taschenlampen rannten sie kopflos in die entgegengesetzte Richtung. Als auch der Zweite einsank, eilte ihm sein Kollege zur Hilfe, der zufällig in Richtung Landzunge gerannt war. Vergeblich versuchte er, auf festem Boden kniend, den tiefer Sinkenden aufzuhalten. Im letzten Moment krallte sich der Todgeweihte an seinen Helfer und ließ nicht locker, bis er, und mit ihm Kopf und Oberkörper seines Kollegen, tief im Morast eingesunken waren. Nur die Beine des zur Hilfe Gekommenen stützte noch die Landzunge. Glück im Unglück wollte, dass der Helfende bei seiner guten Absicht den Empfänger auf festem Boden abgelegt hatte.

Horn, der sich bei seiner nächtlichen Rückkehr ins Hotelzimmer nicht sicher war, wo er den Peilsender abgelegt hatte, tröstete sich damit, dass er ihn wohl im Auto hatte liegen lassen. Dort lag er seiner Meinung nach gut. Anderntags staunte er nicht schlecht, als er ihn auf dem Tisch seines Hotelzimmers fand. „So kann man sich irren", dachte er, und machte sich mit seinem Assistenten Beer auf die Suche nach dem Stein.

Der Polizeibericht im *Mittelsteiner Anzeiger*

Im Polizeipräsidium von Mittelstein herrschte der Ausnahmezustand. Polizei-Obermeister Kluge, der morgens stets als Erster im Präsidium erschien, hatte, der Gewohnheit folgend, die Tageszeitung für seine Kollegen und sich mitgebracht, indem er einen kleinen Schlenker zum Kiosk an der Straße zum Finanzamt einlegte. Der Auftrag des Kulturreferenten Horn ließ ihm keine Zeit, wenigstens einen Blick hineinzuwerfen, weshalb er den *Mittelsteiner Anzeiger* ungelesen auf den Tisch im Gemeinschaftsraum geworfen hatte. Kollegen, die den Anzeiger später in die Hand nahmen, wunderte die ausführliche Berichterstattung über die Suche und den Fund der drei Leichen im Morast. Doch Verdacht geschöpft hatte keiner von ihnen. Erst als Polizei-Hauptkommissar Bissing den Artikel zu Gesicht bekam, fiel der aus allen Wolken. Wie konnte so etwas passieren. In der Tageszeitung war der ungekürzte Polizeibericht samt aller Mutmaßungen und Verdachtsmomente der nächtlichen Aktion veröffentlicht worden. Dabei hatte die Pressestelle eigens dafür eine Mitteilung verfasst. Entweder der interne Bericht wurde versehentlich weitergegeben, oder es befand sich in der Dienststelle ein Maulwurf, der den Bericht, aus welchem Grund auch immer, der Presse zugespielt hatte. Nur ein für die Ermittlung außerordentliches Detail wurde im Zeitungsbericht mit keiner Silbe erwähnt. Bissing dachte nach. Wurde diese Passage in der Redaktion schlichtweg übersehen oder absichtlich ausgelassen? Aber von wem? Womöglich hatte der Bericht vor der Veröffentlichung eine Überarbeitung erfahren. Aber zu welchem Zweck? Wer konnte Interesse daran haben, der Öffentlichkeit ausgerechnet dieses wichtige Indiz vorzuenthalten? Bissing ließ die Dienststellenleiter kommen. „Wo ist Kluge?", fragte Bissing die Versammelten. „Kluge ist in einer Besprechung mit Dr. Horn, dem Referenten des Kulturamts!", antwortete Eberhard Schneider. „Wissen Sie, worum es dabei geht?", erwiderte Bissing. „Meines Wissens sprechen beide über das Einstellen der Arbeiten auf der Baustelle für das neue Einkaufszentrum!", mutmaßte Schneider. Bissing wurde hellhörig. Er rieb sich das Kinn, spitzte die Lippen und ließ seinen Blick ziellos durch den Raum schweifen. In Gedanken versunken sagte er: „So, so, um die Baustellensperrung geht es." Einige Augenblicke verharrte der Polizeichef mit erhobenem Kopf, um im nächsten Moment die Hand ruckartig vom Kinn zu nehmen, worauf er die banale Frage stellte: „Hat jemand von Ihnen heute schon den Anzeiger gelesen?" „Kollegen vom SEK, so machte es die Runde, hätten sich verwundert über den komplett veröffentlichten internen Bericht geäußert", meldete ein Dienststellenleiter. „Nicht anders ist es mir ergangen. Es stellt sich also die Frage, weshalb statt der Pressemitteilung der Polizeibericht in der Tageszeitung gelandet ist. Vielleicht hat einer von Ihnen eine Erklärung dafür. Fangen wir mal mit Ihnen an", forderte er mit ausgestrecktem Finger den ganz links Sitzenden auf. „Wieso fragen Sie mich? Ich bin nicht für die Übergabe von Dokumenten an die Presse verantwortlich!", entgegnete der empört. Und so wiegelte einer nach dem anderen ab. Bissing kam eine Idee. Er allein musste ohne Mitwisser in Erfahrung bringen, in welchem Zustand der Bericht an die Redaktion des *Mittelsteiner Anzeigers* gegangen war. „Meine Herren, die Versammlung ist bis auf Weiteres aufgehoben!", rief Bissing und verließ eilig den Raum. Wenige Minuten später sahen ihn Mitarbeiter das Polizeipräsidium verlassen. „Was er wohl vorhat?", fragten sich einige, und vermutlich einer von ihnen mit Bangen.

Kurze Zeit später hatte der Polizeichef das Verlagshaus erreicht und drang ohne Umschweife, entgegen dem Einwand der Chefsekretärin, Herr Zwicknagel sei in einer wichtigen Besprechung, in das Büro des Chefredakteurs ein. Alle Augen der um den Redaktionstisch versammelten Mannschaft richteten sich augenblicklich auf ihn. „Sie wünschen?", fragte Zwicknagel überrascht. Bissing ließ einige Augenblicke verstreichen. Als er sich an Zwicknagel wenden wollte, kam der ihm zuvor: „Ah! Ich ahne es. Sie möchten sich über den veröffentlichten Bericht beschweren, Herr Hauptkommissar!" „Keinesfalls! Aber bedanken möchte ich mich dafür nun auch wieder nicht – das heißt, möglicherweise haben Sie der Polizei mit ihrem

Artikel einen außerordentlichen Dienst erwiesen", erwiderte Bissing. „Und der wäre?", fragte Zwicknagel erstaunt. „Bitte zeigen Sie mir das Original des Ihnen zugespielten Polizeiberichts", antwortete Bissing. „Sie sehen mich erstaunt! Wenn es weiter nichts ist, sehr gern!", rief Zwicknagel erheitert, und bat Bissing mit den Worten: „Bitte folgen Sie mir!", ihn ins Archiv zu begleiten. Er wusste, dass es besser ist, sich mit dem hiesigen Polizeichef gut zu stellen. Im Aufzug zum Kellergeschoss versuchte Bissing dem Chefredakteur auf den Zahn zu fühlen: „Wann ging denn unser Schreiben bei Ihnen ein?" Zwicknagel überlegte einen Moment, runzelte die Stirn und antwortete: „Gestern, etwa um drei Uhr nachmittags. Ist das von Bedeutung?" „Nur so beiläufig", bemerkte Bissing und ging im Kopf die Schichtpläne der Polizeibeamten durch. Der abwärts schwebende Aufzug stoppte. Sie betraten einen langen Korridor, dessen Beleuchtung augenblicklich einsetzte. „Dort drüben ist es", sagte Zwicknagel und wies auf eine mit dunkelroter Rostschutzfarbe gestrichene Tür. „Brandschutztür", erklärte der Chefredakteur knapp, dabei zog er seine Code-Karte durch das Lesegerät, worauf eine Lampe grün aufleuchtete, dem ein Klacken folgte. Zwicknagel zog die schwere Metalltür auf. Im gleichen Moment wurde der Raum in gleißendes Licht getaucht. Zielstrebig schritt der Chefredakteur auf ein Fach mit dem gestrigen Datum zu, hob die Abdeckung an, griff nach dem zu Oberst liegenden Papierbogen und hielt ihn Bissing mit den Worten hin: „Das ist das gute Stück. Bitte sehen Sie selbst." Der überflog den Schriftbogen und fragte: „Wurde der Bericht genauso zugestellt?" „Aber sicher! Weshalb fragen Sie?", antwortete Zwicknagel erstaunt. „Ich frage wegen der geschwärzten Stellen. Die wurden also nicht in der Redaktion vorgenommen", wollte Bissing wissen. „Wo denken Sie hin. Wir werden doch unser eigenes Informationsmaterial nicht unkenntlich machen. Was steht denn an diesen Stellen im Bericht?", fragte Zwicknagel scheinheilig. „Das tut nichts zu Sache. Jedenfalls danke ich Ihnen. Sie haben mir sehr geholfen", entgegnete Bissing. Zufrieden verließ der Polizei-Hauptkommissar die Redaktion. Auf dem Weg zum Präsidium grübelte Helmut Bissing über die Beweggründe eines Verbeamteten, sich in die Abhängigkeit eines außenstehenden Interessenten zu begeben. Unweigerlich fielen ihm zahlreiche Versuchungen aus seiner Zeit als Polizist bei kargem Lohn ein. Deshalb hegte er keinen Groll gegen diesen Missetäter. Doch musste dieser Maulwurf enttarnt werden, bevor brisantere Dienstgeheimnisse an die Öffentlichkeit gerieten. Nach Rücksprache mit Polizei-Obermeister Kluge veranlasste Bissing ein Schreiben an das Landesministerium des Inneren mit der Bitte um eine Schutztruppe. Die Begründung darin gab den unbedingten Schutz für unwiederbringliches Kulturgut im Mittelsteiner Wald an. Zwei Tage darauf führte Bissing wieder ein Gespräch mit dem verantwortlichen Staatssekretär, der ihm versicherte, kein Schreiben dieser Art erhalten zu haben.

Dem Hauptkommissar kamen die Mühlen des Amtsapparats zur Hilfe. Mitarbeitergespräche standen an. Eine ideale Gelegenheit den Bediensteten kräftig auf den Zahn zu fühlen, vor allem aber auf die Finger zu sehen.

Ein Mitarbeiter, der Dienststelle für Öffentlichkeitsarbeit angegliedert, hatte sich entschuldigen lassen. Er sei zum polizeiärztlichen Dienst unterwegs. Bei einer Verpuffung am häuslichen Gartengrill habe er sich Verbrennungen an seinen Händen zugezogen, weshalb in kurzen Abständen Verbandswechsel nötig seien. Bissing erfuhr davon. Kurzerhand griff er zum Telefon und rief beim polizeiärztlichen Dienst an, um sich nach dem Befund des vorübergehend Dienstunfähigen zu erkundigen. Der Fall war dort unbekannt. Bissing bestellte den leitenden Mediziner des ärztlichen Dienstes ein und ließ den Kollegen Kleinschmidt mit den Brandwunden ins Präsidium bitten. Dr. Wunder vom polizeiärztlichen Dienst hielt sich im Hintergrund als Bissing den Kollegen bat, ihm die Brandwunden zu zeigen. Im Rahmen der Mitarbeitergespräche könne dies als abschreckendes Beispiel aller dienen die meinen, ihre Holzkohle mit Spiritus zünden zu müssen. Doch Kollege Kleinschmidt verwahrte sich davor, den Wundverband von Bissing als Laien abnehmen zu lassen. Dies dürfe bei ihm ausschließlich jemand mit medizinischer Fachkenntnis. Bissing gab Dr. Wunder durch die offenstehende Tür einen Wink, der aus dem Nebenzimmer ins Büro Bissings trat und sich vorstellte: „Gestatten. Dr. Wunder, Leiter des polizeiärztlichen Dienstes in Mittelstein!" Alfred Kleinschmidts Gesicht zog kreidebleich ab. Dem Arzt durfte und konnte er sich nicht verweigern. Kaum wurde die Haut Kleinschmidts sichtbar, entschuldigte er sich bei Bissing und Dr. Wunder. Er habe sein Stempelkissen mit Farbe nachfüllen wollen. Dabei sei ihm die Flasche aus der Hand geglitten. Beim Auffangen habe sich die Farbe auf Händen und Armen verteilt. „Das kann passieren. Damit ist der Fall wohl klar. Um nicht zum Gespött der Kollegen zu werden, haben Sie sich selbst Verbände verordnet. Ihre Dienstunfähigkeit hat sich hiermit bestätigt", beantwortete Bissing die Behauptung Kleinschmidts. „Was meinen Sie damit?", fragte Kleinschmidt verwirrt. „Ich sagte doch, ihre Dienstunfähigkeit ist besiegelt. Sie sind entlassen!" „Weshalb? Wegen des Stempelkissens?", fragte Alfred Kleinschmidt. „Genau deshalb!", bestätigte Bissing Kleinschmidts Frage. „Ich werde vors Arbeitsgericht ziehen, darauf können Sie Gift nehmen!", schrie Kleinschmidt und verließ das Büro des Polizeichefs. „Eindeutige Spuren von Ninhydrin", sagte Dr. Wunder. „Danke. Sie werden wohl als Zeuge geladen werden. Wir mussten den Brief an das Landesministerium präparieren, um dem Maulwurf auf die Schliche zu kommen", antwortete Bissing erleichtert und verabschiedete sich von Dr. Wunder. „Wer könnte Interesse daran haben, die Dynamitstangen im Gepäck der drei im Moor Umgekommenen zu verschweigen und wer hatte sie ihnen zu welchem Zweck zugesteckt?", fragte sich Bissing. Wie ein Blitz aus heiterem Himmel kam ihm die Eingebung. „Die Sperrung der Baustelle! Wenn sich herausstellte, dass im Mittelsteiner Wald eine Kultstätte größter historischer Bedeutung schlummerte, würde ein Baustopp verordnet, der das Bauvorhaben des Einkaufszentrums vereiteln würde. Ein herber Verlust für das Bauunternehmen. Pulverisierte man die Kultsteine mittels Dynamit, gehörten sie ein für alle Mal der Vergangenheit an", schloss Bissing seine Mutmaßung. Das bedeutete, die Kultstätte war in größter Gefahr. Bissing musste die gesperrte Baustelle sichern lassen, wie von

Dr. Horn im Gespräch mit dem Kollegen Kluge vermutlich gefordert. Gleich morgen musste er das Landesministerium vom Vorfall mit Kleinschmidt und von seinem Verdacht in Kenntnis setzten.

Als nähere Umstände der drei im Mittelsteiner Wald umgekommenen Kollegen ruchbar wurden, ergriff die Arbeiter auf der Baustelle großes Entsetzen. Was, wenn auch ihnen etwas Ähnliches zustieße? Aus Kreisen der Geschäftsleitung sickerte durch, dass Fremde im Mittelsteiner Wald hausten, die sich dieses Verbrechens schuldig gemacht hatten. Die wahren Hintergründe des Verschwindens behielt man allerdings für sich. Die Arbeiter auf der Baustelle mussten somit befürchten, auch sie könnten Opfer einer Verschleppung werden. In Abstimmung mit der Geschäftsführung wurde ein geheimer Plan geschmiedet, was ihr sehr entgegen kam.

Die Treibjagd

Im Morgengrauen brachen Treiber aus Buchstätt, auf dem Finsterweg durch den Mittelsteiner Wald, zum Treffpunkt auf. Dort, wo der Auweg in den Wald trat, trafen sie auf die Treiber Mittelsteins, wo sich auch die Jägerschaft mit ihrer Meute gesammelt hatte. Von hier sollte der Wald in breiter Front in nordöstliche Richtung durchkämmt werden. „Es wäre ja gelacht", so Stadtrat Hahn, der wegen seiner nervig hohen Stimme hinter vorgehaltener Hand Gockel genannt wurde, „wenn sich dieses Gesindel nicht aufspüren und festsetzen ließe!" Das Wild aber, das sie aufscheuchten, sollte unbehelligt bleiben. Dem wollten sie erst zur Einweihung des Einkaufszentrums zu Leibe rücken.

Auf Anraten waidmännischer Stadträte organisierte die Jägerschaft Mittelsteins eine Treibjagd im Mittelsteiner Wald. Vermeintliches Ziel sei es, so die Räte, der Wesen habhaft zu werden, die den Tod der Bauarbeiter verschuldeten, zumindest aber ihren Marsch in den sicheren Tod nicht verhindert hatten. Dass bei ihrem Unterfangen auch andere Wesen ergriffen werden könnten, käme besagten Stadträten nicht ungelegen. Schließlich würde das Zustandekommen des Einkaufszentrums erkleckliche Sümmchen in ihre Taschen spülen und sicherte die Finanzierung der Vorhaben der Stadt Mittelstein, wodurch sich wieder etliche Gelegenheiten ergaben, hinterrücks die Hand aufzuhalten.

Auf wen aber sollten sie die Meute ansetzten? Niemand von ihnen hatte je Kontakt zu diesen geheimnisvollen Kreaturen. Folglich besaßen sie keinerlei Gegenstände, die ihren Geruch trugen, um die Hunde auf ihre Fährte ansetzen zu können.

Es blieb ihnen lediglich, den Wald engmaschig zu durchforsten und darauf zu hoffen, dass Wesen versuchten, Hunden und Treibern zu entkommen, wodurch sie sich den Pirschenden offenbarten. Für diese Fälle führten sie Netze mit sich, um sie Flüchtenden überzuwerfen.

In froher Jagdstimmung wurde die Begrüßung geblasen. Danach ertönte das Hornsignal zum Sammeln der Treiber. Die Grünröcke gaben den Versammelten Anweisung, auf Abstand zu achten – nicht zu eng und nicht zu weit, um einen möglichst großen Bereich sicher zu durchstreifen. Auf das Signal *Aufbruch zur Jagd* wurde verzichtet. Schließlich sollten die Kreaturen nicht zur Strecke gebracht, sondern lediglich gefangen genommen werden. Stattdessen ließen die Jäger ein kräftiges *Waidmannsheil!* und das Anblasen der Treiber hören, worauf sich alles in Bewegung setzte.

Noch hielten die Waidmänner ihre Hunde zurück.

Das randstehende Unterholz machte ihnen zu schaffen und hinterließ manche Blessuren. Erst in etwa fünfzig Meter Entfernung vom Waldesrand lichtete sich der Baum und Strauchbestand. Zu kleinen Gruppen in Abständen hielten sich die Jäger hinter den Treibern.

Plötzlich und völlig unvermittelt nahmen die Hunde Witterung auf. Die Unruhe war ihnen anzumerken und bald schon zerrten sie bellend und kläffend an den Leinen. Die Jäger gaben das Signal *Laut treiben* und ließen die Hunde frei. Wie gehetzt zog die Meute einem unsichtbaren Phantom hinterher, das Ziel auf die Mitte des Waldes nahm – dorthin, wo die Sandsteinfelsen zutage traten. Kaum war die Meute den Augen der Treiber entschwunden, war jämmerliches Geheul der Hunde zu vernehmen, als würden sie mit Peitschenhieben gepeinigt. Elfen hatten Alarm geschlagen. Unhörbar für die Jagdgesellschaft veranstalteten sie durch das Aneinanderreiben ihrer Flügel einen Höllenlärm, der den Hunden empfindlich in die Ohren ging. Trotz der Qualen ließen sie sich nicht von ihrer Fährte abbringen, denn ihr Bellen im Gejaule drang weiterhin zu Treibern und Jägern durch.

Am Spalt im Sandstein angekommen, knurrten die ersten Vierbeiner ihn böse an und kratzten mit ihren Pfoten wie wild auf den roten Fels ein, als wollten sie ausgraben, was sich unter ihm verbarg. Den unmerklich aus der Tiefe aufsteigenden Dämpfen ausgesetzt, verloren die Hunde ihre Witterung, als büßten sie ihren ureigenen Instinkt ein. Stattdessen inhalierten sie den Geruch ihres neuen Ziels.

Unsicher schauten sie sich um, wendeten sich vom Spalt ab und trotteten tapsig in entgegengesetzte Richtung, bis sich unsichtbare Kobolde auf ihre Rücken schwangen und ihnen die Sporen gaben.

Die unsichtbar wabernden Dämpfe aus dem Spalt breiteten sich kriechend über den Waldboden in alle Richtungen aus, den ahnungslos nachrückenden Schweißhunden entgegen, deren Botenstoffe auch bei ihnen umgehend Wirkung zeigten.

Die Treiber hatten bereits den Mühlbach überschritten, hinter dem das Hoheitsgebiet der Wesen begann. Mit einem Satz sprangen vier kapitale Hirsche aus dem Unterholz. Doch statt die Flucht zu ergreifen, richteten sie ihr Gehörn gegen die Treiber, die ihre Beine in die Hand nahmen um nicht aufgespießt zu werden. Drei Keiler nahmen ihre Verfolgung auf und schlugen den Flüchtenden mit ihren Hauern so manche Fleischwunde. Nur der Sprung über den Bach rettete sie vor weiteren Attacken.

Die getriebenen Hunde hetzten durch die Baumlücken ihrem Ziel entgegen. Wichtel Ertol, der sich mit seinem Weib Olpar auf dem Hinweg vor der Meute in Sicherheit bringen konnte, sah mit Entsetzen die wild gewordenen Jagdhunde zurückkehren. Mangels schützendem Buschwerk rannten beide, so schnell ihre Beine sie tragen konnten vor der Meute davon, direkt in die Arme der Jäger. Die griffen sofort zu und hielten Olpar und Ertol, die sich heftig zur Wehr setzten mit aller Gewalt fest. „Haben wir euch erwischt! Schnell, die Netze!", rief Stadtrat Hahn. Im selben Moment vernahmen sie die Meute, die sich in hohem Tempo auf sie zubewegte. Anton Preising, ebenfalls Stadtrat und Jäger, wollte den Hunden Einhalt gebieten. Er fürchtete um die kleinen Wesen, die sie soeben gefangen genommen hatten. Doch die rasende Meute ließ sich weder auf- noch abhalten. Ungebremst sprangen sie auf die Gruppe der Jäger zu, die versuchte, das Wichtelpaar zu schützen. Wenn die Hunde die zärtlichen Wesen zu packen bekamen, würden sie die in Stücke reißen, daran gab es keine Zweifel. Schon hatte der führende Schweißhund die Männer erreicht, als auch schon sein mit Zähnen bewehrtes Maul zupackte. Die folgenden Hunde verfuhren wie er und schlugen ihre

Zähne in Arme und Beine. Schreiend ließen die Jäger ihre Gefangenen fallen und hielten sich die klaffenden Wunden, aus denen augenblicklich Blut strömte. Humpelnd und hinkend traten die Grünröcke die Flucht an. Kaum hatten sie den Ort der Attacke verlassen, besannen sich die Hunde, trotteten ihren Herren nach und gesellten sich zu ihnen. Mit treuen Augen sahen sie zu ihren Besitzern auf, als wollten sie sich für die Zugriffe entschuldigen. Gleich darauf verhielten sie sich so, als sei nichts vorgefallen.

Ertol und Olpar zögerten, davonzulaufen. Schließlich waren Menschen verletzt worden, denen geholfen werden musste. Sie schwankten zwischen Helfen und Flüchten. Doch danach, sich noch einmal einfangen zu lassen, stand ihnen nicht der Sinn. Schweren Herzens trollten sie sich und waren bald im Buschwerk verschwunden.

Die lädierten Jäger spürten, dass es hier nicht mit rechten Dingen zugegangen war, weshalb sie ihren Vierbeinern bald verziehen hatten.

Die Männer schworen, nie wieder eine Jagd im Mittelsteiner Wald abzuhalten. Um die Einhaltung sicherzustellen, erließ der Stadtrat nach der Genesung der in Mitleidenschaft gezogenen eine Anordnung, nach der die Jagd im Mittelsteiner Wald bei Strafe untersagt wurde. Niemand könne Verantwortung übernehmen für Jagdunfälle, wie sie sich vor Kurzem ereigneten oder gar Schlimmeres, so die Räte.

Die Jagdgesellschaft hätte sich an fünf Fingern abzählen können, dass der anfänglich siegesgewisse Ruf *Waidmannsheil!* nicht in Erfüllung gehen konnte. Hatten sie sich doch auf eine Konfrontation mit Kreaturen eingelassen, die über Mittel verfügen, die sich der menschlichen Natur schlichtweg entziehen.

Bauarbeiter in Aufruhr

D er Lärm anspringender Dieselmotoren war so gewaltig, dass Bewohner benachbarter Wohnhäuser aus dem Schlaf gerissen worden wären. Doch dafür lag die Baustelle des Einkaufszentrums zu weit außerhalb Mittelsteins. Warnungen, es könne sich um verborgene Kraftfelder der einst mächtigen Eskiter handeln, wurden entweder in den Wind geschlagen oder als Humbug abgetan. Unverdrossen bewegte sich ein Pulk von Fahrzeugen auf den Rand des Mittelsteiner Waldes zu, allen voran der Radlader, der gestern noch in einer zweihundertdreiundachtzig Meter langen Schleifspur ohne Antrieb von unbekannter Hand an den Waldrand geschoben worden war. Ihm folgte eine kettenrasselnde Planierraupe, an dessen Rücklichter sich das Zugfahrzeug eines Tiefladers heftete, dem sich ein Kipplader anschloss. Auf das verabredete Signal in ihren Walky-Talky-Geräten formierte sich der Fahrzeugpark zur Angriffsfront, um der sich ihnen in den Weg stellenden Hindernisse eine Bresche zuzufügen. Dieser Richtung wollten sie solange folgen, bis sie die Übeltäter aufgescheucht und zur Strecke gebracht hatten. Ein wagemutiges Unterfangen, ohne ihre Gegenüber einschätzen zu können, geschweige denn, ihnen jemals begegnet zu sein.

Die Wucht des Aufpralls muss gewaltig gewesen sein. Tonnenschweres Gerät war übereinander getürmt, als hätte ein spielendes Kind Gefallen daran gefunden, schwergewichtige Kolosse zu stapeln. Beim Erreichen des Schauplatzes bot sich dem Suchtrupp ein gespenstisches Bild. Als wollten Fahrzeuge ihr Vorhaben nicht aufgeben, pochten ihre Motoren mit ohrenbetäubendem Lärm, wobei sich Räder sirrend drehten und Ketten quietschend in Führungen rasselten. Ganz oben thronte das Zugfahrzeug, das auf der Planierraupe aufgesetzt war. Der umgestürzte Radlader mit demolierter Schaufel zu unterst und die Planierraupe, deren Schild in die Senkrechte verdreht war, hatten die Ladefläche des Kippladers eingequetscht, dessen Führerhaus unversehrt nach außen ragte.

Kampfspuren suchten die Staunenden vergeblich. Auch von den Fahrern fehlte jede Spur. Sie schienen die Flucht ergriffen zu haben. Polizei-Obermeister Kluge musste einen Kran anfordern, ohne den der Stapel aus Fahrzeugen nicht entwirrt werden konnte. Und selbst dann würde ein Team mit Schneidbrennern anrücken müssen, um die verkeilten Baumaschinen freizubekommen. Nachmittags rollte das schwere Gerät endlich an. Im weichen Waldboden einen über die Baumwipfel ragenden Kran zu stabilisieren, bedurfte es schwerer Metallplatten, um ein Kippen des Krans zu verhindern. Der Kranführer traute seinen Augen nicht, als er im Kran zur Bedienkanzel aufstieg. Wie eingefroren saßen die Fahrzeuglenker der Baufahrzeuge an Lenkrädern oder Hebeln, als wollten sie ihr Fahrzeug jeden Augenblick fortbewegen. „Bevor wir beginnen müssen die Fahrer aus den Baumaschinen geborgen werden!", rief der von oben hinab. Kluge wusste zunächst nicht, worauf der Kranführer hinauswollte. Doch kurze Zeit darauf dämmerte es ihm. Zur Sicherung der Fahrzeug-Pyramide wurden Seile gespannt, die das Abgleiten der Baumaschinen verhindern sollten. Vorsichtig nahm der Kranhaken die Stahlseile auf und straffte sie so, dass der Fahrzeugturm zusammengehalten wurde. Mit einer Seilwinde am Kran ließ sich der Erste des Suchtrupps zum Zugfahrzeug hinaufziehen, um die Lage zu sondieren. Im Dunst der Abgaswolke konnte er auf dem Fahrersitz eine zusammengekauert reglose Gestalt erkennen. Er klopfte von außen gegen die Scheibe. Der Fahrer zuckte zusammen, verbarg den Kopf in seinen Armen und sprang in die hinterste Ecke der Kanzel, worauf die gefährlich zu wanken begann. Der Helfer am Seil ergriff die Klinke der Tür, die sich leicht öffnen ließ und schrie gegen den Lärm des laufenden Antriebs an: „Haben Sie keine Angst! Schalten Sie den Motor aus! In Kürze haben wir Sie aus ihrer misslichen Situation befreit! Wir werden Sie in einer Trage am Seil hinablassen. Bald spüren Sie wieder festen Boden unter den Füßen!" Der Fahrer hob den Arm und blinzelte ungläubig darunter hervor. Erst als er die menschliche Gestalt des Helfers erkannte fasste er Mut und zog den Schlüssel vom Zündschloss ab, worauf der Antriebsmotor auslief und verstummte. Erst jetzt wagte er zu sprechen: „Sind sie fort?" Der Helfer schaute verdutzt und fragte: „Wer soll fort sein?" „Na diiiie", erwiderte der Fahrer. Der Helfer hatte eine vage Idee was er meinen könnte, wenn er das Chaos vor Ort betrachtete. „Bitte haben Sie noch etwas Geduld. Wir müssen erst die Trage heraufhieven. Verhalten Sie sich bis dahin bitte ruhig." Der Helfer gab Zeichen, ihn hinabzulassen. Unten angekommen wies er an, die Trage mit Riemen zu versehen. Der Mann stehe unter Schock. Bei der geringsten Irritation könne der von der Trage springen.

Kaum hatte der erste Fahrer die Führerkanzel des Fahrzeugs verlassen, fiel der Schatten des über die Baumwipfel aufragenden Kranauslegers auf ihn. Mit einem Satz versuchte er, in die Kanzel zurückzuspringen. Doch dem Helfer gelang es, ihn zu halten und ihn davon zu überzeugen, dass von dort keine Gefahr drohe.

Schritt für Schritt konnten die Männer von oben nach unten aus ihren Fahrzeugkanzeln befreit und in Sicherheit gebracht werden. Polizei-Obermeister Kluge hatte psychologische Betreuung für alle fünf Geborgenen angefordert. Ihr traumatisches Erlebnis muss so verheerend gewesen sein, dass sie ihrer Situation nicht Herr wurden. Immer wieder schauten sie sich misstrauisch um, ob jemand sie verfolge oder schauten hinauf, ob Gefahr von oben drohe.

Der Schock der Nacht saß so tief, dass sich keiner der Beteiligten in der Lage sah, auch nur eine dieser unheimlichen Erscheinungen zu beschreiben. In ihrem Unterbewusstsein aber hatten sie, wenn die Angst in ihnen aufstieg, Ausgeburten der Hölle vor Augen.

Es dauerte nahezu eine Woche bis das Knäuel aus Stahl und Blech auseinander geschnitten und abtransportiert war.

Zwar behauptete die Bauleitung später, die Fahrzeuge seien dorthin verschleppt worden, doch ihre Rad- und Kettenspuren sprachen eine andere Sprache. Der Entführung durch im Wald hausende Wesen standen die aufgefundenen Walky-Talky-Geräte entgegen. Ihr Einsatz auf einer Baustelle war mehr als fragwürdig.

Der Bau des Einkaufszentrums war zum Erliegen gekommen. Keine Schaufel durfte bewegt werden, bevor nicht nach der Kultstätte geforscht worden war. Außerdem war das schwere Gerät insgesamt unbrauchbar geworden. Bis ein neuer Maschinenpark bereitstand,

würden Wochen vergehen. Die Bauarbeiter wurden von der abge-
riegelten Baustelle abgezogen.
Bald lag alles friedlich wie zuvor.

Suche nach der Kultanlage

Glücklicherweise war dem Mittelsteiner Wald Unheil erspart geblieben. Allerdings blieb rätselhaft, welche Kräfte dort gewütet hatten. Es kursierte der Verdacht, die Maschinenführer selbst seien sich in die Quere gekommen und in ihrer Wut und Unbeherrschtheit auf Kollisionskurs gegangen.

Jedenfalls hatte es das Schicksal gut mit dem Wald gemeint, und nicht nur mit dem.

Horn war mit seinem Assistenten Beer aufgebrochen, um vom gefundenen Kultstein aus weitere ausfindig zu machen.

Mithilfe des GPS-Geräts war der erste Kultstein schnell aufgespürt. Horn zog eine Notiz aus seiner Hemdtasche, faltete sie auf, zeigte sie Beer und sagte: „Diese Markierung fand ich auf der Stirnseite des Steins. Was, meinen Sie, könnte die bedeuten?" Beer schaute auf die Skizze und antwortete: „Möglich, dass die Figur Auskunft über den Standort eines weiteren Steins gibt. Wenn alle Quader so gut getarnt sind wie dieser, fallen sie nicht ins Auge." „Leider habe ich die Orientierung des Winkels zum Stein in der Skizze nicht festgehalten", bedauerte Horn. „Das würde auch nichts nützen. Man sieht ja ohnehin nichts vom Stein", antwortete Beer schmunzelnd. „Dann müssen wir nachsehen, in welche Richtung die Weisung uns führt. Ohne Leiter bleibt uns lediglich die natürliche Steighilfe", folgerte Horn. „Und die wäre?", fragte Beer. „Die altbewährte Räuberleiter", antwortete Dr. Horn. „Und wer spielt den Räuber?", fragte Beer scherzhaft. „Ich! Sie stellen sich mit dem Rücken zum Quader, verschränken ihre Finger vor sich, und ich steige mit dem Fuß hinein und schwinge mich hinauf", erklärte Horn. „Was bleibt einem Assistenten anderes, als zuzustimmen!", erwiderte Beer. Er zog ein Tuch aus seiner Hosentasche, faltete es auf, klemmte eine Spitze zwischen die Lippen, verschränkte die Finger und ließ es in die Mulde seiner Hände fallen. „So! Jetzt!", signalisierte er Horn seine Bereitschaft.

Horn ergriff die Schultern seines Assistenten und schwang sich auf. „Höher!", rief Horn von oben, der sich auf Beers Schultern stützte, damit der seine Hände anheben konnte. Horn schob das Moos mit den Händen zur Seite, fuhr mit dem Zeigefinger die länglichen Rillen ab und rief Beer zu: „Der offene Winkel liegt zur Kante rechts von Ihnen!" „Gut, dann steigen Sie schnell ab, sonst muss ich Sie unsanft fallen lassen", stöhnte Beer angestrengt. Horn wagte den Absprung in die Tiefe, der glimpflich endete. Wieder breitete er die Skizze aus, auf die beide ratlos starrten. „Was mag sich wohl hinter der Zahl Einhundertfünfundzwanzig verbergen?", rätselte Beer. „Es wird eine Maßzahl der Altvorderen sein oder ein spezielles Maß der Eskiter. Dieses Volk wird kaum in Metern gemessen haben", antwortete Horn. Beer dachte nach und fasste seine Gedanken so zusammen: „Lässt man die Maßeinheiten der Menschen früher Revue passieren, orientierten sie sich vorwiegend an menschlichen oder praktischen Gegebenheiten, wie Elle, Fuß oder Lachter." „Was steht für Lachter?", fragte Horn. „Nun, Lachter war eine Maßeinheit der Bergknappen. Es war die Entfernung, die ein Grubenlicht ausleuchtete – etwa ein Klafter", erklärte Beer. „Das wird hier kaum zutreffen", schloss Horn aus den gegebenen Umständen. „Jegliche Vermutung bleibt Spekulation, sofern uns kein Anhaltspunkt ins Auge fällt", resümierte Beer. „Ich wüsste eine Anlaufstelle, die einen Ausweg aus unserer misslichen Lage aufzeigen könnte", warf Horn ein. „Wer um Himmels Willen könnte das sein?", fragte Beer überrascht. „Koop ist der Einzige, der sich mit Eskitern auseinandergesetzt hat. Er kennt dieses Volk wie kein anderer", gab Horn zur Antwort. „Dann sollten wir keine Zeit verlieren, ihn zu konsultieren. Wenn wir ein profitables Forschungsprojekt aus der Taufe heben könnten, wäre unsere Existenz gesichert", sprach Beer seinem Chef aus der Seele.

Kurz vor Mittag trafen beide in der Stadtbibliothek ein. Koop war im Begriff, den Lesesaal durch Glocke und Ausruf zu leeren, als Horn und Beer ihn durch ihr unerwartetes Erscheinen davon ablenkten. Horn streckte Koop die Hand zum Gruß entgegen. Dabei sagte er: „Darf ich Ihnen meinen Assistenten Günter Beer vorstellen!" „Angenehm", sprach Koop Beer an und strecke ihm seine Hand entgegen. „Was verschafft mir die Ehre, meine Herren?", fragte Samuel Koop. „Wir hätten da eine Frage zu Kultsteinen", begann Horn vorsichtig. „Erst muss ich meine Lesegäste entlassen", entgegnete Koop, führte seine Hand zum Griff des Glockenseils, läutete einige Male und rief: „Ich bitte die Literatur zurückzulegen oder auszuleihen. In fünf Minuten bitte den Saal verlassen!" Beim Hinausgehen wandte sich der Herr im grauen Anzug mit einem Buch unter dem Arm an Koop: „Bitte, ich möchte dieses Buch ausleihen. Können Sie mir außerdem weitere Literatur dieser Art empfehlen und wenn ja, wo finde ich sie in der Bibliothek?" Dabei hielt er Koop den Buchtitel hin, der lautete: „Verschollene Kultur im Mittelsteiner Land". „Darf ich einmal sehen", bat Koop um das Buch und blätterte es durch. Dabei stockte ihm der Atem. Sein Blick fiel auf ein Kapitel mit der Überschrift: „Die Eskiter, ein Volksstamm der Etrusker?" Koop fing sich und antwortete: „Tut mir leid, das Buch ist bereits vorbestellt. Ich muss Sie auf vier Wochen vertrösten", schlug das Buch mit einem Schlag zu und fuhr fort, „bitte kommen Sie morgen wieder, damit ich Ihnen zu weiterführender Literatur Auskunft geben kann. Ich werde im Literaturverzeichnis nachsehen." Der Herr bedankte sich und verließ den Lesesaal durch die Flügeltür. „Um welche Art von Literatur handelte es sich?", fragte Horn. „Ach, nichts von Bedeutung. Etwas, wofür sich alte Herren so interessieren", flunkerte Koop. Horn schmunzelte und sagte: „Weshalb wir kamen. Die Stirnseite des Kultsteins weist diesen Winkel auf. Daran sind Buchstaben und eine Zahl angetragen. Haben Sie eine Idee, welche Bedeutung die Zahl haben könnte?" „Wie lautet denn die Zahl?", fragte Koop. Beer antwortete: „Einhundertfünfundzwanzig." „Da muss ich zunächst passen. Aber geben Sie mir Bedenkzeit. Ich werde versuchen, es für Sie herauszufinden", musste Koop die Herren vom Kulturamt vertrösten. Kaum hatten Horn und Beer die Bibliothek verlassen setzte sich Samuel Koop mit dem Buch unter dem Arm an den Tisch in seinem Amtszimmer, und legte es vorsichtig vor sich. Noch einmal las er wie elektrisiert den Titel des Kapitels: „Die Eskiter, ein Volksstamm der Etrusker?" Darunter stand der Verfasser Dr. Wilhelm Sansibar. „Wieder dieser Dr. Sansibar!", dachte Koop und schüttelte den Kopf. Er konnte sich nicht erinnern, diesen Titel im Literaturverzeichnis der Bibliothek gelesen zu haben. Mit zittrigen Händen schlug er das Buch auf und begann darin zu blättern. Dabei suchte er nach Begriffen, die ihm vertraut waren. Entsprechend ließ er seinen Blick über die Schriftzüge gleiten. Wie in Trance überflog er prüfend die Seiten, als ein Eintrag der monotonen Wanderbewegung seiner Augen Einhalt gebot. Ihm war als hätte er *Kult* gelesen. Aufmerksam folgte Koop den Schriftzeichen rückwärts. In der Mitte der Seite wurde er fündig. Dort stand schwarz auf weiß – *Kultstätte!* Koop las den vollständigen Satz: „Allen Abmessungen der Kultstätten lagen die heiligen Zahlen Pi, die Kreiszahl also, und die zweite Wurzel aus zwei zugrunde, sowie deren Ableitungen wie zum Beispiel eins durch Wurzel zwei." Koop überlegte: „Hatte nicht Dr. Horn beim Vermessen des Kultsteins genau diese Zahlen genannt?" Koop konnte es kaum erwarten, der Abhandlung weiter zu folgen: „Die Eskiter fühlten sich der Demut und Bescheidenheit verpflichtet, weshalb Kultsteine die Verehrenden allenfalls um eins durch Wurzel zwei überragen durften. Weil jeder Kultstein um eins durch Wurzel zwei in den Boden eingelassen war, wurde die aufrechte Höhe über dem Boden mit drei durch Wurzel zwei festgelegt, wodurch die gesamte Länge des Kultsteins vier durch Wurzel zwei, und damit zweimal Wurzel zwei betrug. Für die heiligen Abstände der Steinquader in der Kultstätte galten Vielfache der Steinhöhe. So wurde der Umfang der quadratischen Anlage bei Mittelstein mit eintausend Kultsteinhöhen festgelegt. Der Abstand der äußeren acht Kultsteine betrug somit einhundertfünfundzwanzig Kultsteinhöhen. Durch die Wahl dieser Maße ergab der Kreisdurchmesser um das Heiligtum im Zentrum wiederum die Zahl Eintausend, sodass der Umfang des Umkreises eintausendmal Pi betrug. Weil dieser Volksstamm der Etrusker sich der römischen Zahlen bediente, führten die Eskiter das Symbol eines M im Kreiszentrum als Maß für den Umfang der Kultstätte ein." „Pah! Das entspricht genau dem Zeichen auf dem Stein!", rief Koop halblaut und las weiter: „Doch damit nicht genug. Die Gründungszeit der Kultstätte leiteten sie von dieser symbolischen Zahl ab. Fände man tatsächlich einen Kultstein dieses Volkes, befände sich darauf der

Weihe- oder Gründungsaugenblick der Kultstätte. Und wenn hier von Gründungsaugenblick gesprochen wird, so ist dies wörtlich zu nehmen. Das Ergebnis der Berechnung ergibt exakt Jahr, Monat, Tag, Stunde und Minute der Weihe." Koop konnte kaum fassen, was er las. Immer wieder wendete Samuel Koop seinen Blick ab und ließ ihn durch den Raum schweifen. Dabei reimte er sich in Gedanken dies oder jenes zusammen. „Was, wenn die Zahl auf der Stirnseite des gefundenen Steinquaders Vielfache der Länge des Kultsteins wiedergibt. Mit der Richtungsangabe wäre Horn in der Lage, den nächstgelegenen Quader ausfindig zu machen, und so weiter. Dann wäre die Kultstätte bald vollständig lokalisiert. Mit dem Kreiszeichen stände auch die Zeit der Entstehung fest", dachte Koop außer sich vor Begeisterung. Samuel Koop lief ein Schmunzeln über das Gesicht. „Die Herren vom Kulturamt sollen nur kommen und ihre Fragen an mich richten!", freute sich Koop und rieb sich die Hände. Geschwind verstaute er das Buch im Schrank seines Amtszimmers. Gut gelaunt ging Samuel Koop in die verdiente Mittagspause.

Horn und Beer warteten bereits vor dem Portal der Bibliothek auf Samuel Koop. Die offizielle Öffnungszeit begann zwar erst in einer halben Stunde, doch bat Koop beide in den Lesesaal einzutreten. Schließlich wollte er sich ihren Fragen stellen, die er dank der Lektüre vor der Mittagspause vermutlich zu deren Zufriedenheit würde beantworten können. „Nun, wo genau drückt Sie der Schuh?", fragte Koop. „Wie bereits vorhin kurz angesprochen beschäftigen uns die Zeichen des Kultsteins auf der Stirnseite. Sie scheinen Richtungs- und Entfernungsinformation zu enthalten. Sehen Sie hier diese Skizze, die ich vom gefundenen Stein anfertigte", versuchte Dr. Horn das Wissen Koops anzuzapfen. „Die Schenkel dieses Winkels geben die Hauptrichtungen S und E der Kultanlage an. S steht für Sonne und E für Einst. Beide wurden, unter anderen von den Eskitern verehrt. Der Zeichenzug innerhalb des Winkels gibt vermutlich den nächst anzulaufenden Kultstein an, in diesem Fall den der Sonne", erklärte Koop die Zeichen auf der Skizze. „Das zu wissen ist sicher wichtig. Doch was wollten die Eskiter mit der Einhundertfünfundzwanzig ausdrücken. Meter werden es wohl kaum gewesen sein", erwiderte Horn. „Versetzen Sie sich in ihre Lage. Alles an der Kultstätte ist ihnen heilig. Vor allem die Kultsteine. Da liegt es doch nahe, das Maß eines Kultsteins als Maß für die Entfernung zu verwenden", antwortete Koop. „Sie meinen, die Zahlenangabe bezieht sich auf die Höhe eines Kultsteins?", fragte Beer erstaunt. „Genau. Es wird für Maße eines gefertigten Quaders stehen, so meine Meinung", bestätigte Koop Beers Annahme.

„Da Sie vermutlich alle Fragen beantworten können, vielleicht auch diese. Wie Sie wissen befand sich auf einer Seite des Steins das M im Kreis mit der Vier unter dem Strich. Wie wäre dieses Symbol Ihrer Meinung nach zu deuten?", fragte Dr. Horn. Koop schwieg einen Augenblick und dachte nach, um darauf hin scheinbar folgende Theorie zu entwickeln: „Ich bin mir nicht ganz sicher, doch könnte das M im Kreis das Tausendfache der Kreiszahl bedeuten." „Das scheint mir aber weit hergeholt. Wie kommen Sie darauf?", fragte Günter Beer. „Denken Sie an die römischen Zahlen. Das M steht für tausend. Weil es umkreist ist, könnte ein Vielfaches der Kreiszahl gemeint sein, in diesem Falle eintausend Mal", erklärte Koop seine Annahmen. „Was bedeutet dann die Vier unter dieser Zahl?", fragte Horn, gespannt auf Koops Antwort. „Einfache Bruchrechnung!", rief Koop den Erstaunten zu. „Wie, Bruchrechnung?", fragte Beer. „Na eintausend Pi durch vier, also 785 und ein paar Zerquetschte!", rechnete Koop den Herren vor. „Und was soll diese Zahl ausdrücken?", fragte Horn verunsichert. „Den Gründungszeitpunkt natürlich!", rief Koop, als sei es das Selbstverständlichste von der Welt. „Mir scheint, verehrter Herr Koop, Ihr Wissen entspringt nicht den Quellen der Literatur, sondern Ihren selbst gemachten Erfahrungen. Mehr und mehr kommt mir der Verdacht, dass Sie ein unsterblicher Eskiter sind, der damals, entgegen dem Verbot, den Himmelsstein berührte!" Alle drei brachen in schallendes Gelächter aus. Sie konnten nicht ahnen, wie sehr Horn mit seiner Annahme der Unsterblichkeit Koops ins Schwarze getroffen hatte, wäre da nicht die Unbedacht des Nachfolgers Koops gewesen. Beer war der Erste der sich wieder fing: „Das würde ja bedeuten die Anlage hätte", Beer rechnete kurz und fuhr fort, „zwölfhundertfünfundzwanzig Jahre auf dem Buckel." „Das klingt nach Jubiläum - allerdings ohne Anlage wohl kaum angebracht!", rief Horn lachend. „Dann wollen wir hurtig zur Arbeit schreiten, das gute Stück ausfindig zu machen!", rief Beer und rieb sich die Hände.

Innerhalb einer Woche hatten Dr. Franz Horn und Günter Beer alle Kultsteine nach der Systematik Samuel Koops ausfindig gemacht, vermessen und kartiert. Ihre Hochachtung vor diesem Volk stieg mit jedem entdeckten Kultstein. Die Präzision der Lage eines jeden Quaders verlangte ihnen höchsten Respekt ab. Ihre Abweichung betrug wenige Zentimeter vom Schema und die Orientierung der Anlage selbst wich lediglich um null Komma ein Grad vom Längengrad der Erde ab. Die Eskiter mussten wahre Meister der Naturwissenschaften gewesen sein.

In noch größere Verwunderung aber versetzte sie, dass zwölf Kultsteine die Stadtnamen des etruskischen Städtebundes trugen. Während alle Schriftzeichen wie heute gesetzt waren, hatten die Eskiter die etruskischen Schriftzeichen von rechts nach links gesetzt, wie vor zweieinhalbtausend Jahren üblich. Es musste eine enge Verbindung zwischen Eskitern und Etruskern bestanden haben.

Noch eines ließ dem Kulturreferenten keine Ruhe. Alle Steine trugen Inschriften, auch die den Wesen gewidmeten, wenn auch in deren eigener Schriftsprache. Wegen der systematischen Wiederholung der Inschriften auf allen Steinen konnten selbst diese kryptischen Zeichen entziffert werden. Nur ein Kultstein bereitete dem Kulturreferenten Kopfzerbrechen. Es war der letzte Stein vor dem Zentrum der Anlage. Außer dem Zeichen des Gründungsdatums trug der keinerlei sichtbare Schriftzüge.

Eigenheiten der Kultsteine

Weil Horn auf dem Kultstein der Zauberer lediglich das eine Zeichen, das M im Kreis mit der Vier darunter fand, beschloss er, den Stein einer Untersuchung zu unterziehen. Dieses Zeichen war auf den anderen Steinen mit immer der gleichen Inschrift *Geweihet am, um* verbunden. Horn musste also davon ausgehen, dass dieser Stein die gleiche Inschrift trug, nur wo und wie? Dr. Horn ließ die Oberflächen des Steins restlos von Moos und Pflanzenteilen befreien und mit größter Vorsicht sorgfältig reinigen. Im Anschluss daran trat er nahe an den Kultstein heran und suchte nach Spuren der Bearbeitung. Nichts, aber auch gar nichts war zu erkennen, außer einer glatten, geschlossenen Oberfläche. Vom Stein zurückgetreten hoffte er, Muster erkennen zu können. Doch auch diese Hoffnung musste er aufgeben. Beer ging es wie Horn. Nicht die geringste Struktur zeichnete sich auf dem Quader ab.

Horn kam eine Idee. Er zog eine Lupe aus seiner Jackentasche, trat wieder an den Stein heran, fokussierte im Glas seine Oberfläche, bis seine Körnigkeit deutlich wurde, und führte das Vergrößerungsglas über die Außenfläche des Quaders. Mit der anderen Hand rieb er sich das Kinn oder kratzte sich gelegentlich am Hinterkopf, dabei entwich ihm jedes Mal ein „Mmm". „Wenn sich das bewahrheitet, was hier andeutungsweise erkennbar wird, muss ich den Stein wohl oder übel untersuchen lassen. Vielleicht erklärt sich die Röntgenabteilung im Städtischen Krankenhaus bereit, ihn zu durchleuchten. Bestätigt sich meine Annahme, gälten wir fortan als anerkannte Koryphäen auf dem Gebiet der Eskiter", sagte Dr. Horn zu Beer.

In der Körnung des Gesteins ließen sich verdichtete Kreise erkennen, die in verschiedenen Abständen um den gesamten Quader liefen und sich sogar über die Kanten fortsetzten, ohne dass Material beschädigt worden war. Horn wurde nicht schlau daraus. Über die gesamte Höhe der glatten Steinfläche zählten Dr. Horn und Beer neun Ebenen, in denen sie derartige Kreise erkennen oder besser erahnen konnten. Koop, der sich regelmäßig mit Horn austauschte, erfuhr im Gespräch von der Absicht, den Stein in der röntgenologischen Abteilung des Krankenhauses untersuchen zu lassen. Koop antwortete: „Auf Krankenschein wird das wohl kaum gehen! Wollen Sie das Gewicht von einer Tonne im Krankenwagen transportieren und mit dem Krankenbett in die radiologische Abteilung verfrachten?" „Wir werden schon einen Weg finden. Lassen Sie mich das nur machen", erwiderte Horn. „Sie vergessen hoffentlich nicht, dass wir in drei Tagen Neumond haben!", mahnte Koop den Kulturreferenten. Doch Horn wiegelte ab: „Noch einmal werde ich auf diesen Schwindel nicht hereinfallen – von wegen, mit Blitz und Donner verschwinden."

Doch es kam anders, als alle drei dachten.

Horn konnte den Leiter der Radiologie Dr. Gernot Krause von seinem Forschungsvorhaben überzeugen. Er brachte dem Chefarzt die wissenschaftliche Tragweite nahe und dass sie ganz sicher Lob und Anerkennung von allen Seiten ernteten, wenn das Ergebnis veröffentlicht würde.

Zwei Tage später wurde der Stein mit vielerlei Hilfsmittel in die Abteilung verfrachtet und konnte aufrecht vor dem Röntgengerät fixiert werden. Noch bevor die Tagschicht an den Nachtdienst übergeben hatte, waren erste Aufnahmen auf den Film gebannt. Arzt und Horn verblieben, die entwickelten Aufnahmen am nächsten Morgen zusammen mit Beer auszuwerten. So trennten sich beide und begaben sich auf den Heimweg.

Als Horn und Beer in der Früh das Krankenhaus betraten, wurden sie umgehend in Dr. Krauses Büro gebeten. Horn war sicher, Krause würde eine sensationelle Entdeckung unterbreiten. Als Horn an die Tür des Chefarztzimmers klopfen wollte öffnete Krause bereits die Tür. Er war von der Anmeldung informiert worden und hatte Horn und Beer bereits erwartet. „Kommen Sie herein. Bitte nehmen Sie Platz!", bat sie der Radiologe. „Bin gespannt. Sie haben doch sicher schon ein Auge auf die Röntgenaufnahmen geworfen? Wie lautet Ihr

Urteil?", fragte Horn. „Ich habe eine gute und eine schlechte Nachricht. Welche möchten Sie zuerst hören?", fragte Krause den Kulturreferenten. „Die Gute zuerst!", forderte Horn den Arzt auf. „Nun, ihr Verdacht hat sich mehr als bestätigt! Im Stein sind Muster zu erkennen, wie sie vermuteten – scheinbar von Geisterhand dort abgelegt", antwortete Gernot Krause. „Darf ich die Aufnahmen einmal sehen?", fragte Dr. Horn. „Sicher doch. Kommen Sie mit mir", antwortete Krause, erhob sich, ging zum Durchlichtgerät in dem zwei Aufnahmen des Steins steckten und wies auf die linke Seite. „Fantastisch! Unglaublich!", rief Horn mit leuchtenden Augen und schüttelte dabei den Kopf. Beer ging es kaum anders. Im Stein, auf zwölf Ebenen verteilt, bildeten sich Muster ab, die wie Speichen eines Rades angelegt waren. Jede Ebene trug unterschiedliche Kombinationen von Speichen. „Es muss sich um eine Schrift handeln, und ich kann mir auch denken, was sie bedeutet", sagte Horn nachdenklich zu Krause. „Dann liegt des Rätsels Lösung bald offen dar und Sie können es veröffentlichen. Das wäre eine großartige Entdeckung, und das in unserem Ort Mittelstein!", rief Dr. Krause. „Ja, Sie sagen es. Jetzt kann mich nichts mehr erschüttern. Sie wollten uns doch noch die schlechte Nachricht mitteilen", erinnerte sich Horn. „Nun", begann Krause, „wie soll ich es sagen. Gut dass wir die Aufnahmen gestern noch auf die Platten gebracht haben." „Ich verstehe nicht. Es wäre gut, wenn wir weitere Untersuchungen durchführen könnten. Gibt es terminlich Schwierigkeiten. Ist die Radiologie ausgelastet?", antwortete Horn. „Das ist es nicht", antwortete Krause kurz. „Was ist es dann? Nun sprechen Sie schon!", erwiderte Horn ungeduldig. „Es ist so – der Stein ist entschwunden", antwortete der Chefarzt. „Waaas? Sagten Sie entschwunden? Ein Stein von einer Tonne Gewicht soll sich in Luft aufgelöst haben? Das kann doch nicht ihr Ernst sein!", schrie Horn. Beer dagegen blieb der Mund offen stehen. „In Luft hat er sich nicht aufgelöst. Im Gegenteil, er hat sich spektakulär von der Nachtschicht verabschiedet", antwortete Dr. Krause. „Was soll das heißen? Sie sprechen in Rätseln", entgegnete Horn verständnislos. „Türen öffneten sich von selbst, so berichtete man mir. Der Stein sei, wie Raumschiffe in Science-Fiction-Filmen waagerecht aus der Radiologie geschwebt, vorbei am Pausenraum der Nachtschwester. Beim Anblick dieser Erscheinung blieb ihr der Bissen im Halse stecken. Geistesgegenwärtig habe sie den Sicherheitsdienst verständigt. Doch als der eintraf schlossen sich die Türen eines Krankentransporters, den eine adrett gekleidete Dame lenkte, die ein Herr im grauen Anzug begleitete", endete Krause mit seiner Schilderung. „Verdammt! Das darf doch nicht wahr sein. Ein kulturhistorisches Kleinod verschwunden!", rief der Kulturreferent.

Horn erinnerte sich der Worte Koops, der ihn wegen des bevorstehenden Neumonds gewarnt hatte. Sollte all das wirklich zutreffen. „Sie haben doch einen Kalender. Darf ich einmal einen Blick in ihn werfen?", fragte Horn. „Aber sicher. Bitte sehr", antwortete Krause. Horn blickte wie erstarrt auf den Kalender. Im Feld des gestrigen Tages war der leere Kreis des Mondes abgebildet. Horns Entsetzen wich Erleichterung. „Gott sei Dank! Wenigstens darauf ist Verlass!", rief er. Beer und Krause sahen Horn mit großen Augen an. „Was ist das Kulturamt Ihnen schuldig? Die Röntgenaufnahmen darf ich doch mitnehmen, oder?", sagte Horn. „Die Rechnung können Sie an der Anmeldung abholen. Aber was ist mit dem Stein?", antwortete der Chefarzt erstaunt. „Machen Sie sich um den keine Sorgen. Darum werden wir uns kümmern", antwortete Horn, verabschiedete sich vom Radiologen und beide verschwanden in Eile durch die Tür. Dr. Krause schüttelte den Kopf und sagte leise: „Das soll einer verstehen. Erst löst das Verschwinden des Steins Bestürzung aus, dann ziehen beide ab als sei nichts geschehen!"

Die 1225-Jahrfeier

Als Kulturreferent Horn und sein Assistent Beer die Kultstätte vollends erschlossen hatten, stand der Stadtrat vor der schweren Entscheidung, das Einkaufszentrum zugunsten eines Besucherzentrums für die Kultstätte aufgeben zu müssen. Eines stand fest. Das Bauunternehmen, das damals den Auftrag für den Bau des Einkaufszentrums erhielt, sollte hier nicht zum Zuge kommen. Dafür waren ihm zu viele Schnitzer unterlaufen, wodurch es das Vertrauen der Stadt verspielte, zum Verdruss einiger Stadträte, die gern wieder die Hand aufgehalten hätten.

Pünktlich zur Zwölfhundertfünfundzwanzig-Jahrfeier konnte die Kultanlage für den Besucheransturm freigegeben werden. Wenn auch die Verwaltung sich mit einem Büro-Container begnügen musste, so tat das dem Interesse der Bürger und Angereisten keinen Abbruch. Schließlich entsprach Bescheidenheit der Weltanschauung der Eskiter. Noch aber konnten nicht alle Geheimnisse der Anlage gelüftet werden. So auch die Namen des etruskischen Zwölfstädtebundes auf den äußeren zwölf Kultsteinen. Dr. Horn und Beer fassten einen kühnen Plan, den sie nach den bevorstehenden Feierlichkeiten ausarbeiten wollten.

Für den 25. Mai des Jahres 2010 hatten Bürgerinitiativen Mittelstein in ein Blütenmeer verwandelt. Blumenrabatten, Fähnchen, Spruchbänder und Girlanden schmückten Gärten und Straßen. Derart prachtvoll hatte sich die Stadt zuvor noch nie gezeigt. Bürger ließen es sich nicht nehmen, sich anlässlich dieses hohen Festes in historische Gewänder zu hüllen. Natürlich konnte niemand sagen, wie sich Eskiter damals kleideten, doch fiel die Verkleidung nur ausgefallen genug aus, galt sie schon als authentisch.

Umzugswagen und Vereine sammelten sich am Marktplatz. Von hier sollte der Festzug um fünf Minuten vor acht Uhr, der Gründungszeit vor zwölfhundertfünfundzwanzig Jahren, durch die Straßen stadtauswärts zur Kultstätte ziehen. Jeder Bürger war aufgefordert, sich dem Zug anzuschließen. Blaskapellen und Spielmannszüge führten die verschiedenen Gruppierungen uniform Gekleideter an. Bürger säumten die Straßen und winkten denen im Festzug zu, um sich ihm an dessen Ende selbst anzuschließen.

Koop, der seine Version von der Gemeinschaft aus Eskitern und Wesen verbreitet hatte, bat die Vereine, auch den Wesen durch Verkleidung Rechnung zu tragen.

Einer Blaskapelle folgten Männer und Frauen mit dicken Fassbäuchen, die eine Gruppe Einradfahrer als Hühner verkleidet anführten. Dahinter schritt eine Reihe Burgfräulein als Zofen in dunkelblaue Kleider gehüllt mit spitzen Hüten auf den Köpfen, die Gesichter hinter Schleiern verhüllt. Ihnen schlossen sich Kinder an die gnomenhaft wirkten gegenüber den riesenhaften Gestalten hinter ihnen, vermutlich Stelzengänger, mit Zylindern auf den Köpfen. In verschiedenfarbige Zauberergewänder gekleidete Erscheinungen, deren Seidenstoffe von Purpur über Türkis bis Ultramarinblau und Quittengelb schimmerten, ließen unter Beifall Feuerblitze samt Qualm aus dem Nichts entstehen. Ihnen folgte ein Pulk gruselig zurechtgemachter Hexenfratzen, auf deren Schultern Raben auf und ab hüpften. Vor einem Tross von Umzugswagen marschierten zwei Reihen Kleinwüchsiger als Gartenzwerge gekleidet. Auf ihren Schultern standen, allerliebst anzusehen, kindhafte Mädchen mit Flügeln auf dem Rücken, die rhythmisch im Wind wehten. In ihre Mitte hatten sie Benjamin Kranz genommen, der ausgelassen schien und fröhlich mitmarschierte. Alles in allem ein aufsehenerregender Faschingszug, den die Stadt zuvor so nie wahrgenommen hatte.

Am Rednerpult auf dem Podest, am Rande des Festplatzes, machte sich Bürgermeister Kraiberg bereit zur Ansprache. Mit der einen Hand richtete er das Mikrofon zum Mund während er mit der anderen das Manuskript seiner vorbereiteten Rede zurechtschob. Auf sein Handzeichen spielte die Blaskapelle einen Tusch. „Liebe Mitbürgerinnen, liebe Mitbürger, verehrte Gäste, seit einem guten Jahrtausend schlummerte in unserem Mittelsteiner Wald ein kulturelles Kleinod. Es grenzt an ein Wunder, dass der Kultanlage während dieser Zeit keinerlei Schaden zugefügt wurde. Wie leicht hätte ein niedergehender Baum bei Fällarbeiten einen der Kultsteine unwiederbringlich zerschmettern können, ohne jemals davon zu erfahren. Wer konnte zudem ahnen, dass unser altes Stadtwappen dieses Geheimnis wahrte, ohne dass einem von uns auch nur der Hauch einer Vermutung in den Sinn gekommen wäre. Erst die Baumaßnahmen für das Einkaufszentrum brachten Licht ins Dunkel der geschichtsträchtigen Vergangenheit unseres Ortes. Doch damit nicht genug. Unserer reichhaltigen Bibliothek, vor allem aber ihrem belesenen Bibliothekar ist es zu verdanken, dass die Kultstätte als Ganzes entdeckt wurde und deren Schriftzeichen entziffert werden konnten. Deshalb bitte ich unseren verehrten Bibliothekar Samuel Koop auf das Podium." Koop näherte sich würdevollen Schritts dem Podium und erklomm die Stufen. Ein Sturm des Beifalls setzte ein und wollte kein Ende nehmen. Erst als Bürgermeister Kraiberg die Arme hob und „Bitte, bitte meine Herrschaften!" rief, verstummte der Applaus allmählich. „Ihr Verdienst um die Stadt soll entsprechend gewürdigt werden. Der Rat der Stadt ernennt Samuel Koop hiermit zum Leiter der Kultstätte. Wie kein anderer hat sich der verehrte Herr Koop auf dem Gebiet der Eskiter und ihres Kults, Wissen von unschätzbarem Wert angeeignet. Mit einer weiteren Wertschätzung wollen wir unseren Dank zum Ausdruck bringen. Zu seinen Ehren soll das neue Stadtwappen enthüllt werden, mit dem Emblem der Kultstätte im Zentrum", kündigte Kraiberg den bevorstehenden festlichen Akt an. Zwei junge Damen überreichten Kraiberg und Koop je eine Schere, worauf beide an den Rand des Podiums traten, ihre Scheren an den vorbereiteten Bändern ansetzten und sie mit Nicken Kraibergs durchtrennten. Langsam glitt das Decktuch hinab und gab die Sicht auf das in leuchtend bunten Farben gestaltete Wappen frei. Jubel brach unter den Versammelten aus. Eine neue Ära war angebrochen. Die Zeit des unbedeutenden Städtchens Mittelstein gehörte der Vergangenheit an. Von nun an war ihr Name in aller Munde. Von der Epoche der Eskiter würde man berichten, in der Mittelstein gegründet worden war. Schließlich stand ihr Name auf einigen der zahlreichen Kultsteine.

Ausgelassen wurde gefeiert. Festbier, Weine und Limonaden flossen in Strömen. Gebratenes und Gesottenes wurden zusammen mit frischgebackenem Brot verzehrt. Die Stadt ließ sich nicht lumpen. Schließlich war man jetzt wer.

Das Tanzbein wurde geschwungen, zu dem Blaskapellen verschiedener Vereine wetteifernd Weisen schmetterten, dass es nur so vom Waldrand widerhallte.

So wie sie sich fanden, ob Mann das Weib, Frauen andere Frauen, oder Frau wie Mann verkleidete Wesen, wiegten sich die Paare ausgelassen im Rhythmus der Klänge.

Die Überschwänglichkeit gipfelte in einer Polonaise, die eine Gruppe Bläser verschiedener Musikkapellen anführte, gefolgt von Spielmannszug-Trommlern, die Kurs auf die Kultanlage nahm.

Untergehakt, in Reihen nebeneinander schob sich die illustre Gesellschaft über den Kiesweg durch den Wald. Vom Festplatz gegriffene Fackeln in Händen, bewegte sich der gespenstisch wirkende Zug auf den Eintrittsstein zu, dessen Schatten auf dem Weg und am Unterholz des Waldes auf und nieder tanzte. Bei Gottfried Buchholz hatte sich die adrett gekleidete Dame untergehakt, während Christine Kranz sich an den Herrn im grauen Anzug hielt. Koop wiederum hatte den Arm einer Kammerzofe mit spitzem Hut und Schleier fest im Griff, wobei Bissing sich über die ausgemacht abscheuliche Maske der als Hexe Verkleideten an seinem Arm amüsierte und sie hin und wieder aufforderte, doch endlich die Maske zu lüften um ihre wahre Identität preiszugeben.

Wie es dazu gekommen war, dass Gläser mit verlockend duftenden Flüssigkeiten die Runde machten und wer sie in Umlauf gebracht hatte, daran konnte sich am anderen Morgen keiner der Gäste erinnern. Nur das was sie bei ihrer Ankunft an der Kultstätte erwartete, hatte sich allen ins Gedächtnis eingebrannt. Noch vor der letzten Biegung des Waldwegs erhellten grelle Schimmer den Kiesweg, die von flackernden Lichtern zeugten. Auf der Spitze des Eintrittssteins zeichnete sich, in lodernde Flammen weißen Lichts gehüllt, eine Figur ab. Mit in der Luft kreisenden Armen, die in weitem Talar steckten, rief sie den Ankommenden beschwörende Worte entgegen, als ob die nahende Gesellschaft gewarnt werden sollte, diesen Ort zu betreten. Einige wurden von den Lauten geradezu betört, die verzückt von der Kultsäule angezogen wurden. Wer von ihnen den Fuß des Eintrittsteins erreicht hatte, erblickte die in den Schneisen liegenden benachbarten Kultsteine, auf denen gleichfalls Lichter weißer Flammen zuckten. Doch war ihre Entfernung zu groß, um Gestalten darauf ausmachen zu können. Wie aus dem Nichts tauchten in weiße Gewänder gehüllte Wesen auf, die sich dem Kultstein näherten. Dabei war unverständliches Gemurmel aus den dunklen Öffnungen ihrer Kapuzen zu vernehmen, als seien sie auf ihrer Prozession ins Gebet versunken. Jede Seite des Eintrittsteins huldigten sie mit unterschiedlichen Sprechformeln, wobei sie die Hände über den Kopf erhoben und ihre Gesichter gen Himmel richteten. Nach ihrer Umrundung nahm der Zug Kurs auf den weit entfernten äußeren Stein, auf dem weiße Flammen hochschlugen um ihnen den Weg zu weisen. Der hatte wohl hundert Meter zurückgelegt, als ein Riese mit einer mächtigen Keule aus dem Wald trat und der Prozession gewahr wurde. Mit ausgestreckter Hand beugte er sich nieder, um einige Wesen zu ergreifen. Doch wie vom Blitz getroffen zog er die Hand zurück und richtete sich auf. Wütend stampfte er mit dem Fuß auf, dass der Boden zitterte um noch im selben Moment mit der Keule auszuholen, die Wesen zu zerschmettern. In der Luft zerplatzte eine Feuerkugel, worauf der Riese versuchte mit dem Arm seine Augen zu schützen. Doch der grelle Blitz hatte ihm bereits die Sicht genommen. Mit Gepolter glitt die Keule aus seiner Hand zu Boden. Taumelnd stützte er sich auf Baumwipfeln ab um nicht zu stürzen und verschwand, sich langsam vortastend, im dichten Wald. Unbeeindruckt setzten die Wesen ihre Prozession fort. Durch das weit entfernte Licht sah man Fledermäuse huschen. Ein Bergmannslied auf den Lippen näherte sich eine Gruppe Zwerge mit geschulterten Laternen dem Inneren der Kultanlage, bog dann aber in entgegengesetzter Richtung zur Prozession ab. Auf einer Waldlichtung tanzten Hexen und Feen im Reigen um ein Lagerfeuer. Ab und an schwirrten Elfen über die Festgesellschaft hinweg, die vorsichtshalber ihre Köpfe einzog. Auf dem gepflasterten Platz um den Eintritts-stein schwebten, von unsichtbaren Händen getragen, Tische heran, voll beladen mit duftenden Speisen. Wie von Geisterhand rückten Stühle an die Tische, die Gäste zum Platznehmen einluden. Wichtel-artige Gestalten brachten Gläser, Wasserkaraffen und Flaschen mit Weinen und Likören gefüllt. Es wurde gezecht und genüsslich ver-zehrt, was Flaschen, Platten und Schüsseln hergaben. Ruhe kehrte ein, nachdem die Gäste im Gras liegend in tiefen Schlaf gefallen wa-ren. Als die Schlafenden erste wärmende Sonnenstrahlen trafen und sie weckten, war von all dem Spuk nichts geblieben. Weder loderten Flammen auf dem Eintrittstein, noch standen Tische und Stühle auf dem Pflaster. Keine Spuren von Essensresten oder vergossenem Wein vom Abend zuvor waren erkennbar. Als hätte an diesem Ort nie ein Gelage stattgefunden, lag alles sauber und friedlich im Son-nenlicht. Erst die Erzählungen des gemeinsam Erlebten führte den Gästen vor Augen, dass die Erscheinungen in der Dunkelheit der letzten Nacht nicht Quell ihrer Träume waren, sondern wahrhaftig stattgefunden hatten. Beschwingt traten sie den Rückweg nach Mit-telstein an.

Aus der Faszination dieses überwältigenden Eindrucks wurde die Idee geboren, die Kultstätte um ein Amphitheater zu erweitern. In ihm sollten Zuschauer Aufführungen über Rituale der Eskiter bei-wohnen können.

Die Stadt hatte ihre Sensation, der bald das ausgebaute Besucher-zentrum folgen sollte, um dem weltweiten Echo gerecht werden zu können. Die Einnahmen sollten um ein Vielfaches die des Einkaufs-zentrums übersteigen. Das Areal um die Kultstätte würde friedlich genutzt und durfte wegen möglicher weiterer Funde nicht erweitert werden.

Wie bereits gesagt waren alle mit diesem Ausgang zufrieden. Im Mittelsteiner Wald kehrte Ruhe ein. Wenn ein Besucher hin und wie-der eine für ihn ungewöhnliche Gestalt erblickte, wurde ihm erklärt, dass der sich nicht zu wundern brauche. Schließlich hatten Eskiter über Jahrhunderte im Einklang mit all den Wesen zusammengelebt, die ihnen bei der Führung durch die inneren Kultsteine der Anlage nahegebracht worden waren. Darauf folgte meist Erheiterung, die das Gesehene schnell vergessen ließ.

Auch Ben, Mobs und Babal, auf deren Schulter sich Tolja niedergesetzt hatte, saßen friedlich beieinander und waren zufrieden. Hin und wieder aber konnten sie es sich nicht verkneifen über ihren gelungenen Coup zu feixen.

Eskiter und Etrusker oder drohendes Unheil

In seinem Hotelzimmer verglich Dr. Horn das Digitalfoto vom Schriftbild des Kultsteins mit im Internet gefundenen Schriftzügen. Dabei stieß er auf den Zwölfstädtebund. Wie elektrisiert erkannte er dort dieselbe Zeichenfolge, die der Kultstein trug. Es war der etruskische Name Φersna, der heutigen italienischen Stadt Perugia, Hauptstadt der Region Umbrien.

Als sich im weiteren Verlauf der Freilegung der Kultsteine abzeichnete, dass die äußeren zwölf Kultsteine die Namen des etruskischen Zwölfstädtebundes trugen, kam Beer eine Idee. Mit Interesse hatte er in den letzten Jahren die Entwicklung modernster Spurensuche auf dem Gebiet der Archäologie verfolgt. In der Region um Mittelstein wollte er nun die aktuellsten Methoden anwenden, um die Herkunft der Menschen zu ergründen. Vorausgesetzt, die Bevölkerung erklärte sich damit einverstanden. Gab es keine nennenswerten Einwände, ließen sich Vergleiche mit den Ergebnissen aus Mittelitalien anstellen. So gewännen sie tiefe Einblicke in die Wanderungsbewegung der Völker vor gut 1200 Jahren. Vielleicht gelang ihnen damit eine wissenschaftliche Sensation.

Wenn Mittelstein von den Eskitern, einem Volksstamm der Etrusker gegründet worden war, müsste sich das Erbgut der Etrusker, deren Hauptsiedlungsgebiet Mittelitalien war, in den Abweichungen der örtlichen Bevölkerung Mittelsteins gegenüber dem Umland ablesen lassen. Dazu brauchten Dr. Horn und Beer Blut von Bürgern der Region, in deren Gene Verwandtschaften zu denen in Mittelitalien aufgedeckt werden könnten.

Den Wesen blieb das Ansinnen der Forscher des Kulturamts nicht verborgen. Ihre Vorahnung durch Weitblick verhieß nichts Gutes. Die Resultate würden unter den Menschen in Mittelstein aller Voraussicht nach Zwist und Zwiespalt säen und brächte ihnen mächtig Verdruss.

Horn und Beer mussten der Anonymisierung der Proben ausdrücklich zustimmen. Eine Ausnahme gab es nur in schwerwiegenden Fällen, so stand es in der Erklärung.

Bereits die ersten Ergebnisse der Gensequenzen warfen eine Flut von Fragen auf. Wessen Proben ähnelten sich? Stammten sie von nahen Verwandten oder waren sie rein zufällig. Wie war es möglich, dass in einigen Fällen Ergebnisse aus Mittelitalien mit denen aus Mittelstein in enger Verwandtschaft zueinander standen. Stammten die Proben von Jung oder Alt? Welche Proben waren die der Alteingesessenen, welche die der Zugezogenen und wenn ja, von wo? Aus Gründen der Datensicherheit durfte auch die Zuordnung der Personen zur Wohnstätte nicht offengelegt werden. Lediglich Registriernummern standen Horn und Beer zur Verfügung. Zu wenig, um verwandtschaftliche Schlüsse aus den Gensequenzen ziehen zu können.

Wie konnte ihnen doch noch gelingen das nachzuweisen, was sie beabsichtigten? Die Trennung der Adressen der Blutspender von denen der Registriernummern musste aufgehoben werden. Der äußerst wichtige wissenschaftliche Zweck musste die Mittel heiligen, die Anonymität aufzuheben. Welche Büchse der Pandora sie öffnen würden, gerieten die Fakten an die Öffentlichkeit, hätten sich Horn und Beer an zehn Fingern abzählen können, wären sie nicht in ihrem Eifer der Blindheit erlegen.

Dr. Horn und Beer gaben vor, eine merkwürdige Anomalie bei mehreren Bewohnern Mittelsteins und Buchstätts entdeckt zu haben, deren Abklärung keinerlei Aufschub duldete. Es führe kein Weg um die Offenlegung der Adressen vorbei. Das Gesundheitsamt in Mittelstein hatte von dieser Entdeckung Wind bekommen und schaltete sich ein. Kulturreferent Horn aber wollte die Daten zunächst prüfen und bündeln, bevor die Informationen weitergegeben würden. Er wolle keine schlafenden Hunde wecken, so sein Argument, um die Daten nicht offenlegen zu müssen.

Ein Ersuchen des Kulturamts an den Landes-Datenschutzbeauftragten wurde zunächst abgeschmettert. In einem zweiten Schreiben versicherten Horn und Beer äußerste Geheimhaltung und die Dokumente stets unter Verschluss zu halten. Der Datenschutzbeauftragte gab die Aufhebung der Anonymität frei unter der Bedingung der schriftlichen Erklärung Horns, Ergebnisse auf keinen Fall der Öffentlichkeit preiszugeben. Die Verletzung dieser Maßgabe zöge eine mehrjährige Gefängnisstrafe nach sich.

Nach der schriftlichen Erklärung Horns trafen notariell versiegelte Briefe mit Dokumenten im Hotel ein, alle an Dr. Horn gerichtet.

Dem Postbeamten Werner Schnitzer, der Briefe in die Zustellfächer verteilte, war der gesamte Vorgang des Briefwechsels nicht entgangen. Anhand der Anschriften, Absender, der Formate und Besonderheiten der Briefe, konnte er sich an zehn Fingern abzählen, welche Inhalte hier die Interessenten gewechselt hatten. Doch dazu später.

Dr. Franz Horn und Günter Beer setzten ein Puzzle zusammen, das beide in Abgründe des bürgerlichen Lebens führte.

Anfangs, als lediglich die Alten befragt wurden, ergaben sich keine Verdachtsmomente. Eltern und Geschwister waren meist verstorben. Vergleiche waren somit unmöglich. Erst als sie darangingen, die jüngeren Generationen zur Befragung aufzusuchen, zeichnete sich ein erschütterndes Bild ab.

So war zu befürchten, dass Bäcker Berthold Kleinschmidt, Bruder des Polizeibeamten Alfred Kleinschmidt, der große Stücke auf seinen nach ihm geratenen Sohn hielt, Amok laufen würde, erführe er die genauen Umstände über die Zeugung seines Sohnes. Familiäre Katastrophen wären die Folge. Wer wollte dessen leiblichen Vater Adalbert Goldschmidt Vorhaltungen machen? Schließlich gab das Herausgefundene lediglich Fakten wieder, nicht jedoch die menschlichen Bedürfnisse der Beteiligten.

Horn und Beer mussten sich die Frage stellen, ob Ortsfremde sich anmaßen durften im Feinmilieu der Bürger herumzustochern oder gar Kritik daran zu üben. Schließlich wurden diese Informationen zu Unrecht gewonnen.

Die den mittelitalienischen Proben äußerst verwandten Sequenzen waren bald geklärt. Sie konnten der Familie Rosso mit der Eisdiele zugeordnet werden, die vor Jahren aus Siena kommend in Mittelstein ihr Glück gesucht und gefunden hatte. Doch gab es bei einem Kind in der benachbarten Familie Peters noch eine Mischsequenz, mit deutlichen Spuren des Mittelitalienischen, die zugleich überwiegend mittelsteinsche Züge trug. Auch fanden sich Sequenzen des Radiologen Dr. Krause, von allen nur Strahlenkrause genannt, in einer Tochter seiner Sekretärin wieder.

Um ihren Kummer über die desolaten Zustände im adretten Mittelstein im Alkohol zu ertränken, beschlossen Horn und Beer, sich abends im Gasthaus *Zum schäumenden Krug* einzufinden. Für den Namen des Gasthauses hatten Gäste mindestens zwei Erklärungen. Die einen meinten er rühre daher, dass frisch gezapfte Steinkrüge mehr Schaum als Bier enthielten, andere wiederum lobten den festen Schaum des herzhaft schmeckenden Biers.

Im Krug, wie ihn Bürger der Stadt nannten, trafen sich Einwohner aller Schichten. Handwerker, Ärzte, Juristen, Geschäftsleute, Finanzbeamte, Post- oder Polizeibeamte fanden sich hier ein. In ihm wurde Karten gespielt, über Gott und die Welt philosophiert oder worteifrig politische Entscheidungen verbal korrigiert. An Stammtischen zog man verächtlich über Verfehlungen her, die vielleicht jeder selbst schon einmal begangen hatte.

Wer im lokalen Geschehen auf dem Laufenden sein wollte, musste sich hier einfinden oder regelmäßig den Wochenmarkt besuchen, auf dem stets Worte mit diesem oder jenem gewechselt wurden, ob bekannt oder fremd.

Auch Journalist Hurtig, den man nur *Der Blitz* nannte, weil er stets zur Stelle war sobald ein Ereignis eintrat, hatte sich an diesem Abend in den Krug begeben. Es gab Gerüchte Mittelstein könne von einer Sensation in den Grundfesten erschüttert werden. „Wenn sich das bewahrheiten sollte", so Hurtig, „habe ich die Schlagzeile meines Lebens!" Ob danach alles blieb wie zuvor, was die Auflage des *Mittelsteiner Anzeigers* betraf, stand im Augenblick nicht zur Debatte. Womöglich würde die Volksseele hochkochen und überschäumen, die dem *Mittelsteiner Anzeiger* den Todesstoß versetzte, wenn das veröffentlicht wurde, was sich anbahnte.

Hurtig hatte sich zu Schnitzer an den Tisch gesetzt. Durch geschicktes Fragen, tägliches Brot Hurtigs, ließ sich dem Postbeamten mancher Wurm aus der Nase ziehen, sodass sich der Journalist nach kurzer Zeit ein vollständiges Bild von den Vorgängen machen konnte. Ein wenig Spekulation und die Sensation war perfekt.

Hurtig fackelte nicht lang. Als er Horn und Beer in einer Ecke bei vollen Gläsern in angeregter Unterhaltung entdeckte, war sein Entschluss gefasst. Was wollte man ihm schon nachweisen, wenn nichts aus dem Hotelzimmer entwendet wurde? Ließ er sich nicht auf frischer Tat ertappen, war die Sache schon geritzt!

Lange rätselte die Polizei, wie es zu dem Einbruch kommen konnte. Weder war ein Schloss aufgebrochen noch eine Fensterscheibe eingedrückt worden. Auch fehlte nichts in Horns Hotelzimmer. Alles war so, wie er es verlassen hatte. Das heißt, nicht ganz. Der Fetzen Papier, der beim Verlassen des Zimmers zwischen Tür und Zarge klemmte, lag bei seiner Rückkehr am Boden. Während seiner Abwesenheit im Krug musste jemand die Zimmertür geöffnet haben. Beer hatte ihn zum Fortgehen überredet. Er solle alles stehen und liegen lassen um ihn in den Krug zu begleiten. Er könne nicht ständig auf die Gensequenzen starren. Dabei würde er nur rammdösig. Horn, durch die angestrengte Suche nach Ähnlichkeiten abgespannt, ließ sich erweichen. Weder hatte er die Listen mit Namen und Registriernummern, noch die Sequenzbilder samt Nummern in seinen Schrank eingeschlossen. Alles lag offen auf dem Tisch. Wer konnte auch damit rechnen, dass sich jemand Fremdes in dieser kurzen Zeit der Abwesenheit Zutritt verschaffen würde.

Was *erbeutet* worden war wusste niemand. Vielleicht warf der Eindringling lediglich einen Blick auf die wenig spektakulär erscheinenden Dokumente, um sich danach uninteressiert abzuwenden. Möglicherweise hatte es ein Dieb auf Wertgegenstände abgesehen, die er bei Horn sicher nicht fand.

In der Redaktion des *Mittelsteiner Anzeigers* herrschte Hektik. Zwicknagel war zur nächtlichen Redaktionssitzung gerufen worden. Der Chefredakteur musste entscheiden, ob das brisante Material auf

Hurtigs Digitalkamera noch auf die Titelseite der morgigen Ausgabe gebracht werden konnte. Doch es war bereits zu spät dafür. Die Druckmaschinen waren eingerichtet und sollten jeden Moment anlaufen. Das Thema hatte Zeit bis morgen. In der Samstagsausgabe konnten sich die Bürger der Städte Mittelstein und Buchstätt viel mehr Zeit lassen, den Verquickungen der braven Bürger nachzugehen. Beim Morgenkaffee ließ sich den Verfehlungen der Bürger ohne Hektik genüsslicher nachgehen als an einem zeitlich angespannten Arbeitstag, sofern man nicht selbst davon betroffen war.

Die Auswertungen des Hornschen Materials am nächsten Tag lief auf Hochtouren. Kurz vor Redaktionsschluss war die Titelseite fertiggestellt. Vor der Nachtschicht sollte der Satz in die Druckmaschine geladen werden, falls doch noch Änderungen vorgenommen werden müssten.

„Sodom und Gomorrha in Mittelstein und Buchstätt!" lautete die Schlagzeile. Darunter Namen betroffener Familien samt ihren verwandtschaftlichen Verquickungen. Das würde Wellen bis in die Regierungshauptstadt schlagen. *Der Mittelsteiner Anzeiger* wäre mit einem Schlag berühmt. Zufrieden und gespannt zugleich ging die Redaktion in den wohlverdienten Feierabend.

In der Abenddämmerung sah man zwei Gestalten durch die Gassen Mittelsteins ziehen. Am Fenster zu Bens Zimmer machten sie Halt. Melter Obbs stieg aufs Fensterbrett und Babal öffnete leise das Fenster. Schon stand Mobs in Bens Zimmer: „Guten Abend Herr Ben!", sprach Melter Obbs den Jungen an. „Mobs! Du hier? Was gibt es?", war Ben überrascht. „Wir brauchen deine Hilfe – das heißt die Stadt braucht deine Hilfe", antwortete Mobs. „Was ist denn geschehen? Brennt es irgendwo?", fragte Benjamin. „Und ob! Wenn die Tageszeitung morgen so erscheint, wie es die Kobolde berichteten, stehen Mittelstein und Buchstätt vor einem Scherbenhaufen. Dann droht Mord und Totschlag!", klagte Mobs sein Leid. „Heißt das, ich soll in der Redaktion wieder an etwas drehen, damit alles glimpflich endet?", fragte Ben vorsichtig. „Genau wie du sagst. Du bist der Retter in der Not!", erwiderte Mobs. „Au ja! Endlich wieder etwas Aufregendes. Wann soll es denn losgehen?", antwortete Ben. „Jetzt gleich.

Wir haben keine Zeit zu verlieren. Es wartet viel Arbeit. Wir haben auch schon eine Idee und Entsprechendes vorbereitet", gab Mobs dem Jungen zu verstehen. Ben verließ sein Zimmer und rief: „Ich gehe noch zu Fred. Kann etwas dauern. Wartet nicht mit dem Essen auf mich!", und zwängte sich eilig durch die Haustür.

Am Verlagshaus ging alles wie geschmiert. Babal hatte ihre Arme vor der Tür mal so, mal so gekreuzt, worauf die Riegel des Schlosses aufsprangen. Bald saß Ben an einem der Satzterminals und hatte sich im System angemeldet. Mobs und Babal suchten den Konferenzraum der Redaktion auf. Sie fahndeten nach der Quelle der brisanten Informationen. Doch hier war alles sauber und ordentlich aufgeräumt. Babal schlug vor, das Büro Hurtigs aufzusuchen. Und tatsächlich lag die Speicherkarte seiner Digitalkamera auf dessen Schreibtisch. Bis zum Morgengrauen hatten sie Zeit. Dann mussten sie erst einmal verschwunden sein. Kobold Bokosch sollte am helllichten Tag das zurückbringen, was sie eingesteckt hatten.

Endlich war Ben auf die Titelseite gestoßen. Anhand von Texten und Listen, die ihm Mobs überreichte, änderte er Namen und Zusammenhänge auf dem Titelblatt. Nach und nach bekam die Story eine völlig andere Bedeutung. Als Mobs und Babal zurückkehrten, wies Ben ihnen stolz den neuen Artikel der Titelseite. „Dieselben Namen müssen auch auf der Speicherkarte erscheinen. Meinst du, du bekommst das hin?", fragte Mobs. „Na klar. Dafür gibt es leistungsfähige Grafikprogramme. Ihr werdet sehen, es bemerkt niemand, wenn nicht gerade extrem gezoomt wird", antwortete Ben. „Dann lasst uns den Rückzug antreten. Bis morgen früh werden die Daten wohl manipuliert sein können, oder?", sagte Mobs. „Klar doch. In zwei Stunden ist der Kohl gegessen!", antwortete Ben selbstsicher.

Daheim öffnete Ben die Haustür und rief: „Ist etwas später geworden. Ich gehe gleich zu Bett!" „Wo warst du so lange?", fragte seine Mutter. „Hatte ich doch gesagt, bei Fred – und dass es später werden kann", antwortete Ben. Christine Kranz schüttelte den Kopf. Doch sie war froh, dass Ben heil zurück war. Unverzüglich setzte sich Ben an den Computer, lud die Bilder von der Speicherkarte auf seinen Rechner, sicherte sie auf eine zweite Festplatte und nahm die Liste aus seiner Tasche. Name für Name löschte er die Einträge und ersetzte sie mit dem auf der Liste. Kaum zwei Stunden hatte er gebraucht. Die geänderten Daten sicherte er nochmals und übertrug sie unter gleichem Namen zurück auf die Speicherkarte, wodurch die Originale überschrieben wurden. Mobs wartete bereits am Fenster. Noch bevor die Nachtschicht eintraf, lag die Speicherkarte Hurtigs auf seinem Schreibtisch.

Von der Nachtschicht wurde der Satz in die Druckmaschine geladen und die Maschine gestartet.

Anschließend ging die Schicht zur Pause.

Wie in jeder Nacht wurden Stichproben gezogen, um den Druck der Zeitung zu kontrollieren. Schnell überflog Schichtführer Enze das Titelblatt und wollte umblättern, als es ihm so vorkam, als hätte er den Namen *Zwicknagel* gelesen. Er schlug die Seite zurück und suchte die Stelle. Dabei fiel ihm die Überschrift ins Auge: „Sodom und Gomorrha im *Mittelsteiner Anzeiger!*"

Enze fiel aus allen Wolken. Unter dem Aufmacher las er: „Wir wollen endlich reinen Tisch machen. Auch ein Verlagshaus steht in der Pflicht der Vergangenheitsbewältigung.

Klaus Enze suchte nach *Zwicknagel.* „Hier muss es gewesen sein", dachte der Schichtführer und las den ganzen Satz: „Bei einem Betriebsausflug der Belegschaft des Verlagshauses *Der Mittelsteiner Anzeiger* vor Jahren kam es bedauerlicherweise zu Übergriffen durch den Chefredakteur Zwicknagel, der seine Sekretärin Maria Ecker unsittlich berührte. Weil diese nicht abgeneigt war, verschwanden beide in eine dunkle Ecke. Jetzt konnten Wissenschaftler des Kulturamts nachweisen, dass der Ehemann der Sekretärin nicht der Vater der siebenjährigen Tochter ist, sondern Chefredakteur Zwicknagel. Ähnlich verhielt es sich beim Redakteur Hurtig, der nach einer Abendsitzung in den Räumen des Verlagshauses seine Sekretärin Gerlinde Bauer mit ihrem Einverständnis nahm. Ihren unehelichen Sohn schob sie damals ihrem Freund unter, der sie daraufhin heiratete." Enze stockte der Atem. Wollte sich der Anzeiger auf diese selbst zerfleischende Weise outen, oder war da etwas aus dem Ruder gelaufen? Sollte er Zwicknagel mitten in der Nacht anrufen? Er sollte nicht nur - es war seine Pflicht!

Schon als sich Enze am Telefon meldete, schrie eine Stimme in den Hörer, was ihm einfalle, zu nachtschlafender Zeit anzurufen. Enze blieb ruhig. „Herr Zwicknagel, entspricht es den Tatsachen, dass Sie vor Jahren mit Maria Ecker anbandelten?" - „Ja, ich weiß! Das geht mich nichts an!" - „Sie wollen mich der Indiskretion bezichtigen?" - „Das sollten Sie sich überlegen!" - „Ich will Ihnen nicht drohen, ich möchte Sie nur warnen!" - „Nein, ich will Sie nicht erpressen!" - „Was ich dann will? Ich möchte verhindern, dass diese Geschichte heute in unserem Anzeiger abgedruckt wird!" - „Wer sie in die Zeitung setzen will? Sie steht bereits darin – und zwar auf dem Titelblatt!" „Wer sie freigegeben hat? Vermutlich Sie selbst!" - „Ich lese vor: *Sodom und Gomorrha im Mittelsteiner Anzeiger!*

Unter dem Aufmacher steht: *Wir wollen endlich reinen Tisch machen. Auch ein Verlagshaus steht in der Pflicht der Vergangenheitsbewältigung. Bei einem Betriebsausflug der Belegschaft des Verlagshauses Der Mittelsteiner Anzeiger kam es vor Jahren bedauerlicherweise zu Übergriffen durch den Chefredakteur Zwicknagel, der seine Sekretärin Maria Ecker unsittlich berührte.* - „Anhalten? – Sofort? Jawohl!"

Es sollte der erste Samstag in der Geschichte des Verlagshauses *Der Mittelsteiner Anzeiger* sein, an dem keine Tageszeitung erscheint.

Nicht nur Zwicknagel und Hurtig stand der Angstschweiß auf der Stirn, als sie nachts in den Verlag geeilt waren um schwarz auf weiß zu lesen, was ihr Blatt beinahe veröffentlicht hätte. Nur der Aufmerksamkeit Enzes war geschuldet, dieses unsägliche Unglück zu verhindern.

Wie gern hätte Zwicknagel süffisante Bemerkungen über Hurtigs Verfehlungen und Hurtig über die des Chefredakteurs fallen lassen. Doch wer im Glashaus sitzt sollte nicht mit Steinen werfen.

Zwicknagel entschuldigte sich beim Schichtführer wegen seiner Ruppigkeit am Telefon. Er hätte sich denken können, dass ein Anruf um diese Zeit von Dringlichkeit zeuge. Der Gedanke, dass sich unerklärliche Dinge im Verlag abspielten, die ihn in den Ruin treiben könnten, bereitete Zwicknagel schlaflose Nächte. Zumal diese geheimnisvollen Mächte über ein Wissen verfügten, das bis in die Details ihrer Intimsphären reichte.

Sollten sie einen Mitarbeiter im Hause beschäftigen der Rache üben wollte?

Seit diesem Tag begegneten sich Angestellte wie Arbeiter mit Argwohn, ob nicht ihr Gegenüber der Missetäter war und zugleich Kenner seiner Intimsphäre.

Selbst bei ihrem nächsten Betriebsausflug beäugten sich die Kollegen, ob sich etwas zwischen ihnen und den Damen des Sekretariats anbahnte.

Im Nachhinein empfand die Belegschaft den Betriebsausflug fad - ohne Würze und reizlos.

Wie aber ging es weiter mit der Ahnenforschung der Kulturamtsbeauftragten?

Dr. Horn und Günter Beer steckte der Vorfall des Datenklaus noch in den Gliedern. Deshalb verließen sie den Pfad der detaillierten Nachforschungen. Sie richteten ihr Augenmerk auf Ähnlichkeiten im Gesamtbild der Proben, um so Gemeinsamkeiten mit denen in Mittelitalien aufzudecken. Doch so sehr sie sich auch abmühten, fanden sie keinerlei Übereinstimmungen in den besagten Merkmalen.

Beiden blieb ein Rätsel wie das Erbgut der Etrusker, getragen von den Eskitern, so sang und klanglos untergehen konnte.

Dem Gesundheitsamt konnten sie Entwarnung signalisieren. Fremdes Genmaterial habe die Proben verunreinigt und so zu Fehlinterpretationen geführt.

Horn hatte über das Kulturamt durchgesetzt, die gesamte Kultstätte unter Schutz zu stellen. Falls überhaupt, durften Ausgrabungen nur mit amtlicher Zustimmung durchgeführt werden.

Dr. Franz Horn ließ wenige Tage nach Abschluss ihrer Untersuchungen einen Aktenschredder im Hotelzimmer aufstellen und vernichtete alle namentlich aufgeführten Analysen.

Die Wesen konnten sich zufrieden zurücklehnen. Endlich hatten sie erreicht was ihnen am Herzen lag - ihren Lebensraum zu sichern und wieder Kontakt mit Bürgern zu pflegen, ohne dass sie vertrieben wurden oder man ihnen nachstellte. Notfalls konnten sie in der Kultstätte Zuflucht suchen, um deren besonderen Schutz zu genießen. Vor allem aber hatten sie der Stadt Mittelstein zu Wohlstand und Ansehen verholfen. Mehr hätten sie wohl kaum erreichen können.

Der Künstler in der Kultanlage

Gottfried Buchholz hatten die Wesen, wegen der Renovierung seiner Kate, in Buchstätt untergebracht. Es war die Kleinstadt am Rande des Mittelsteiner Waldes auf der gegenüberliegenden Seite von Mittelstein. Vom großen Trubel in den Städten um den Mittelsteiner Wald geweckte Neugierde, veranlasste Buchholz, der im Wald entdeckten Kultstätte einen Besuch abzustatten. Schilderungen von dort Zurückgekehrter, die von zwanzig steinernen Zeugnissen aus grauer Vorzeit schwärmten, hatten ihn hellhörig werden lassen. Ein außerordentlicher Glücksfall sei es gewesen, dass dieses Juwel von Kulturgut ans Licht der Öffentlichkeit befördert werden konnte. Dass die Steinquader die Zeit in verhältnismäßig gutem Zustand überdauert hatten, galt ohnehin als Wunder, trotz saurem Regen und hoher Schadstoffbelastung der Luft. Buchholz hatte beim Touristikverband ein Kombi-Ticket gelöst, das ihm die Hin- und Rückfahrt von Buchstätt aus, samt Zutritt zur Anlage erlaubte. Anfänglich gestaltete Mittelstein die Preise noch moderat, um Besucher für die Kultstätte zu gewinnen. „Endstation! Bitte alles aussteigen!" - „Kulturzentrum Mittelstein", tönte es an der Haltestelle aus dem Lautsprecher des Busses. Buchholz trat auf den Gehweg und versuchte sich zu orientieren. Die verlassene Baustelle für das Einkaufszentrum weckte den Anschein, die Stadt habe hier Großes vor. Im Augenblick aber bestand das Kulturzentrum Mittelstein aus einer Art Bürocontainer, in dem der Karten- und Broschürenverkauf stattfand, dessen Innenwände Fotos der schrittweise Freilegung der Anlage und einzelner Kultsteine zierten. Tafeln mit der Geschichte der Eskiter klärten, soweit bekannt, über Herkunft und Brauchtum des Volkes auf. Buchholz wies seine Eintrittskarte vor und fragte, ob er ohne Weiteres die Anlage betreten dürfe. Es wurde ihm mitgeteilt, dass die Kultstätte nur mit Führung betreten werden dürfe. Die Dame wies auf den Vorplatz und gab ihm zu verstehen, dass er dort warten möge, bis der Aufruf zur Führung ertöne, um darauf seine Eintrittskarte bereitzuhalten. Buchholz hoffte, der Führer der Kultanlage werde in den nächsten Minuten erscheinen. Schließlich war er gekommen, die Anlage ausgiebig zu besichtigen und der letzte Bus zurück nach Buchstätt ging um halb fünf.

Nach und nach versammelten sich Besucher auf dem Platz. Es war bereits elf Uhr dreißig. Ein älterer, hochgewachsener Herr mit Umhang, Regenschirm und Hut näherte sich der Gruppe und rief: „Die Herrschaften zur Führung durch die Kultstätte bitte zu mir!" Buchholz schloss sich der auf den Herrn zubewegenden Gruppe an, die den bald umringt hatte. „Mein Name ist Koop, Samuel Koop!", rief der Herr, „Ich werde Sie durch das historische Abenteuer dieser Kultstätte begleiten. Dabei erfahren Sie etwas über die mathematisch-geometrischen Kenntnisse des Volkes der Eskiter und seine Verbindung zu außergewöhnlichen Wesen! Wir werden eine Strecke von etwa sieben Kilometern Fußweg zurücklegen und gute drei Stunden unterwegs sein. Wer nicht gut zu Fuß ist sollte diesen Weg überdenken! Alle, die diesen Fußmarsch nicht scheuen, mögen mir bitte folgen!" Koop führte die Besucher auf einem Kiesweg mit nördlichem Verlauf in den Mittelsteiner Wald. „Allein der Weg zum Zutrittstein beträgt hin und zurück ein Drittel des Gesamtweges. Zukünftig werden Fahrzeuge für den Besuchertransfer eingesetzt, um die ohnehin weitläufige Begehung der Anlage zu verkürzen. In den Anfängen ist alles noch einfach gehalten, um die Resonanz in der Bevölkerung auszuloten", erklärte Koop auf dem Waldweg, während die Besucher durch herrliche Natur schritten, vom Gezwitscher der Vögel in Bäumen und Sträuchern begleitet. Koop hielt einen Moment inne und richtete sich an seine Gruppe: „Zur Erheiterung eine Anekdote der Irrungen und Wirrungen im menschlichen Alltag unserer Stadträte. Das alte Stadtwappen trug seit Jahrhunderten ein kreisrundes Emblem mit einem auf der Spitze stehenden Quadrat darin. Die vier Ecken bildeten verschieden farbene Flächen in Form von Dreiecken. Dieses Quadrat wiederum enthielt rechtwinklig umeinander versetzte Quadrate, ähnlich farbiger Gestalt. Jedes Dreieck trug ein oder zwei Buchstaben. Die Mitte bildete ein *H*. Niemand konnte erklären, was diese Figur bedeutete. Vermutlich war seine

Herkunft über die Jahrhunderte in Vergessenheit geraten. Im Rahmen der Modernisierung beschloss der Rat der Stadt, das Emblem aus dem Wappen zu verbannen. Lediglich die alten Wappen in der Stadtbibliothek und im Stadtmuseum blieben unangetastet. Und jetzt, meine Damen und Herren, kommt der Witz. Als die Kultstätte entdeckt worden war, fiel auf, dass sie dem Emblem sehr ähnelte. Nachforschungen ergaben, dass dieses Emblem seit der Entstehung des Wappens von der Kultstätte kündete, ohne dass jemand es geahnt hatte. Bei der Eröffnung präsentierte man das Emblem wirksam und aussagekräftig im Zentrum des neuen Wappens, um der bedeutenden Kultstätte auch im Stadtwappen Ausdruck zu verleihen. So ändern sich die Zeiten!" Unter den Besuchern brach Gelächter und Kopfschütteln über diese Posse aus.

Am Ende ihres, im Bogen verlaufenden Fußmarsches, öffnete sich der von Bäumen gesäumte Waldweg und mündete in einen gepflasterten Platz, in dessen Mitte ein übermannshoher, grauer Steinquader aufragte. Vor einer Schautafel reckte Koop seinen Arm in die Höhe, hielt an und wandte sich seinen Zuhörern zu. „Sie stehen hier vor dem Zutrittstein der Anlage", dabei wies er auf die Steinsäule inmitten der Pflasterung. Koop trat vor die Tafel, wies auf eine Stelle und erklärte: „Wir befinden uns hier an der Süd-Ost-Flanke der Kultstätte. Dieser Stein stand bei den Eskitern an der Spitze des dreieckigen Feldes, das in ihrer Welt dem Künftig-Vergänglichen gewidmet war. Es war der einzige Punkt, an dem die Kultanlage betreten werden durfte, weil auch die Lebenden ihres Stammes künftig vergänglich waren. Darauf, dass theoretisch auch andere Eskiter existieren konnten, komme ich später. Als die Anlage komplett erschlossen war, konnten die Beteiligten deren Abmessungen kaum fassen. Es war ein geometrisches Meisterwerk höchster Präzision. Den Abständen der Kultsteine lag nicht etwa ein übliches Maß der damaligen Zeit zugrunde, sondern wurde in Vielfachen der Kultsteinhöhe festgelegt. So entspricht der äußere Umfang der quadratischen Anlage exakt eintausend Kultsteinhöhen. Die Platzierung der Steinsäulen ist so exakt, als habe man sie mit modernster GPS-Technik gesetzt. Die Orientierung der Gesamtanlage weicht lediglich um null Komma ein Grad vom Längengrad der Erde ab." Den Besuchern war die Verwunderung anzusehen, die sich in Kopfnicken und Grimassen ihrer Gesichter widerspiegelte. Sichtlich vergnügt setzte Koop seine Erklärungen mit den Worten fort: „Die kuriosen Fakten kommen aber erst. Die Eskiter hatte sich der Demut und Bescheidenheit verschrieben. Monumentale Kultanlagen wie die Pyramiden der Ägypter oder die Heiligtümer der Maya oder Inka waren verpönt. Ein Kultstein durfte den Menschen nur wenig überragen, genau gesagt um höchstens eins durch Wurzel zwei, das sind circa siebzig Zentimeter. Ein gefertigter Steinquader hatte die präzise Länge von zweimal Wurzel aus zwei. Nach der kunstvollen Bearbeitung wurde der Stein so aufgestellt, dass drei Viertel aus dem Boden ragten. Damit erreichte seine Höhe über Boden gute zwei Meter, die ein Mensch der damaligen Zeit, anders als heute, nie erreichte. Die Eskiter kannten sicherlich kein Maß wie das des Meters. Legt man aber die Steinlänge als Maß der Anlage zugrunde, so beträgt ihr Durchmesser exakt eintausend Meter. Was sagen Sie nun meine Herrschaften!" Raunen ging durch die Reihen. Köpfe wurden zusammengesteckt und Getuschel war zu vernehmen. „Wie war das möglich?", fragte der Herr im grauen Anzug, den Koop von Besuchen in der Bibliothek kannte. „Nun", antwortete Koop, „des Rätsels Lösung liegt in der Abmessung der Kultsteine selbst. Bei einem Umfang von eintausend Steinen misst die Diagonale der Anlage eintausend Meter." „Bitte lassen Sie uns jetzt den Zutrittstein betrachten. Schließlich besteht die Führung nicht ausschließlich aus theoretischer Abhandlung!", rief Koop, dabei nahm er an einer Seite des Kultsteins Aufstellung, wies auf eine Stelle und fragte: „Hat jemand von Ihnen eine Idee, was das umkreiste M mit der Vier unter dem Strich bedeuten könnte?" „Es könnte für ein Viertel von etwas stehen", antwortete ein junger Mann. „Sehr gut! Nur was könnte dieses Etwas sein?", fragte Koop. Die Besucher reagierten mit Achselzucken. „Ich will Sie nicht auf die Folter spannen. Das Zeichen über dem Bruchstrich bedeutet eintausend Mal die Kreiszahl, wobei das M für Mille steht, der römischen Zahl für Tausend. Teilt man diesen Wert durch vier, erhält man in etwa die Zahl 785,398. Was könnte diese Zahl aussagen?", fragte Koop in die Reihen, die seine Zuhörer mit Kopfschütteln beantworteten. „Ich will das Geheimnis lüften. Die Zahl benennt exakt die Weihe der Anlage. Die 785 gibt das Jahr an. Die 398 nach dem Komma geben Tag des Jahres sowie Stunde, Minute und Sekunde des Tages an. Ob wirklich Minute und Sekunde daraus hervorgehen, muss wohl bezweifelt werden, denn Zeitmesser dieser Epoche wie Sonnen-, Wasser- oder Kerzenuhren gingen wohl nicht allzu genau. Jedenfalls ergibt die Rechnung das Datum Mittwoch, 25. Mai 785, um 7 Uhr 54. Das heißt, die Anlage besteht seit 1225 Jahren. Somit wurde am fünfundzwanzigsten Mai dieses Jahres die Zwölfhundertfünfundzwanzig-Jahrfeier abgehalten. Waren diese Eskiter nicht Meister ihrer Zeit?", schloss Koop. „Kommen wir jetzt zur Orientierung der Kultstätte. Um die Steinquader an der richtigen Stelle aufstellen und ausrichten zu können, waren Markierungen an den Steinen notwendig. Bitte betrachten Sie diesen Stein genau und sagen Sie mir, ob Sie derartige Zeichen darauf erkennen können", bat Koop die Besucher. Gottfried Buchholz, der sich dem Zutrittstein auf Sichtweite genähert hatte, war wie vom Donner gerührt. Auf dem Stein erkannte er Zeichen, die ihm sehr vertraut vorkamen. „Das ist doch der dritte Stein von rechts auf meinem Hof", dachte er. Ihm wurde schwindelig, dann schwarz vor Augen. Er musste sich am Stein abstützen, um nicht zu wanken. „Potz Blitz!", dachte Buchholz, „der Künstlerverein traut sich aber etwas. Will der sich einen Scherz mit der Stadt erlauben und die hohen Herren des Stadtrats an der Nase herumführen?" „Ich bitte die Steine nicht zu berühren!", rief Koop, der den Besucher am Stein lehnen sah. Buchholz öffnete seine Augen, zog die Hand zurück und dachte: „Wenn du wüsstest. Ohne mein Handanlegen hätte es diese Anlage nie gegeben." In seiner Empörung war Buchholz nahe daran, die ganze Sache auffliegen zu lassen. Doch dann hätte er seine Schweigepflicht verletzt und könnte die Renovierung seiner Kate abschreiben. Allein der Gedanke an die Zugluft, den der Wind bei Frost und Schnee durch die Ritzen seiner Wohnstube presste, ließ ihn frösteln.

Koop ging es ähnlich. Hier an der frischen Luft blühte er fühlbar auf. Beim Gedanken, jemals in die staubige Stadtbücherei zurückkehren zu müssen, ließ ihn schaudern. Ewald Peters, der vor einem Monat seine Nachfolge angetreten hatte, sollte sich erst einmal einige Jahre in der Stadtbibliothek bewähren, bevor er ihn als Leiter der Kultstätte ablöste.

Wie konnte Gottfried Buchholz ahnen, dass Koop die wahren Quellen seines Wissens verbarg, um sein Ansehen nicht zu schädigen, sonst hätte er Koop in seiner Aufgebrachtheit wohl angesprochen.

Eine adrett gekleidete Dame hatte Buchholz beobachtet, die ihn in diesem Augenblick ansprach: „Die Anlage hat Sie wohl überwältigt?" „Das kann man mit Fug und Recht behaupten. Es handelt sich um außerordentlich präzise gefertigte Kunst!", antwortete Buchholz. „Sie scheinen vom Fach zu sein – Kunsthistoriker, oder?", vermutete die Dame. „Steinmetz!", korrigierte er kurz angebunden, den der Anblick des Steins tief bewegte. „Ein Mann vom Fach! Wusste ich es doch! Haben Sie je zuvor vergleichbare Arbeiten zu Gesicht bekommen?", fragte die Dame. Gottfried Buchholz war versucht, die Frage mit „Vor wenigen Wochen, nur wesentlich besser erhalten!" zu parieren. Doch besann er sich und antwortete: „Derart präzise Arbeiten rufen in mir Bewunderung hervor. Es handelt sich um ein filigranes Kunstwerk besonderer Art", erwiderte Buchholz, dabei schwoll ihm die Brust vor Stolz über seine Handwerkskünste. „Es gibt noch weitere neunzehn Kultsteine dieses hoch entwickelten Volkes zu bewundern", fuhr die Dame begeistert fort. „Ich bin gespannt!", heuchelte Buchholz.

„Vermutlich konnte keiner von Ihnen einen Hinweis zur Ausrichtung der Steine finden! Wer von Ihnen hat eine Idee?", rief Koop in die Menge. Jetzt war der Moment für Buchholz gekommen, ihren Führer durch die Anlage in Verlegenheit zu bringen. „Die Markierung befindet sich auf der Stirnseite oben!", rief Gottfried Buchholz. „Sehr gute Idee! Wie, denken Sie, könnte diese Orientierungshilfe aufgebaut sein?", antwortete Koop. „Nun, wenn ich recht überlege, müssten Richtung und Entfernung zum nächsten Stein angegeben sein", erwiderte der Steinmetz. „Ausgezeichnet. Haben Sie schon einmal an einer der Führungen teilgenommen?", fragte Koop verunsichert. „Nein. Diese Anlage besuche ich zum ersten Mal", beantwortete Buchholz wahrheitsgemäß Koops Frage. „Was sagt Ihnen ihr Scharfsinn, welcher Gestalt diese Orientierung auf dem Stein sein könnte?", fragte Koop. Buchholz trat noch näher an den Stein heran. Während er ihn umrundete, schweifte sein Blick an den Quaderflächen auf und ab. Zum Ausgangspunkt zurückgekehrt sah er zu Koop hinüber und antwortete: „Vermutlich wird ein rechter Winkel die Richtung des nächsten Steins angeben, an dessen Schenkel die Hauptachsen der Anlage, und im Winkel Entfernung und Ziel vermerkt sind", antwortete Buchholz, gespannt auf die Reaktion Koops. „Donnerwetter! Und Sie waren noch nie in der Anlage?", entgegnete Koop überrascht. „Ehrenwort!", rief Buchholz. „Wenn Sie jetzt noch genau sagen können, welche Zeichen die Stirnseite trägt, erhalten Sie von mir eine Freikarte für die Kultstätte!", rief Koop in der Hoffnung sein Versprechen nicht einhalten zu müssen. Buchholz dachte einen Moment nach, wie er am überzeugendsten glaubhaft machen könne, dass nur präzise Beobachtungen zu seinem Schluss führten. „Auf der Schautafel vorhin waren die Kultsteine beschriftet. Hier am Zutrittstein müsste am linken Schenkel ein S, am rechten ein E vermerkt sein. Innerhalb der Schenkel sollte das S mit der Zahl der Steinlängen stehen. Ein Achtel des Umfangs macht Einhundertfünfundzwanzig", erklärte Buchholz scheinheilig. Koop blieb der Mund offenstehen. Die Besucher warteten gespannt auf sein Urteil. Es vergingen Augenblicke bis er endlich antwortete: „Exakt! Ihr logischer Schluss ist beeindruckend! Das S steht für Sonne, das E für Einst. Es handelt sich um Angaben der südlichen und östlichen Spitze der Anlage!" Die Besucher spendeten Buchholz Beifall der ihn in Verlegenheit brachte. Auf ihrem Weg von einer Steinsäule zur Nächsten erklärte Koop Sinn und Hintergrund der Inschriften. „An diesem Stein soll, wie angekündigt, erklärt werden, dass auch andersartige Eskiter existiert haben könnten. Im Zentrum der Kultstätte stand der Himmelsstein, auf den Kultsteinen auch Mittel- oder Zentralstein genannt. Diese Säule bestand aus Meteoritengestein. In der Vorstellungswelt der Eskiter wohnte in ihm die

Eigenschaft, Menschen bei Berührung Unsterblichkeit zu verleihen. Weil aber dieser Volksstamm Demut und Bescheidenheit als höchstes Gut erachtete, durfte niemand wagen ihn zu berühren. Einen Regelverstoß ahndeten die Eskiter mit Verbannung und Vernichtung. Hatte ein Stammesmitglied diesen pechschwarzen Stein im wahrsten Sinne des Wortes *angetastet*, wurde es, weil nicht mehr sterblich, an diesem Verbannstein aus der Anlage verstoßen. Dieser Kultstein stand an der Spitze des Dreiecks zur Verehrung des Einst Ewigen. Das bedeutete, dass der Ausgestoßene ewig überdauern würde, zugleich aber dem Einstigen angehörte, weil er der Vernichtung zugeführt wurde." „Können Sie erklären wie man Unsterbliche vernichtet?", fragte eine junge Dame. Koop schmunzelte und erklärte: „Sehr wohl! Die Eskiter bedienten sich einer besonderen Methode. Sie banden den Geächteten und warfen ihn wilden Tieren vor. Die rissen ihn vermutlich in tausend Stücke und verstreuten ihn so in alle Himmelsrichtungen. Wer will sich in diesem Zustand als Einheit wieder zusammenfinden!" „In meinen Augen ein grausames Schicksal", urteilte Buchholz angewidert in halblautem Ton. „Wie würden Sie reagieren, wenn Individuen an den Grundfesten ihrer Gesellschaft rüttelten, das ihr gesamtes Gefüge zum Einsturz bringen könnte?", fragte die Dame neben ihm. „Wenn es nun einen Menschen in einer schwachen Stunde überkam, muss man doch Nachsicht üben und Gnade vor Recht ergehen lassen", erklärte Buchholz. „Menschen, die zu dieser Art Schwäche neigten, hatten in der Kultstätte nichts verloren. Nur Auserwählte durften diese Stätte betreten. Wenn der Neigung zur Unsterblichkeit nicht mit Härte begegnet worden wäre, hätten bald Unsterbliche das Volk dominiert und sicher auch beherrscht. Unsterbliche aber setzen völlig andere Maßstäbe für die Entwicklung eines Volkes. Sie brauchen keinen Untergang zu fürchten und würden in Kürze die Welt beherrschen und unterdrücken. Kinder wären für den Fortbestand in dieser Gesellschaft nicht erforderlich. Weil aber trotzdem Kinder gezeugt würden, hätte die Zahl der zu stopfenden Mäuler überhandgenommen oder zur Abschlachtung sterblicher Stammesmitglieder geführt, um die Versorgung mit Nahrungsmitteln sicherstellen zu können!", erklärte die Dame. „Sie zeichnen ein düsteres Bild. Doch muss ich Ihnen zustimmen. Es waren wohl kargere Zeiten als heute, in denen ums Überleben gekämpft wurde und nur strenge Regeln ein Auskommen garantierten", musste Buchholz zugeben.

Sofern es die Führung zuließ, begutachtete Buchholz auf dem Weg zum Zentrum jeden Stein mit Argusaugen, ob er Veränderungen erfahren hatte.

Koop wandte sich wieder an seine Zuhörer: „Meine Damen und Herren! Ab hier beginnen die Verehrungssteine für die sogenannten Wesen. Sie sehen hier den Kultstein zur Verehrung der Kobolde!" Raunen ging durch die Menge und Stirnrunzeln zeichnete ihre Gesichter. „Im Gegensatz zu den vorhergehenden Kultsteinen bestehen die Inschriften der Verehrungssteine für Wesen aus Schriftzeichen der Wesen die verehrt wurden. Die Flächen dieses Steins tragen die Speichenschrift der Kobolde. Auf dieser Seite lautet die Inschrift *Ehre den Kobolden auf ewig.* Auf der angrenzenden Seite ist zu lesen *Demut gemahnet der Weg zum Mittelstein.* Die Tatsache, dass Inschriften bestimmter Seiten der Quader stets gleich lauteten, befähigte die Historiker, die fremdartigen Schriftzeichen der Wesen zu entziffern. Kobolde standen in der Hierarchie der Wesen an unterster Stelle. Deshalb folgte einem Stein in den unteren Rängen nicht der eines weiteren Wesens, sondern ein allgemeiner Verehrungsstein. In diesem Fall der Tagstein, an dem das lebensspendende Licht verehrt wurde, zu dem wir uns jetzt begeben werden!", schloss Samuel Koop hier seine Ausführungen. Am Verehrungsstein für die Hexen gesellte sich die adrett gekleidete Dame wieder zu Gottfried Buchholz. Trotz Verbots legte sie die Hand an den Stein mit den Worten: „Eine Frau muss doch wissen was sie fühlt, wenn sie diesen Kultstein berührt." Für Sekundenbruchteile sah Buchholz statt der Dame die Alte aus dem Wald vor Augen. Einen Moment lang stutzte er, während seine Gesichtszüge erstarrten, wobei sein Mund offenstand. Die Dame, die ihn aufmerksam musterte, hatte diesen Augenblick seiner Verwirrung erkannt und fragte: „Ist Ihnen nicht gut?" Dabei wäre ihr beinahe das vertraute *Gottfried* entschlüpft. „Danke der Nachfrage. Nur ein kurzes Nachsinnen auf etwas", antwortete Buchholz. Eilig folgte er der Besuchergruppe, die sich bereits entfernt hatte. Erst am Verehrungsstein für die Zauberer hatte die Dame Buchholz strammen Schritts eingeholt. „Wir kommen hier zum letzten der Kultsteine, dem der Zauberer. Sie werden vergeblich nach ihren Schriftzeichen suchen. Und doch enthält er vergleichbare Botschaften wie die vorhergehenden Steinquader!", rief Koop schelmisch. Seine Zuhörer konnten nicht glauben, was Koop geäußert hatte. Ein Herr rief ungläubig: „Das lässt sich leicht behaupten. Worin sollen denn diese Zeichen bestehen?" Koops Antwort fiel wie folgt aus: „Genau diese Zweifel plagten auch die Historiker, deshalb stellte sich ihnen die Frage: Wenn alle Steine ausnahmslos Inschriften trugen, und auf ihm das Zeichen der Weihe sichtbar dargestellt war, weshalb sollten ausgerechnet auf dem wichtigsten Kultstein vor dem Zentrum, dem Verehrungsstein für die mächtigen Zauberer, Botschaften fehlen? Der Kulturreferent Dr. Horn hatte im Steingefüge Unregelmäßigkeiten entdeckt. Seine glorreiche Idee führte letztlich zur Lösung des Rätsels, oder besser gesagt zur Sichtbarmachung der Schriftzeichen. Er ließ den Stein in die radiologische Abteilung des Mittelsteiner Krankenhauses bringen, wo ihn der Chefarzt der Radiologie, Dr. Krause, der Röntgenstrahlung aussetzte und das Ergebnis auf Fotoplatten festhielt. Und siehe da, im Stein wurden Schriftzeichen sichtbar, die der Speichenschrift der Kobolde ähnelte, nur wesentlich feiner gegliedert. Die Erklärung aber, wie die Zeichen in den Stein kamen, blieb die Wissenschaft bis heute schuldig." Wie gebannt wanderten die Blicke der Zuhörer über die glatten Flächen des Quaders vor ihnen, um vielleicht doch Spuren von Schriftzeichen zu erkennen. Gespannt darauf, was logisch jetzt folgen musste, fragte Gottfried Buchholz: „Wenn die Anlage um das Zentrum errichtet wurde, wo ist dann der Zentralstein?" Koop antwortete prompt: „Stellen Sie sich den Andrang auf den sogenannten Himmelsstein der Unsterblichkeit vor, existierte er noch heute. Die gesamte Anlage müsste zur uneinnehmbaren Festung ausgebaut werden. Busse karrten täglich Tausende von Besuchern hierher. Es würden sich erschütternde Szenarien abspielen, in denen jeder versuchte, sich als Erster zum Stein durchzukämpfen. Die Eintrittspreise stiegen ins Uferlose. Nur den Zahlungskräftigsten könnte noch Einlass gewährt werden. Das einfache Volk dagegen bekäme diese bedeutende Kultstätte nie zu Gesicht. Ein bedrückender Gedanke. Wir können uns glücklich schätzen, dass der Stein im Zentrum von den Eskitern an einen sicheren Ort gebracht wurde, den niemand mehr kennt. Und würde er gefunden, brächte ihn niemand mit Unsterblichkeit in Verbindung. Insofern hat es das Schicksal gut mit uns gemeint. Sofern es keine Fragen mehr gibt, würde ich jetzt gern den Rückweg antreten!" „Ich habe noch eine Frage!", rief Buchholz. „Ja bitte!", bat Koop.

„Können Sie mir sagen wie spät es ist?", fragte Buchholz, „ich muss nämlich meinen Bus noch erwischen!". Seine Bemerkung löste Erheiterung in der Gruppe aus, hatten die Besucher doch eine Frage zur Kultstätte erwartet. „Halb drei!", rief Koop, worauf Buchholz: „Danke! Dann werde ich meinen Bus bequem erreichen!" antwortete.

Als die adrett gekleidete Dame am Ausgang der Anlage Koop für die ausführliche Führung lobte und sich verabschiedete, stieg ihm dieser vertraute exotische Duft in die Nase. Er überlegte krampfhaft, woher er diese Duftnote kannte. Doch als es ihm einfiel, war die Dame seinen Augen entwischt, der er gern noch einige Fragen gestellt hätte.

Gottfrieds alte Kate

Die Wesen konnten sich glücklich darüber schätzen, dass die Kate von Gottfried Buchholz abgeschieden von der Außenwelt lag. So konnten sie bei ihren Arbeiten nach Herzenslust schalten und walten. Die Nähe zum Waldrand ermöglichte ihnen Balken, und waren sie noch so mächtig, oder Stapel von Schindeln unbeobachtet in den Hof zu befördern. Einen Baukran brauchten sie nicht. Selbst den Dachstuhl konnten Riesen bequem anheben. Barbara hatte Gottfried Buchholz gewarnt, seiner Kate solange keinen Besuch abzustatten, bis er von ihr dazu aufgefordert wurde. Er kenne ja die Geschichte mit den Kölner Heinzelmännchen. Er könne sich doch vorstellen, welches Arbeitspensum geleistet werden müsse, die teilweise marode Kate auf Vordermann zu bringen. Putz müsse abgeschlagen und neu aufgetragen werden, der Dachstuhl gehöre erneuert. All das bedürfe Wochen, um die Behausung wieder bewohnbar zu gestalten. Er solle sich in Buchstätt häuslich einrichten und es sich dort gemütlich machen, damit ihm die Zeit nicht lang werde. Gottfried Buchholz war gewillt, sich in Geduld zu üben. Doch die Neugier, die mit fortschreitender Zeit in ihm erwuchs, ließ ihn diese Tugend vergessen. „Was konnte es schon schaden, wenn er sich unbemerkt in die Nähe seiner Kate schlich und einen verhohlenen Blick riskierte. Solange ihn niemand dabei beobachtete, konnten seine Blicke wohl kaum Einfluss auf die empfindsamen Wesen ausüben", dachte Buchholz. Er nahm all seinen Mut zusammen und brach von seiner Wohnung aus in Richtung Waldrand auf, immer der Buchstätter Landstraße folgend. Diese herrliche Allee verband in großem Bogen um den Mittelsteiner Wald Buchstätt mit Mittelstein. An der alten Hirschkopflinde mit der Bank darunter, genoss er für wenige Minuten den Blick in das Land mit seinen Wiesen, Bächen, Hainen, Seen und Kirchtürmen, bevor er in den Wiesen-Saumweg Richtung Wald einbog. Der Saumweg führte zu Anfang zwischen Acker und Weideland, um sich dann dicht an den Waldrand zu schmiegen, in dessen Unterholz Brombeer- und Himbeerranken Blüten trugen.

Allmählich kam die Hecke in Sicht, die Blicke Neugieriger von seinem Grundstück fernhielt. Buchholz hatte Mühe, die Zweige zur Seite zu drücken, um ein Auge auf die Einsiedelei werfen zu können. Kraftvoll, beide Hände zu Hilfe nehmend, zog er die dichte Hecke auseinander und schob sein Gesicht vor die frei gewordene Lücke. Sein Blick schweifte über das Grundstück, erst von rechts nach links, dann von links nach rechts, weil er glaubte übersehen zu haben, was er suchte. Gottfrieds Gesicht zog bleich ab. Vor ihm lag ein leeres Grundstück. Seine geliebte Kate war wie vom Erdboden verschluckt. Nichts deutete darauf hin, dass hier einst das Wohnhaus seiner Großmutter gestanden hatte, in der er die letzten zehn Jahre seines Lebens verbrachte. Seine gutherzige Oma würde sich im Grabe umdrehen, wenn sie das mit ansehen müsste. Buchholz war wie vor den Kopf gestoßen. Er war der Verzweiflung nahe. Sollte ihm Barbara so übel mitgespielt haben? Wie konnte jemand ein so falsches Spiel treiben, ihm seinen wohlverdienten Lohn vorzuenthalten und mehr noch. Die Erfüllung seines Auftrags hatte ihn all sein Hab und Gut gekostet und in die Obdachlosigkeit geführt, statt ihm ein ruhiges Leben zu bescheren. Gottfried Buchholz verfluchte die Alte. Sie hatte ihm Honig um den Bart geschmiert den sie selbst abschleckte. Seine Wut steigerte sich ins Unermessliche. Wehe es trat ihm diese Alte unter die Augen. Er würde sich vergessen und sonst etwas mit ihr anstellen. Gottfried Buchholz sann auf Rache. Doch Barbara, sein Hasssubjekt, war entrückt. Weit und breit war niemand auszumachen. Buchholz verspürte Hunger. Stur an diesem Ort zu verharren machte keinen Sinn. Also trollte er sich und trat den Rückweg nach Buchstätt an, wo er im Gasthof *Zum Wilden Eber* einkehrte, in dem er mittags zu speisen pflegte. Mit Bier und Braten spülte er seinen Kummer hinunter. Dabei überlegte er, wie er Barbara ausfindig machen konnte um sie zur Rede zu stellen. Zwei Wochen waren verstrichen ohne dass ihm ein Lebenszeichen von Barbara untergekommen war. Buchholz fasste den Entschluss, sich am kommenden Tag im Mittelsteiner Wald auf die Suche nach Barbara zu machen. Stets hatte sie sich vom Wald aus bei ihm eingefunden. Also musste ihre Bleibe im oder nahe dem Wald gelegen sein. Doch so sehr er auch nach ihr Ausschau hielt, war sein Mühen doch vergeblich. Entmutigt und enttäuscht zugleich kehrte er eines Tages auf dem Finsterweg gen Buchstätt zurück, vorbei an der Thing-Eiche, an der ein Weg abzweigte der unweit auf den Wiesen-Saumweg traf. Buchholz überlegte, ob er damals nicht doch die Kate übersehen hatte, weil er so erpicht darauf gewesen war sich am Fortschritt der Arbeiten zu erfreuen. Er wandte sich nach rechts, folgte dem Weg bis zum Wiesenrand und nahm dort den Saumweg bis in die Nähe der Schutzhecke. Doch dieses Mal wollte er nicht wie ein Dieb durch eine Lücke spähen. Er stapfte durch die Wiese bis zum Weg, der von der Landstraße zur Einsiedelei führte. Ab hier nahm er den offiziellen Weg zu seinem Grundstück und war bald an der Engstelle zwischen Kate und Holzschuppen angelangt, nur, dass hier weder Kate noch Holzschuppen stand. Stattdessen hatte hier ein Wohlhabender sein Haus mit großem Wintergarten davor und Fotovoltaik darauf gebaut. Unfassbar! Barbara hatte sein Grundstück einem Bonzen versprochen, damit der in aller Abgeschiedenheit seinen Lebensabend genießen konnte. Soviel Falschheit und Unverfrorenheit hätte er diesem verruchten alten Weib nicht zugetraut. Dass ihn seine Menschenkenntnis so getäuscht hatte, konnte Buchholz nicht begreifen. Doch das Grundstück gehörte immer noch ihm. Es war zwar auf den Namen seiner Großmutter im Grundbuch eingetragen, doch mit dem Erbschein war er der rechtmäßige Eigentümer. Gleich morgen würde Gottfried Buchholz zum Gericht gehen und den Sachverhalt ein für alle Mal klären lassen. „Wollen doch mal sehen, was die Herrschaften im Haus zu ihrer Entschuldigung vorzubringen haben. Ein geschickter Schachzug wäre es, den Namen von der Klingel abzulesen, damit ich weiß wen ich vor Gericht angehe und wem ich überhaupt gegenüberstehe", dachte Buchholz. Er schlich leise zur Tür, duckte sich und schob seinen Kopf zum Namensschild unter der Klingel vor. Ohne Brille, im Licht der Abenddämmerung, konnte er die Schrift nicht entziffern. Der Bewegungsmelder musste wohl seine Annäherung registriert haben. Denn plötzlich schaltete sich die Außenbeleuchtung ein. Buchholz wendete sich ab um davonzuschleichen, als sich die Tür öffnete und ein Herr im grauen Anzug fragte: „Bitte, was kann ich für Sie tun?" Buchholz stand wie erstarrt. Ein Gedanke fuhr ihm durch den Kopf. Er drehte sich zu dem Herrn um und fragte: „Ich konnte den Namen auf dem Schild nicht lesen. Ich suche jemanden. Können Sie mir sagen wer in diesem Hause wohnt?" „In diesem Haus wohnt ein Herr Buchholz, das heißt er wohnt nicht hier, doch ihm gehört das Haus!", rief der Herr, der wohl der Diener dieses Herrn – wie hatte er ihn genannt – Buchholz – sein musste. „Sagten Sie Buchholz?", fragte Gottfried verdutzt. „Ja, Buchholz, Gottfried Buchholz", antwortete der Herr. „Meinen Sie etwa den Steinmetz Buchholz?", fragte Gottfried. „Genau den. Kennen Sie ihn?", fragte der vermeintliche Diener. „Und ob!", rief Buchholz, „ich bin Gottfried Buchholz!" „Dem Himmel sei Dank! Sie werden bereits erwartet! So treten Sie doch ein!", forderte der Mann Gottfried auf. So recht überzeugt war Buchholz vom Wahrheitsgehalt der soeben ausgesprochenen Einladung nicht. Alles kam ihm so merkwürdig vor. Vielleicht war es eine Falle um ihn zu beseitigen, damit über das Grundstück frei verfügt werden konnte. Andererseits, weshalb sollte ein Fremder ausgerechnet seinen Namen nennen. Buchholz näherte sich der Eingangstür und folgte dem Herrn in den geheizten Flur des Hauses. Der Herr nahm ihm den Mantel ab, hängte ihn an die Garderobe und führte ihn zu einer Tür. „Bitte treten Sie ein", bat ihn der Herr und öffnete Gottfried Buchholz die Tür. Im selben Moment sprangen Sprühsterne im Zimmer bis an die Decke, die den Raum ausleuchteten und knisternd zerplatzten. Für Momente sah er eine gedeckte Tafel mit Gläsern, Geschirr und Bestecken. Rote, blaue und grüne Lichter flammten vom Tisch auf, denen bunte Rauchfahnen entstiegen. Mit einem Schlag tauchten Scheinwerfer den Raum in weißes Licht. Er sah Gäste am Tisch, die er zuvor nie zu Gesicht bekommen hatte. Barbara war aufgestanden und hob die Hände. Auf ihr Zeichen stimmten die am Tisch stehenden in einen mehrstimmigen, fremdartig klingenden Gesang ein, der wie aus einer anderen Welt zu stammen schien. Als die Stimmen verklungen waren, ging Barbara auf Buchholz zu, reichte ihm die Hand und sagte: „Herzlichen Glückwunsch und willkommen im neuen Heim, lieber Gottfried!" Gottfried Buchholz verschlug es die Sprache. Nach langer Pause stammelte er unter Tränen: „Mir fehlen die Worte." „Du hättest auf mich hören sollen. Statt abzuwarten bis du gerufen wirst, wie wir es vereinbarten - musstest du ja unbedingt deiner Neugier nachgeben. Erst durch die Hecke blinzeln, dann überall im Wald herumkrauchen. Du hättest dir viel Mühe und Kummer erspart", sagte Barbara. „Du wusstest davon? Wie hast du das spitzgekriegt?", war Buchholz bass erstaunt. „Schau dich doch um. An diesem Tisch sitzen lauter Spezialisten. Zusammen entgeht ihnen nichts. Aber jetzt setz dich doch, wir sind schon hungrig. Wir hatten schon eher mit dir gerechnet." Mit diesen Worten wies Barbara ihm den Ehrenplatz zu. Erst jetzt wurde Gottfried Buchholz das illustre Völkchen am Tisch gewahr. Ungläubig schaute er in die Runde. „Ach ja", sprach ihn Barbara an, „darf ich vorstellen – zur Linken die Wichtel Melter Obbs und Erbol Tolb. Auf den beiden Plätzen daneben siehst du Ergolt und Gromba, beide verdiente Zwerge. Am Ende des Tisches dort haben die Elfen Britt und Fila Platz genommen. Auf der gegenüberliegenden Seite die Feen Anush und Inpal, denen die Kobolde Mantok und Bokosch Gesellschaft leisten. Unsere gegenüber sind Xalu und Almund, zwei Hexen der besonderen Art. Baldur, an diesem Ende des Tisches, kennst du ja bereits. Ich bin erleichtert darüber, dass sich nicht weitere Riesen eingefunden haben, sonst wäre es hübsch eng geworden", schloss Barbara die Vorstellungsrunde. Gottfried wandte sich Barbara zu: „Entschuldige, wenn ich das sage, aber die Kobolde scheinen wohl noch nicht eingetroffen zu sein." „Es sind Kobolde, lieber Gottfried, die sind für menschliche Wesen unsichtbar", antwortete Barbara. „Und der Herr im grauen Anzug sagtest du, sei eine Hexe?", fragte Buchholz staunend. „Warum nicht? Wir Hexen verstehen uns auf Verwandlung. Das ist eines unserer Kerngeschäfte", antwortete Barbara mit einem Lächeln. Gottfried schwieg eine Weile. Doch die Frage ließ ihm keine Ruhe: „Beim Scherz der

Studenten komme ich ja noch mit, wenngleich er der Stadt gegenüber ziemlich grob ausfällt. Doch dass all die Wesen, die ich auf den Steinen verewigte, wirklich existieren, geht nicht in meinen Kopf."
„Der Scherz mit den Kultsteinen war kein Scherz. Die Kultanlage ist unsere Lebensversicherung, die du mit deiner Hände Arbeit und deiner Kunstfertigkeit geschaffen hast. Dafür sind wir dir dein Leben lang zu Dank verpflichtet. Ohne dich hätten wir das Feld räumen müssen. Wo hätten wir noch unterkommen können. Alte Wälder werden unwiederbringlich abgeholzt. Unsere Lebensräume werden täglich dezimiert. *Alte Bäume soll man nicht verpflanzen* lautet ein Sprichwort der Menschen. Das gilt erst recht für Wesen, die seit Jahrhunderten im Mittelsteiner Wald leben. Der Bau des Einkaufszentrums hätte unsere Existenz bedroht. Ist erst das Besucherzentrum der Kultstätte fertiggestellt, wirft die Kultanlage mehr Einnahmen ab als jedes noch so große Einkaufszentrum. Der gesamte Gewinn fließt in die Stadtkasse und es werden Arbeitsplätze in der Stadt geschaffen, weil die Besucher auch die gut erhaltene Altstadt besichtigen und dort essen und trinken werden. Ob die Kultstätte authentisch ist, interessiert doch zunächst nicht. Und sollte die UNESCO eines Tages den Antrag auf unwiederbringliches Kulturgut auf den Tisch bekommen, wird man in einer Expertise feststellen, dass die Kultsteine Jahrhunderte auf dem Buckel haben. Darauf, mein lieber Gottfried, haben wir natürlich unser Augenmerk gerichtet. Das ist unser Metier", erklärte Barbara. „Und du, Barbara, zu welcher Gattung der Wesen muss man dich zählen?", fragte Gottfried. Einen Wimpernschlag lang ließ Barbara ihre menschliche Maske fallen. Buchholz sprang wie vom Blitz getroffen vom Stuhl und wich zurück. „Alles halb so schlimm! Was kann ich dafür, dass ich so auf die Welt kam, Gottfried!", rief Babal, die ihre menschliche Gestalt der Barbara wieder angenommen hatte.
Das Fest ging bis in die Nacht. Als Gottfried am anderen Morgen aufwachte, war alles blitzblank. Die Stühle am Tisch standen in Reih und Glied, kein Krümel oder Fleck war zu sehen. Geschirr und Besteck fanden sich gereinigt und geordnet in den Schränken wieder. Von den Wesen keine Spur. Gottfried trat auf den Flur, von dem aus

der Kachelofen zum Beheizen des gesamten Hauses mit Holz be-schickt wurde. Er öffnete die Haustür, ging einige Schritte um das Haus herum und fand Brennholz, fein säuberlich gestapelt. Nach-dem er einige Scheite im Ofen angezündet hatte, nahm er sich ein Buch aus dem Regal, trat in den Wintergarten und begann zu lesen. Er konnte sich nicht erinnern, wann er das letzte Mal ein Buch gele-sen hatte.

Die Freilichtspiele

Die Einnahmen der Stadt Mittelstein übertrafen alle Erwartungen, seit das neue Besucherzentrum seinen Betrieb aufgenommen hatte. In Wort und Schrift wurde vermittelt, was über Eskiter und Wesen in Erfahrung gebracht werden konnte. Koop führte die Besucher mit Freuden durch die Anlage. Doch tagein tagaus die gleiche Litanei herunterzubeten und immer wieder dieselben Fragen zu beantworten machte selbst einem Gewohnheitsmenschen wie ihm zu schaffen.

Der Zufall wollte es, dass ihn eines Tages der Intendant eines Theaters ansprach. Am Ende einer Führung angelangt, gesellte sich zu Koop ein Herr, der mit ihm ins Gespräch kam. Die weitläufige Anlage inspiriere ihn geradezu zu einer Theaterinszenierung bei einsetzender Abenddämmerung mit bengalischen Lichtern und Fackelschein. Dabei habe er eine Prozession der Eskiter vor Augen, auf der Wesen in Erscheinung treten, die ihr Stamm verehrte, wie es sich vor gut einem Jahrtausend abgespielt haben könnte. Die eigentliche Attraktion aber bestehe darin, dass Schauspieler, als Wesen verkleidet, durch die Reihen der Zuschauer gingen und Getränke und Erfrischungen anböten. Für die Vorstellungen bilde ein Amphitheater im Süden die besten Voraussetzungen, das ausreichend Platz böte, vergleichbar der Arena in Verona. Aufführungen in lauen Sommernächten seien die Attraktion schlechthin. Die Festspiele wären bald in aller Munde, die Plätze auf Jahre hinaus ausgebucht, wodurch die Einnahmen auf einen langen Zeitraum sichergestellt seien. Letzteres Argument bestach vor allem den Stadtkämmerer, weshalb dem Projekt nichts mehr im Wege stand und Mittel dafür im Handumdrehen freigegeben wurden. Die Aufführungen stellten sich als Publikumsmagnet heraus. Mit farbigen Scheinwerfern und Nebelmaschinen wurden Stimmungen in Szene gesetzt, die Eindrücke des neunten Jahrhunderts glaubhaft vermittelten. Wenn darin Gestalten in langen weißen Gewändern in einer Prozession das Ritual längst vergangener Zeiten zelebrierten, denen hünenhafte wie zwergenwüchsige Gestalten von oben wohlwollend zuschauten, gewann das überwältigende Schauspiel die Herzen der Zuschauer, deren Applaus am Ende der Vorstellung nicht abreißen wollte. Wiederholt mussten Schauspieler und Gestalten von kolossalen Ausmaßen oder beflügelte feingliedrige Wesen sich dankend im Zentrum mit dem Himmelsstein verbeugen, bevor sich das Publikum überwand, den Heimweg anzutreten.

Tief saßen die Eindrücke auf ihrem Weg zu den Bussen oder Gasthäusern, wenn die Prozession am Eintrittstein ihren Lauf nahm oder einer der Ihren, der es gewagt hatte, durch das Berühren des Himmelssteins Unsterblichkeit zu erlangen, am Austrittstein verstoßen wurde, um gebunden wilden Tieren zum Fraß vorgeworfen zu werden. Gleichermaßen fand das Zeremoniell zur Verehrung der einzelnen Wesen großen Anklang.

Als von den Zuschauern eine Autogrammstunde der Mitwirkenden für das interessierte Publikum gefordert, und dieser stattgegeben wurde, trat bei der Verehrung der Akteure zunächst eine Wendung ein. Durch die unmittelbare Nähe zu den Darstellern der Wesen fragte sich so mancher Besucher, wo man diese so gar nicht der Norm Entsprechenden wohl gefunden haben mag und wo sie während der Spielzeit untergebracht sein mochten. Besonders den Riesen gegenüber zeigte man sich respektvoll und hielt meist größeren Abstand zu ihnen, wenn sie den Stift in ihren Pranken zum Autogramm schwangen. Nicht minder staunten sie, wenn auf einer Autogrammkarte der Schriftzug wie durch Zauberei erschien, während Kobolde ihr Autogramm gaben. Doch weil alle die Wesen Darstellenden freundlich mit den Besuchern umgingen und bereitwillig ihre Autogramme gaben, waren Skepsis und Befürchtungen des Publikums im Nu verflogen. Bald gehörten die Wesen zur Vorstellung wie alle anderen Darsteller auch. Unter den Mitwirkenden wurden Freundschaften geschlossen. Man lud sich gegenseitig zu Besuchen ein. Auch für die Bewohner Mittelsteins waren Wesen bald alltäglicher Umgang, die sich in der Stadt wie jeder Bürger frei bewegten. Man half einander, wo nötig. Riesen verrichteten Arbeiten, die ein Baufahrzeug erfordert hätte, Elfen machten sich auf die Suche, wenn alte Menschen oder Kinder vermisst wurden und Hexen bereiteten Medizin aus Heilkräutern, wenn ärztliche Kunst versagte. Zwerge halfen mit Krediten aus, wenn Familien in Not geraten waren, Kobolde gaben Schülern Nachhilfeunterricht. Wichtel wachten vor allem an der stillen Lake und dem Höllmoor darüber, dass niemand sich verirrte. Feen gaben Wünsche frei, wenn Menschen in arge Bedrängnis gerieten.

Dafür zeigten sich die Bürger Mittelsteins bei der Versorgung der Wesen behilflich, die fortan in Ladengeschäften als gleichwertige Kunden behandelt wurden. Die Menschen lernten wieder, die besonderen Fähigkeiten der Wesen neidlos anzuerkennen und zu schätzen.

Babal zeigte sich zufrieden. Beide Ziele, ihren Lebensraum zu erhalten und im Einklang mit den Menschen zu leben, waren erreicht. Die Wesen gaben im Mittelsteiner Wald ein großes Fest, zu dem alle Bürger Mittelsteins eingeladen waren.

Seit gut einem Jahrtausend hatte es so etwas nicht mehr gegeben.

Der Himmelsstein

Vor der Aufrüstung der Kultstätte für die Aufführungen war Samuel Koop, als Leiter der Kultstätte beauftragt worden, das Heiligtum der Eskiter zu vervollkommnen. Der fehlende Himmelsstein sollte im Zentrum der Anlage errichtet werden. Koop bestellte bei Steinmetzmeister Winfried Hemmele einen glatt polierten Norit mit den Maßen, wie er im Anhang von *Walthers Enzyklopädie U – W* beschrieben wurde. Sein Profil unterschied sich nicht von dem der anderen Kultsteine. Lediglich seine Höhe sollte fünf, statt vier durch Wurzel aus zwei betragen.

Beim Ausheben des Fundaments stießen Bauarbeiter auf die Kante eines im Erdboden versunkenen Steins. Als Verantwortlicher im denkmalgeschützten Areal wird zunächst Samuel Koop verständigt, sich der Sache anzunehmen. Nach der letzten Führung des Tages nahm Koop die Baugrube unter Augenschein. Mit sich führte er eine kleine Schaufel und einen Besen, die Kante von Erde zu befreien, um darauf befindliche Inschriften freilegen zu können. Der Teil jedoch, den er bisher freigelegt hatte, enthielt keinerlei Inschriften. Im Gegenteil, der schwarze Stein schien auf seiner gesamten Länge glattpoliert. Nicht ein Kratzer war zu erkennen. Samuel Koop kam ein Verdacht. Sollte an diesem Ort vor gut tausend Jahren tatsächlich der Himmelsstein errichtet worden sein? War er im Laufe der Zeit wegen des an dieser Stelle nachgebenden Untergrunds eingesunken? Koop schlug mit der Schaufel gegen die Kante des Quaders. Ein helles *Ping* war zu vernehmen. Der Stein musste enorme Härte und Festigkeit besitzen, vergleichbar mit der eines Obsidian. „Kein Wunder", dachte Koop, „dass die Eskiter dem Himmelsstein keine Zeichen beibringen konnten." Wieder fiel ihm der Anhang in der Enzyklopädie ein. Vor allem die Passage mit dem Verbot, den Stein zu berühren um der Verdammung der Unsterblichkeit zu entgehen, aber auch der Verlockung dem nachzugeben. Wenn er den Stein berührte, konnte er auf ewig Zeugnis ablegen von der Kultstätte und den Eskitern, so wie er es aus ersten Quellen übernommen hatte.

Andererseits lebte er seit Jahren allein. Seine Frau Jana hatte längst das Zeitliche gesegnet, wie seine Freunde auch. Was also sollte er als rüstiger Greis allein anfangen. Bereits jetzt kannte er mannigfaltige Lebenslagen und Schicksale, die seine Lebenserfahrung bereichert aber auch belastet hatten. Wie viele davon konnte oder wollte er noch ertragen, wie viele würde er noch verkraften. Einerseits bereitete es ihm große Freude, Menschen die Kultstätte nahezubringen. Doch wie lange würde er es durchhalten, Tag ein Tag aus die gleiche Litanei herunterzubeten. Wenn er den Himmelsstein berührte, müsste er etwas völlig Neues beginnen. Hatte er noch den Willen und die Kraft, sich in dieses Abenteuer zu stürzen? Koop war hin und hergerissen, seine Hand auf den Himmelsstein zu legen, oder ihn für immer verschwinden zu lassen. Koop rang mit sich, zumal die Anziehungskraft des Steins an den Grenzen seiner Widerstandskraft rüttelte.

Der Stein verhieß Unsterblichkeit, doch bedeutete das auch, nicht weiter zu altern? Darüber schwieg sich die Schrift im Anhang aus. Nicht sterben zu müssen hieß in diesem Fall nicht sterben zu können. Was, wenn er dahinsiechte und dabei händeringend den Tod herbeisehnte? Koop schauderte bei der Vorstellung derartiger Umstände.

Mit letzter Kraft konnte Samuel Koop sich im Erdreich abstützen, ohne den Stein berührt zu haben. Dieses Erlebnis bestärkte ihn darin, den schwarzen Quader so tief wie möglich zu versenken und eine Betonplatte darüber gießen zu lassen, die ihn ein für alle Mal dem Zugriff der Menschen entzog.

Samuel Koop wiegte sich in Sicherheit, die Menschheit endgültig vor dem Stein bewahrt zu haben.

Doch war der Verbleib noch zweier weiterer mysteriöser Dinge ungewiss.

Walthers Enzyklopädie U - W mit dem Anhang zu Eskitern und Wesen und der Beutel, der stets einen Edelstein enthielt. Was den Himmelsstein betraf, konnte niemand sagen, ob der vielleicht eines Tages erneut das Licht der Welt erblickte.

Anhänge

L iste handelnder Personen und Wesen

Vorname	Name	Spitz-name	Organisa-tion	Personen-kreis	Beruf
Norbert	Adam	Adamno	Amtsgericht	Richter	Amtsrichter
Kurt	Albers	-	-	Polizeibe-amter	Polizeimeis-ter
Gerlinde	Bauer	Gerlind-chen	-	Mitarbeite-rin	Sekretärin Hurtigs
Günter	Beer	Bärchen	Kulturamt	Mitarbeiter	Assistent
Helmut	Bissing	Bissig	-	Polizeibe-amter	Polizei-Hauptkom-missar
Gottfried	Buchholz	Waldgeist	Handwerker	Steinmetze	Steinmetz
Maria	Ecker	Scharfe Maria	-	Mitarbeite-rin	Sekretärin Zwicknagels
Klaus	Enze		-	Mitarbeiter	Schichtfüh-rer
Adalbert	Gold-schmidt	Adi / Goldi	Bürger	Juwelier	Goldschmie-demeister
Oswald	Hahn	Gockel	Stadtrat	Stadtrat	Jurist
Winfried	Hemmele	Häm-merle	Handwerker	Steinmetz-meister	Steinmetz

Vorname	Name	Spitz-name	Organisa-tion	Personen-kreis	Beruf
Franz	Horn, Dr.	Kulthorn	-	Kulturrefe-rent	-
Herbert	Hurtig	Der Blitz	-	Redakteur	Journalist
Alfred	Klein-schmidt	-	Polizei-dienststelle für Öffent-lichkeitsar-beit	Polizeibe-amter	Polizeibeam-ter
Hubert	Kluge	-	-	Polizeibe-amter	Polizei-Obermeister
Samuel	Koop	-	Bürger, Städ-tischer Ange-stellter	Angestellter	Bibliothekar
Georg	Kraiberg	Miesfeld	Bürgermeis-ter von Mit-telstein	Angestellte Amtsperson	Verwal-tungsange-stellter
Albert	Kranz	Bert	Bürger, Fi-nanzbeamter	Angestellter	Finanzbeam-ter
Benjamin	Kranz	Ben	Bürger	Jugendli-cher	Schüler
Christine	Kranz	Chris	Bürgerin	Hausfrau	Hausfrau und Mutter
Gernot	Krause, Dr.	Strahlen-krause	Mediziner	Ärzte	Arzt
Fred	Kunkel	Kungel-Fred	Stadtrat	Stadtrat	Verwal-tungsange-stellter

Vorname	Name	Spitzname	Organisation	Personenkreis	Beruf
Ferdinand	Kurz	Ferdi	-	Mitarbeiter	Schriftsetzer
Peter	Nolte	Spührhund	Kripo	Kommissare	Kriminal-Hauptkommissar
Bernhard	Osterbeck	-	Stadtverwaltung Mittelstein	Naturschutzbeauftragter	Biologe
Ewald	Peters	-	-	Angestellter	Bibliothekar
Anton	Preisig	Preis-Toni	Stadtrat	Stadtrat	Lehrer
Walter	Schätzle	Adlerauge	Gutachter	Kunst- und Wertsachen-Gutachter	Edelmetall und Edelstein-Gutachter
Eberhard	Schneider	Hardy	Polizei Mittelstein	Polizeibeamter	Polizeibeamter
Paul	Winter	-	Kulturamt	Ministerialbeamter	Kunsthistoriker
Manuel	Wunder, Dr.	Polizeiarzt	Polizeiärztlicher Dienst	Mediziner	Arzt
Bernhard	Zwicknagel	Wadenbeißer	Lokalpresse *Der Mittelsteiner Anzeiger*	Chefredakteur	Journalist
Wichtel					
Melter	Obs	Mobs		Wichtel	-
Paltor	Khan	Palkha		-	-

Vorname	Name	Spitz-name	Organisa-tion	Personen-kreis	Beruf
Erbol	Tolb	Ertol		-	-
Guldor	Preb	Guldor		-	-
Hexen					-
Xantalu	-	Xalu		Hexen	-
Badubal	-	Babal		-	-
Al-mundurit	-	Almund		-	-
Elfen					-
Elvira	-	Elvi		Elfen	-
Britta	-	Britt(a)		-	-
Filamonia	-	Fila		-	-
Feen					-
Anushto	-	Anush		Feen	-
Inpalur	-	Inpal		-	-
Orsanka	-	Orsan		-	-
Zauberer					-
-	Bambiltok	Bambil		Zauberer	-
-	Natangur	Natang		-	-
-	Schantoto	Schanto		-	-
-	Cumba-rim	Cumbar		-	-
-	Ram-bunko	Rambun		-	-
Zwerge					-
Ergoltheo	-	Ergolt		Zwerge	-
-	Grombalis	Gromba		-	-

Vorname	Name	Spitz-name	Organisa-tion	Personen-kreis	Beruf
-	Balto-wisch	Balto		-	-
Riesen					-
Krawul-kal	-	Krawul		Riesen	-
Wantuon-tes	-	Wantu		-	-
Qualster	-	Qualster		-	-
Stapun-pol	-	Stapun		-	-
Balduron	-	Baldur		-	-
Kobolde					-
-	Manto-kiak	Mantok		Kobolde	-
-	Plostékeri	Plostek		-	-
-	Bokosch-jew	Bokosch		-	-
-	Sultekom	Sultek		-	-
Krähe					-
Tolja	-	Tolja		Krähe	-

Die Speichenschrift der Kobolde

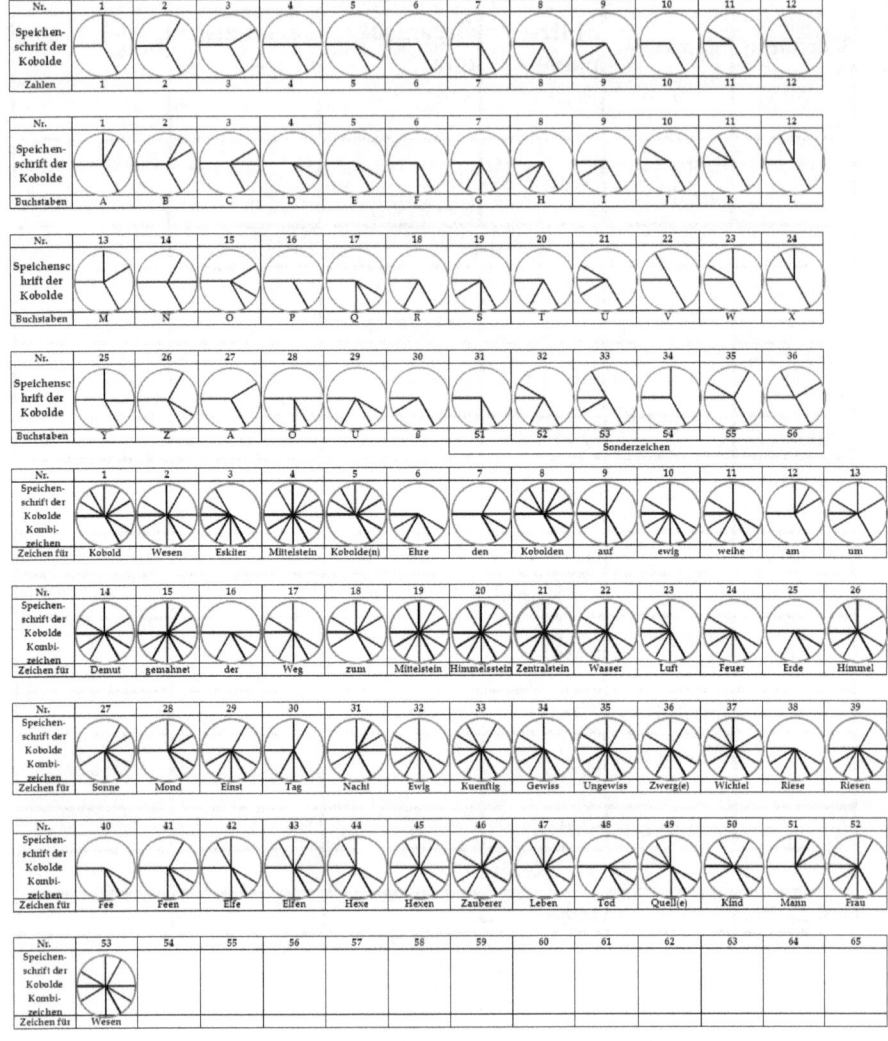

Nr.	1	2	3	4	5	6	7	8	9	10	11	12
Speikhen-schrift der Kobolde												
Zahlen	1	2	3	4	5	6	7	8	9	10	11	12

Nr.	1	2	3	4	5	6	7	8	9	10	11	12
Speichen-schrift der Kobolde												
Buchstaben	A	B	C	D	E	F	G	H	I	J	K	L

Nr.	13	14	15	16	17	18	19	20	21	22	23	24
Speichenschrift der Kobolde												
Buchstaben	M	N	O	P	Q	R	S	T	U	V	W	X

Nr.	25	26	27	28	29	30	31	32	33	34	35	36
Speichenschrift der Kobolde												
Buchstaben	Y	Z	Ä	Ö	Ü	ß	51	52	53	54	55	56
							Sonderzeichen					

Nr.	1	2	3	4	5	6	7	8	9	10	11	12	13
Speichenschrift der Kobolde Kombi-zeichen													
Zeichen für	Kobold	Wesen	Eskiter	Mittelstein	Kobolde(n)	Ehre	den	Kobolden	auf	ewig	weihe	am	um

Nr.	14	15	16	17	18	19	20	21	22	23	24	25	26
Speichen-schrift der Kobolde Kombi-zeichen													
Zeichen für	Demut	gemahnet	der	Weg	zum	Mittelstein	Himmelsstein	Zentralstein	Wasser	Luft	Feuer	Erde	Himmel

Nr.	27	28	29	30	31	32	33	34	35	36	37	38	39
Speichen-schrift der Kobolde Kombi-zeichen													
Zeichen für	Sonne	Mond	Einst	Tag	Nacht	Ewig	Kuenftig	Gewiss	Ungewiss	Zwerg(e)	Wichtel	Riese	Riesen

Nr.	40	41	42	43	44	45	46	47	48	49	50	51	52
Speichen-schrift der Kobolde Kombi-zeichen													
Zeichen für	Fee	Feen	Elfe	Elfen	Hexe	Hexen	Zauberer	Leben	Tod	Quell(e)	Kind	Mann	Frau

Nr.	53	54	55	56	57	58	59	60	61	62	63	64	65
Speichen-schrift der Kobolde Kombi-zeichen													
Zeichen für	Wesen												

Die Meißelschrift der Zwerge

Nr.	1	2	3	4	5	6	7	8	9	10	11	12	13
Meißelschrift der Zwerge													
Zahlen	1	2	3	4	5	6	7	8	9	10	11	12	13

Alternative: Systematik bei Zahlen ist, dass links immer geschlossene Front herrscht, also vorn immer zwei Pfeile übereinander stehen!

Nr.	1	2	3	4	5	6	7	8	9	10	11	12	13
Meißelschrift der Zwerge													
Zahlen	1	2	3	4	5	6	7	8	9	10	11	12	13

Systematik bei Buchstaben ist, dass links keine geschlossene Front herrscht, also vorn nie zwei Pfeile übereinander stehen!

Nr.	1	2	3	4	5	6	7	8	9	10	11	12	13
Meißelschrift der Zwerge													
Buchstaben	A	B	C	D	E	F	G	H	I	J	K	L	M

Systematik bei Buchstaben ist, dass links keine geschlossene Front herrscht, also vorn nie zwei Pfeile übereinander stehen!

Nr.	14	15	16	17	18	19	20	21	22	23	24	25	26
Meißelschrift der Zwerge													
Buchstaben	N	O	P	Q	R	S	T	U	V	W	X	Y	Z

Kombi-: Bei Kombizeichen können links offene und geschlossene Fronten herrschen. Es dürfen vorn zwei Pfeile übereinander stehen!

Nr.	14	15	16	17	18	19	20	21	22	23	24	25	26
Meißelschrift der Zwerge													
Zeichen	ZW	ST	SCH	UN	Zentrastein Mittelstein	Demut	Weg	Zwerg(e)(n)	Weihe	Ewig	Ehre	(ge)mahnen	der

Kombi-: Bei Kombizeichen können links offene und geschlossene Fronten herrscht. Es dürfen vorn zwei Pfeile übereinander stehen!

Nr.	14	15	16	17	18	19	20	21	22	23	24	25	26
Meißelschrift der Zwerge													
Zeichen	die	zu(m/r)	den	auf	am	um							

Die Zweigeschrift der Wichtel

Alle Zahlen sind mit nach links geöffnetem Zweig dargestellt!

Nr.	1	2	3	4	5	6	7	8	9	10	11	12	13
Zweige-schrift der Wichtel													
Zahl	1	2	3	4	5	6	7	8	9	10	11	12	13

Alle Buchstaben sind mit nach unten oder oben geöffnetem Zweig dargestellt!

Nr.	1	2	3	4	5	6	7	8	9	10	11	12	13
Zweige-schrift der Wichtel													
Buchstaben	A	B	C	D	E	F	G	H	I	J	K	L	M

Alle Buchstaben sind mit nach unten oder oben geöffnetem Zweig dargestellt!

Nr.	14	15	16	17	18	19	20	21	22	23	24	25	26
Zweige-schrift der Wichtel													
Buchstaben	N	O	P	Q	R	S	T	U	V	W	X	Y	Z

Sonderzeichen können mit nach unten, oben links oder rechts geöffnetem Zweig dargestellt sein!

Nr.	1	2	3	4	5	6	7	8	9	10	11	12	13
Zweige-schrift der Wichtel													
Sonderzeichen	WichtelMann	WichtelWeib	Wichtel(n)	Ewig	Einst	Himmelstein Mittelstein	Demut	Weg	Weihe	Ehre	(ge)mahnen	der	die

Sonderzeichen können mit nach unten, oben links oder rechts geöffnetem Zweig dargestellt sein!

Nr.	14	15	16	17	18	19	20	21	22	23	24	25	26
Zweige-schrift der Wichtel													
Sonderzeichen	zu(m/r)	den	auf	am	um	besinnen							

Die Fingerschrift der Riesen

Die Punkt-Augen-Schrift der Feen

Die Sichelschrift der Elfen

Zahlen

Die Sichel-schrift der Elfen									
Bedeutung									
1	2	3	4	5	6	7	8	9	10

Spezielle Zahlen

Die Sichel-schrift der Elfen		
Bedeutung		
0	∞	-	+

Sonderzahlen

Die Sichel-schrift der Elfen												
Bedeutung												
3	6	7	5	7	3	5	7	5	6	4	10	10

Buchstaben

Die Sichel-schrift der Elfen																									
Bedeutung																								
a	b	c	d	e	f	g	h	i	j	k	l	m	n	o	p	q	r	s	t	u	v	w	x	y	z

Sonderbuchstaben

Die Sichel-schrift der Elfen			
Bedeutung			
a	ö	ü	ß

Spezialzeichen

Die Sichel-schrift der Elfen																	
Bedeutung																	
Vogel	Fisch	Nutztier	Raubtier	Ernst	Zukunft	Himmel	Erdreich	Tod	Ahnen	zu(m/r)	Zentrale Vielfalt Mittelstein	Weg	Ehre	Demut	ewig

Weitere Sonderzeichen

Die Sichel-schrift der Elfen																
Bedeutung																
der	die	den	4	auf	am	5	unter	6	7	8	9	um	mithnen	Luft +W Elfen Tiere in

Weitere Sonderzeichen

Die Sichel-schrift der Elfen									
Bedeutung									
?	?	?	?	?	?	?	?	?	?

Die Hexen- oder Hakenschrift

Die Radialschrift der Zauberer

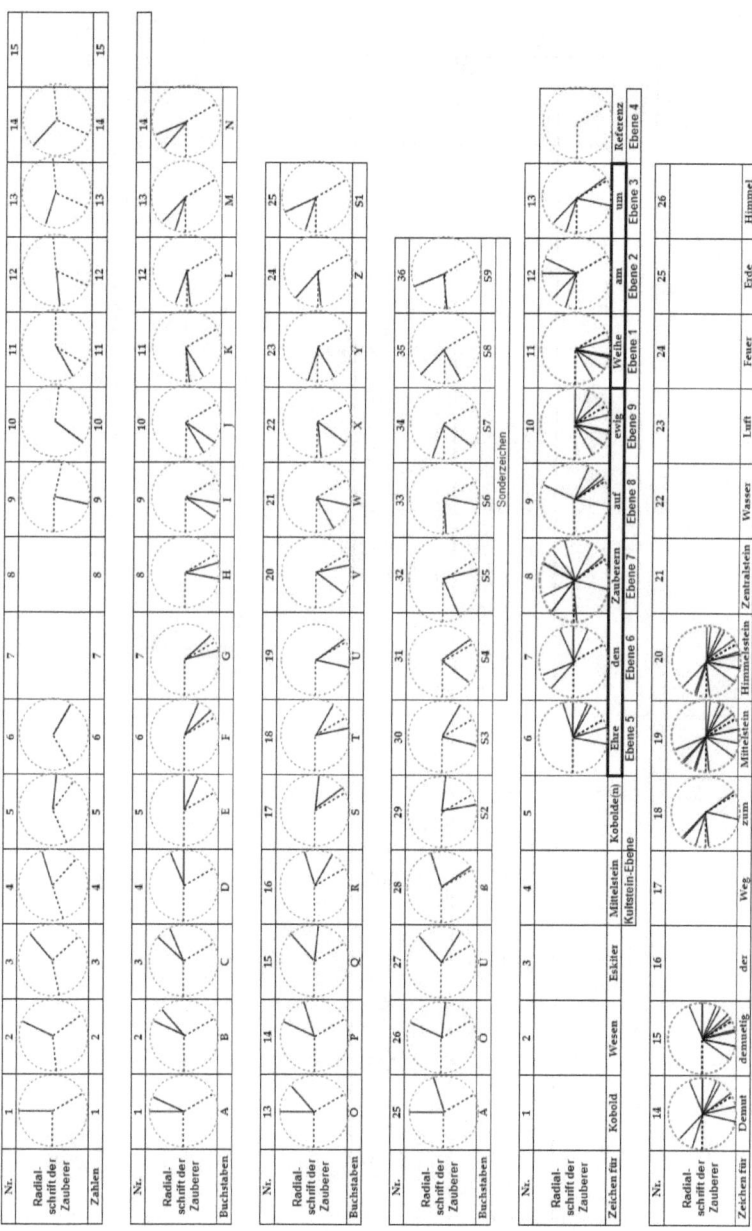

217

Kultsteine mit Inschriften und Satz-Anweisungen
Kultsteine 1 bis 5

Kultstein-Nr.	Bezeichnung	Kurzzeichen	Verehrungen	Richtungsweisung
[1]	Stein „Kunftig Vergänglich" (Zweitstein; der Kultstein durfte lediglich von diesem Kultstein aus bearbeitet werden)	KV		
[2]	Sonnenstein (Stein zu Ehren der Sonne)	S		
[3]	Stein „Einst Vergänglich"	EV		
[4]	Stein des „Einst"	E		
[5]	Stein „Einstig Ewig" (Verehrstein, über diesen Stein mussten Eakther die Anlage verlassen, weil sie es Himmelsstein zu bereits gering halten, wodurch sie bewilligten wurden)	EE		

218

Kultsteine 6 bis 10

(6)	Mondstein (Stein zu Ehren des Mondes)	M	(Mond)	(Ehrt und Preiset den erlösenden Tod. Nur er schafft Erneuerung.) (Demut gemahnet der Weg zum Zentralstein)
(7)	Stein „Künftig Ewig"	KE	(Künftig Ewig)	(Erhalte Eingebung zum Kuenftigen, mit ewigem Bestand.) (Demut gemahnet der Weg zum Mittelstein)
(8)	Stein des Künftigen	K	(Besinnet euch der Eichter Zukunft und bewegt vor)	(Künftig) (Demut gemahnet der Weg zum Himmelstein)
(9)	Stein des Ungewissen	U	(Ungewisse)	(Bittet um Eingebung und Erleuchtung Mystisches zu ergründen.) (Demut gemahnet der Weg zum Zentralstein)
(10)	Stein zu Ehren der Kobolde	KO		

(T15)	(T14)	(T13)	(T12)	(T11)
Nachtstein (Stein zu Ehren der Nacht)	Stein zu Ehren der Wichtel	Stein des Gewissen	Stein zu Ehren der Zwerge	Tagstein (Stein zu Ehren des Tages)
N	**WI**	**G**	**ZW**	**T**
		(Besinne dich deiner Dienste am Volk der Eskälter.)	(Ehret das lebensspendende Licht und das Tagwerk)	
(Nacht)		(Gewiss)		(Tag)
(Damit gemahnet der Weg zum Zentralstein)	(Preiset Ruhe und Kuehle der Nacht. Offner des Tors zum Universum.)	(Damit gemahnet der Weg zum Mittelstein)	(In Diversion)	(Tag)

Kultsteine 16 bis 20

Nr.		Name	Beschreibung
(16)	Stein zu Ehren des Riesen	RI	
(17)	Stein zu Ehren der Feen	FE	
(18)	Stein zu Ehren der Elfen	EI	
(19)	Stein zu Ehren der Hexen	HE	
(20)	Stein zu Ehren der Zauberer	ZA	(Höhe über dem Boden ~ ½)

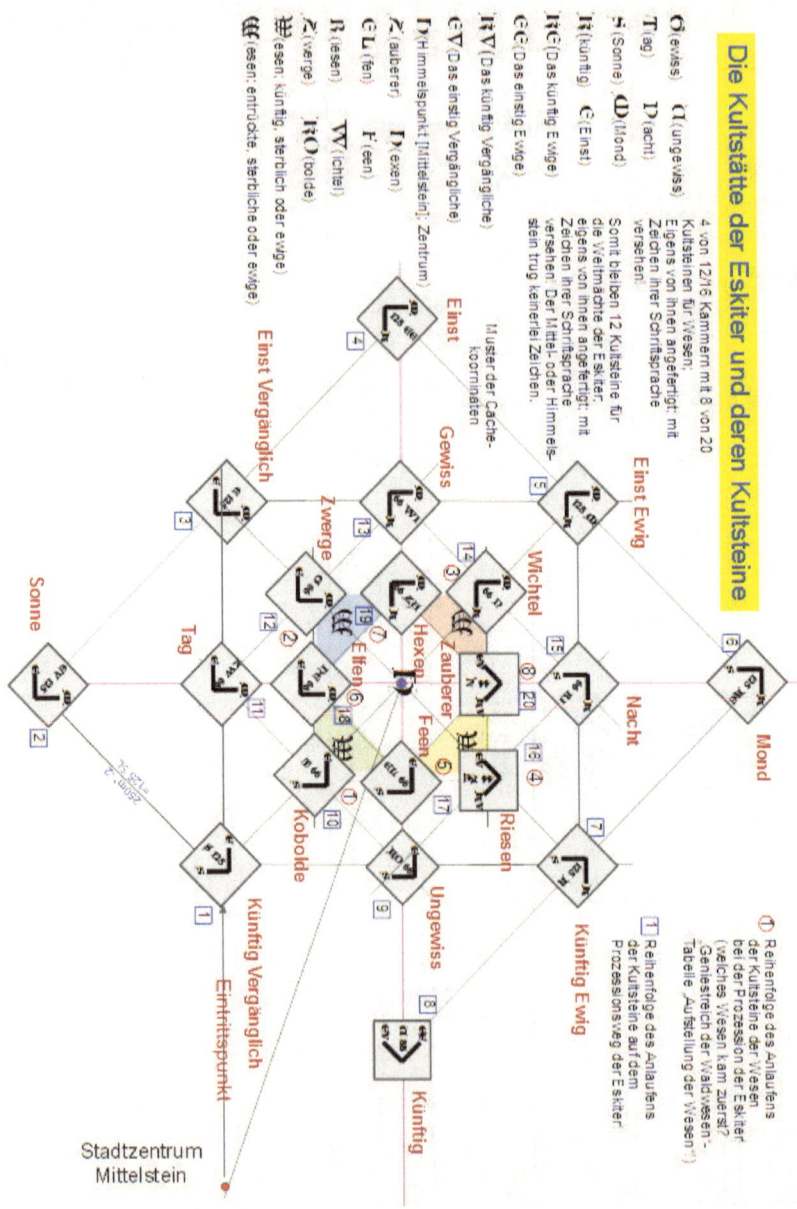

Die Kultstätte der Eskiter und deren Kultsteine

O (ewiss) U (ungewiss)
T (ag) D (acht)
H (Sonne) M (Mond)
H (künftig) G (Einst)
HG (Das künftig Ewige)
GG (Das einstig Ewige)
HV (Das künftig Vergängliche)
GV (Das einstig Vergängliche)
DH (Himmelspunkt [Mittelstein, Zentrum])
Z (auberer) D (exen)
GL (fen) F (een)
R (iesen) W (ichte)
Z (werge) HO (bolde)
HE (esen, künftig, sterblich oder ewige)
GGG (esen, entrückte, sterbliche oder ewige)

4 von 12/16 Kammern mit 8 von 20 Kultsteinen für Wesen. Eigens von ihnen angefertigt, mit Zeichen ihrer Schriftsprache versehen.

Somit bleiben 12 Kultsteine für die Weltmacht der Eskiter, eigens von ihnen angefertigt, mit Zeichen ihrer Schriftsprache versehen. Der Mittel- oder Himmelsstein trug keinerlei Zeichen.

Muster der Cache-koordinaten

① Reihenfolge des Anlaufens der Kultsteine der Wesen bei der Prozession der Eskiter (welches Wesen kam zuerst?_ Genlestreich der Waldwesen? - Tabelle „Aufstellung der Wesen")

[1] Reihenfolge des Anlaufens der Kultsteine auf dem Prozessionsweg der Eskiter

Einst
Einst Vergänglich
Gewiss
Einst Ewig
Sonne
Tag
Zwerge
Wichtel
Hexen
Zauberer
Feen
Nacht
Elfen
Kobolde
Riesen
Ungewiss
Mond
Künftig Ewig
Künftig
Künftig Vergänglich
Eintrittspunkt

Stadtzentrum
Mittelstein

FSC
www.fsc.org
MIX
Papier | Fördert
gute Waldnutzung
FSC® C083411

Zeitfracht Medien GmbH
Ferdinand-Jühlke-Straße 7
99095 Erfurt, Deutschland
produktsicherheit@kolibri360.de